问渔文库

连云港《镜花缘》研究史稿

潘 浩　许卫全 / 著

东南大学出版社
SOUTHEAST UNIVERSITY PRESS
·南京·

内容提要

本书从历史背景、发展历程、学术成果、研究特点、学术贡献等方面梳理了连云港市《镜花缘》的研究概貌，及有关学术研究机构、学者的贡献，举办的学术活动等等，从而帮助人们更深入地了解海州的历史文化，并在深入挖掘优秀传统文化的基础上促进连云港地区的经济、文化的发展。此外，本书还可被视作连云港市有关《镜花缘》研究的阶段性总结，为未来的研究提供有效参考和借鉴。

图书在版编目(CIP)数据

连云港《镜花缘》研究史稿 / 潘浩，许卫全著.
南京：东南大学出版社，2024.10. — ISBN 978-7-5766-1605-7

Ⅰ. I207.419

中国国家版本馆 CIP 数据核字第 2024A9V138 号

责任编辑：刘　坚(635353748@qq.com)　　责任校对：子雪莲
封面设计：王　玥　　　　　　　　　　　　责任印制：周荣虎

连云港《镜花缘》研究史稿
Lianyungang《Jinghuayuan》Yanjiu Shigao

著　者	潘　浩　许卫全
出版发行	东南大学出版社
出版人	白云飞
社　址	南京市四牌楼2号(邮编：210096　电话：025-83793330)
经　销	全国各地新华书店
印　刷	广东虎彩云印刷有限公司
开　本	787mm×1092mm　1/16
印　张	11.25
字　数	250千字
版　次	2024年10月第1版
印　次	2024年10月第1次印刷
书　号	ISBN 978-7-5766-1605-7
定　价	78.00元

本社图书若有印装质量问题，请直接与营销部调换。电话(传真)：025-83791830

总序

连云港师范高等专科学校是一所省市共建、以市为主的公办全日制普通高等学校，学校前身为始建于1914年的江苏省立第八师范学校，后历经江苏省东海师范学校、海州师范学校等重要发展阶段，曾是"海赣沭灌"地区的最高学府。"却顾所来径，苍苍横翠微"，连云港师范高等专科学校这所承载着百年教育荣光的学府，历经风雨洗礼，始终坚守着教书育人的神圣使命，不断砥砺前行。

在迎来建校110周年的重要时刻，我们深感责任之重大、使命之光荣。为更好地传承与弘扬学校百余年来发展壮大的历史与精神，我们积极发掘与利用校本文化资源。2023年，学校立项一批校本研究专项项目，旨在深入挖掘学校历史底蕴与文化内涵，为未来发展提供坚实的精神支撑与文化滋养。经过各级领导和教师的共同努力与辛勤耕耘，我校推出了五本重要的学术著作——《江恒源教育思想谫论》《连云港〈镜花缘〉研究史稿》《朱智贤教育思想研究》《朱智贤评传》《自觉与求索——彦涵艺术研究》。

《江恒源教育思想谫论》一书采用差异化研究策略，重点探讨江恒源的育人思想、劳动教育思想、职业指导思想、农村教育思想等，与江恒源职业教育思想研究形成了互补关系，共同构成了较为完整的江恒源教育思想体系。对于江恒源教育论述中那些具有超越时代价值的成分，该书尽量做到辩证对待、有所扬弃，适当发掘其当代价值和启发意义，以期为当下教育发展提供参考。连云港市的《镜花缘》研究历史已近百年，《连云港〈镜花缘〉研究史稿》系统梳理了连云港地区对《镜花缘》这一古典文学名著的研究历程，深入挖掘了地方文化特色与文学研究的交融点，呈现了独特的地域文化研究视角。《朱智贤评传》介绍了中国心理学泰斗朱智贤教授生平、学术贡献及其影响，为我们了解朱智贤教授的学术成就和人生经历提供了宝贵的资料，也为我们认识中国心理学的发展历程提供了重要的参考。《朱智贤教育思想研究》在对朱智贤教育活动进行梳理的基础上，从教育本质、儿童教育思想、师范教育及民众教育思想几方面分析、归纳和总结朱智贤教育思想。对朱智贤的教育思想进行历史反思，总结其教育思想的主要特点以及对我国当前教育改革和发展的借鉴与启发意义。《自觉与求索——

彦涵艺术研究》深入剖析了彦涵的艺术世界与创作心路历程,彦涵总是能够敏锐地将艺术创作融入到对现实生活的关注、对时代演变的体察、对民生发展的思考,并努力寻找与之相适应的艺术表现形式,从而实现其创新之目的。这种"自觉与探索"的艺术品质,使其艺术创作始终能够保持与时代和人民同步,也是其旺盛的艺术生命力和创造力的根源。

这五本著作不仅是我校校本研究专项项目的丰硕成果,更是我们着力打造的"问渔文库"校本研究项目品牌的首批力作。"问渔文库"这一命名,寓意深远,它源自于我校老校长江恒源先生的字"问渔"。江恒源先生一生致力于教育事业,他的教育思想和实践经验对我校的发展产生了深远的影响。以"问渔"命名文库,既是对江恒源先生教育精神的传承和弘扬,也寄托了我们对未来学术研究的期许和追求。

这批专著成果的出版,是我校百年建校历程中的一件大事,标志着我校在校本研究方面迈出了坚实的步伐。它们从不同的角度和层面,深入挖掘和整理了连云港地区的历史文化资源和教育实践经验,不仅展示了我校在教育教学、文化传承和学术研究等方面的实力和水平,更彰显了我们学校对百年历史和精神的传承和弘扬,对于推动我校乃至整个连云港地区的学术研究和文化传承具有重要意义。

展望未来,我们将深入挖掘并利用校本文化资源,以"问渔文库"为平台,汇聚更多的学术力量和资源,推动校本研究不断深化和发展。我们期待通过这一品牌的建设,进一步彰显我校的学术特色和优势,为学校的持续发展注入新的活力与动力,为地方文化的发展和传承贡献更多的智慧和力量。

"潮平两岸阔,风正一帆悬",我们坚信,在各级领导的鼎力支持与全体师生的齐心协力下,连云港师范高等专科学校必将迎来更加灿烂的明天!

杨浩

2024.7.26

自序

《连云港〈镜花缘〉研究史稿》是连云港师范高等专科学校2023年校本研究项目的成果，也是连云港区域文学研究所对连云港地域文化与文学遗产深入挖掘与研究的结晶。

《镜花缘》是清代著名文学家李汝珍的代表作，被誉为"清代四大才学小说"之一。作品以奇幻的笔触，描绘了一个瑰丽多彩的奇幻世界，其中蕴含着丰富的文化内涵和深刻的人生哲理。而连云港作为《镜花缘》的诞生地，承载着这部作品的文化记忆和精神传承。连云港师范高等专科学校的连云港区域文学研究所一直将《镜花缘》研究作为研究所的重点研究领域，在申报校本课题时，考虑到学界一直没有《镜花缘》研究史方面的专著，因此申报了课题并开始了本书的撰写工作。本书旨在追溯《镜花缘》在连云港地区的研究历程，梳理其学术脉络，挖掘其文化内涵。通过对历史文献的深入挖掘，我们不仅可以更好地理解《镜花缘》的文学价值，更能深入感受连云港地域文化的独特魅力。

在研究过程中，我们得到了来自各界的支持与帮助。专家学者们的悉心指导，为我们提供了宝贵的学术资源；连云港师范高等专科学校的领导与同事们，为我们提供了良好的研究环境和条件。在此，向所有关心和支持本书研究的朋友们表示衷心的感谢！

展望未来，我们将继续深化对《镜花缘》及连云港地域文化的研究，努力推动相关领域的学术发展。我们坚信，通过不懈的努力和追求，一定能够让《镜花缘》的文化光芒照耀更远的地方，让连云港的地域文化在世界文化之林中绽放出更加绚丽的光彩。要感谢所有为本书出版付出辛勤劳动的人，他们的辛勤付出让这部研究史稿得以顺利问世。希望广大读者能够通过本书，更加深入地了解《镜花缘》及连云港的地域文化，共同感受这份独特的文化魅力。愿《连云港〈镜花缘〉研究史稿》一书能够成为连接过去与未来的桥梁，成为传承与创新的纽带，让连云港的文化瑰宝在新的时代焕发出更加璀璨的光芒。

谨以此序，献给所有喜爱《镜花缘》的朋友们。

潘浩　许卫全

2024．1

引言

《镜花缘》是清代文人李汝珍创作的长篇小说,以独特的叙事风格和深邃的思想内涵,吸引了历代读者和研究者的目光,是中国历史文化长河中一部熠熠生辉的小说。《镜花缘》是连云港市的一张文化名片,作为《镜花缘》的诞生之地,连云港市一直以来都高度重视《镜花缘》研究。

1983年夏天,在江苏省文联和市委宣传部的支持下,由市文联主导,成立了《镜花缘》研究小组,这不仅是连云港市也是国内首个专门研究《镜花缘》的团队。研究小组由时任市文联副主席彭云、夏兴仁领导,聚集了全市乃至全国的专家学者,共同撰写了多篇研究文章。研究小组编辑并印制了《镜花缘研究》内部刊物,开展了对李汝珍身世及遗迹的调查访问工作,并在各种学术会议上积极展示和宣传《镜花缘》的价值和研究成果。

在江苏省明清小说研究战略部署中,《镜花缘》研究被列为连云港市的重点项目。随着形势的发展,在《镜花缘》研究小组的基础上,经过一段时间的筹备,连云港市《镜花缘》研究会于1986年7月25日正式成立,由时任市委常委、宣传部部长龚来宝担任名誉会长,时任市委宣传部副部长范永泉担任会长,彭云、周维先、夏兴仁担任副会长。到了2004年,连云港市《镜花缘》研究会的研究基地正式落户于连云港师范高等专科学校(简称"连云港师专")。

作为连云港市的一所百年师范院校,《镜花缘》的研究贯穿了连云港师专百年来的发展历程。自2004年成立具有地方文化特色的研究基地——"连云港区域文学研究所"以来,通过整合本校人才优势、聘请知名研究学者,连云港师范高等专科学校组织开展了多次有关《镜花缘》的学术研讨活动,取得了一定的学术成果,赢得了一定的社会声誉。

2019年10月12日至13日,"第六届全国《镜花缘》学术研讨会"在连云港师范高等专科学校成功召开。会议期间,"中国《镜花缘》文化研究中心"在市、校各级领导及与会嘉宾的见证下正式成立，这进一步加强了连云港市的《镜花缘》研究。自此，连云港市形成了以中国《镜花缘》文化研究中心、连云港区域文学研究所、连云港市《镜花缘》研究会为主体的《镜花缘》研究布局，形成了以许卫全、李德身、马济萍、李传江、尚继武、周希全、买艳霞等连云港师范高等专科学校教师，以及彭云、姚祥麟、李明友、赵鸣、苗蔚林、林备战、谢丹、谢忠斌、杨光玉等本地特聘研究员为核心的研究团队。连云港市以连云港师范高等专科学校为学术平台，邀请国内众多高校及研究机构的专家学者参与相关课题的讨论指导，积极推进《镜花缘》研究深入开展。

多年来，连云港市在《镜花缘》研究领域积累了丰富的研究成果。通过对中国知网《镜花缘》研究主要学术论文的计量可视化分析可以发现，截止到2023年7月31日，连云港本地学者发表的《镜花缘》研究论文有56篇。其中，在发文机构统计中，连云港师专以34篇的发文总量高居国内发文机构第一，发文量排名第二的江苏社会科学院文学研究所发文21篇；在作者分布统计中，连云港师专的李传江以6篇发文量位居国内作者分布统计的第一名；从主要主题与次要主题统计来看，连云港市的《镜花缘》研究基本涉及了目前《镜花缘》研究所涵盖的各个主题。这些数据表明，连云港市是名副其实的国内《镜花缘》研究中心。

连云港市的《镜花缘》研究具有文化传承、学术发展、推动地方文化发展和科研平台建设等多重意义。连云港市的《镜花缘》研究不仅为《镜花缘》的研究和传播做出了贡献，也为学术界提供了新的视角和思路，为地方文化的发展注入了新的活力。具体来说，连云港市《镜花缘》研究的重要意义体现在以下几个方面：

（1）保存和传承文化遗产。《镜花缘》是中国古代文化的瑰宝，连云港市通过对《镜花缘》的研究，不仅深入解读了这部文学作品的内涵和价值，还通过开展学术活动和建立研究机构，为推动《镜花缘》文化的传承和发展做出了积极贡献。

（2）推动学术研究进展。连云港市的《镜花缘》研究不仅在国内处于领先地位，还在国际学术界产生了影响。通过聘请知名学者和组织国际性的学术研讨活动，连云港市打破了传统研究的局限，开拓了《镜花缘》研究的新领域。这不仅为学术界提供了新的研究思路和方法，也推动了《镜花缘》研究的深入发展。

（3）促进地方文化发展。通过持续不断地开展《镜花缘》研讨活动，连云港市的《镜花缘》研究对于促进地方文化的发展具有重要意义。通过挖掘和研究《镜花缘》所涉及的地域文化元素，促进了连云港地区文化资源的发掘和利用，进一步增强了地方文化自信和影响力。

（4）建立科研平台和研究团队。通过成立"中国《镜花缘》文化研究中心""连云港区域文学研究所""连云港市《镜花缘》研究会"等科研机构,连云港市为《镜花缘》研究提供了重要的研究平台。这些机构和团队的建立为学术界提供了交流和合作的平台,为《镜花缘》研究的持续深入和拓展提供了坚实的基础。

基于此,梳理连云港市的《镜花缘》研究历史,有着重要的意义和价值。具体来说,有以下几点:

第一,《镜花缘》是李汝珍居住在海州板浦期间创作的小说,小说中海州文化元素得到了淋漓尽致的展现,《镜花缘》也成为连云港市文化的重要载体。梳理连云港市的《镜花缘》研究历史,对于深入理解和欣赏这部文学经典具有十分重要的意义和价值。连云港市位于江苏省东北部,是一个拥有悠久历史和灿烂文化的城市。在历史上,连云港市曾经是海州直隶州府所在地,丰厚的人文底蕴滋养了李汝珍这位伟大的文学家。在《镜花缘》中,李汝珍以海州板浦为创作背景,用大量的笔墨描绘了海州地区的自然风光、人文景观以及风俗民情。从某种意义上说,《镜花缘》称得上是连云港市的一部地方志,其中记录了当时海州地区的历史、文化、社会和生活。因此,对于连云港市来说,《镜花缘》不仅仅是一部文学名著,更是一份珍贵的文化遗产。

第二,梳理连云港市的《镜花缘》研究历史,有助于我们更深入地了解《镜花缘》与海州文化之间的紧密联系。这部作品的创作背景和情节与海州地区的历史文化紧密相连。深入研究《镜花缘》,不仅可以深化我们对博大精深的海州文化的认知,还能帮助我们更好地了解当时的社会背景和人们的生活状态。

第三,梳理连云港市《镜花缘》研究历史,也能促进当地文化产业的发展。随着经济的发展和社会的进步,文化产业已成为推动城市经济增长、提升城市形象的关键力量。《镜花缘》作为连云港市的文化名片,其研究与传播对于提升本地区文化产业的影响力和竞争力具有重要意义。深入研究这部作品,可以挖掘出更多富有创意和开发价值的内容,为连云港市的文化产业发展注入新的活力。

第四,梳理连云港市《镜花缘》研究的发展脉络和研究重点,有助于我们了解该领域的研究进展和学术团队构成,发现研究的突破和创新点,为学界提供新的研究思路和方法,为未来的研究提供参考和借鉴,推动《镜花缘》研究的学术发展。连云港市作为《镜花缘》研究的重要学术阵地,梳理其研究历史对于推动学术传承与交流具有重要意义。这有助于我们了解《镜花缘》研究学术传承的过程和方式,推动学术交流和合作,促进学术界在《镜花缘》研究方面的进步。

第五,梳理连云港市的《镜花缘》研究历史,也有助于提升公众对《镜花缘》的理解和认知。《镜花缘》作为具有世界影响力的文学经典,吸引了众多读者和研究者的关注。通过梳理《镜花缘》研究历史,可以为公众提供更加全面和深入的《镜花缘》

解读，进一步提升公众对这部文学经典的认知和理解水平。

连云港市的《镜花缘》研究历史已近百年，梳理连云港的《镜花缘》研究历史，不仅对加强连云港的文学研究具有重要意义，也对进一步推动《镜花缘》研究和地方文化的发展具有积极的促进作用。

目录

一 连云港《镜花缘》研究的历史背景 ·········· 001
- （一）《镜花缘》的创作背景与影响 ·········· 001
- （二）《镜花缘》的主要版本 ·········· 006
- （三）《镜花缘》研究的历史渊源 ·········· 009
- （四）《镜花缘》中的地域经验与地域文化 ·········· 013

二 连云港《镜花缘》研究的发展历程 ·········· 021
- （一）先声阶段：始于 1928 年 ·········· 021
- （二）初步研究阶段：1983—1986 年 ·········· 032
- （三）发展研究阶段：1987—2003 年 ·········· 035
- （四）深入研究阶段：2004—2018 年 ·········· 039
- （五）多元化研究阶段：2019 年至今 ·········· 051

三 连云港《镜花缘》研究主要学术成果一览表 ·········· 061
- （一）连云港市《镜花缘》研究主要学术论文一览表 ·········· 061
- （二）连云港《镜花缘》研究主要学术著作一览表 ·········· 065
- （三）连云港《镜花缘》研究主要学术活动一览表 ·········· 066

四 连云港《镜花缘》研究的特点 ·········· 067
- （一）研究团队的稳定性与专业性 ·········· 067
- （二）研究方向的多元化与深入性 ·········· 068
- （三）研究成果的丰富性与影响力 ·········· 080

五 连云港《镜花缘》研究的贡献 ·················· 137
　（一）拓展与深化了《镜花缘》的研究领域 ·················· 137
　（二）展现了连云港《镜花缘》研究方面的较强实力和独特优势 ·················· 160
　（三）提升了连云港市的学术声誉 ·················· 161
　（四）推动了地方文化的传承与发展 ·················· 162

六 结语 ·················· 166

后 记 ·················· 167

一

连云港《镜花缘》研究的历史背景

（一）《镜花缘》的创作背景与影响

李汝珍（约1763—1830），字松石，号松石道人。他出生于直隶大兴（今北京市大兴区），大约19岁的时候，跟随哥哥李汝璜到了江苏省的海州板浦（今连云港市海州区板浦镇），之后长期住在那里，并在周边一带活动。他迎娶了海州许氏家族的女子为妻，并拜海州有名的学者凌廷堪为师，专门研究学问。李汝珍性格开朗豪爽，喜欢交朋友。他对很多事情感兴趣，知识也很广泛，特别是对音韵学有深入研究，写过一本叫《李氏音鉴》的书。此外，他还留下了一本棋谱《受子谱》。李汝珍是个与时代不合的人，他不喜欢写那些被要求的传统文章，不愿意去追求功名，只在河南做过短时间的县丞，负责治理河道。他有自己的人生理想和对新生活的梦想，他将这些都寄寓在了《镜花缘》这部经典小说中。

李汝珍花了十数年时间创作的《镜花缘》，被广泛认为是"清代四大才学小说"之一。这部小说引用了大量各门各类的知识，涵盖琴棋书画、医药卜卦、天文星相等领域。在小说中，李汝珍不仅探讨了学问和艺术，还表现了新奇的思想和丰富的想象力，这使得《镜花缘》在中国小说史上占有了重要的地位。

关于李汝珍创作《镜花缘》的起止时间，学界没有统一的说法。但可以肯定的是，李汝珍为完成这部小说付出了很大的努力，并且在他还活着时就已经将小说刊刻出版。在《镜花缘》的后面，李汝珍谈到了他的创作状态，也让我们从中大致了解了他创作这部小说的过程：李汝珍读了一些珍奇的书籍，积累了丰富驳杂的各类知识，以文字作为娱乐，经过连续多年的努力，终于写出了这部一百回的小说《镜花缘》。他说自己在这个过程中耗费了十数多年层层心血。可以说，李汝珍的创作态度在中国小说史上是非常罕见的。除了李汝珍之外，很少有其他文人能够像他一样花费十数年的心血潜心作文，以文为戏。

《镜花缘》这部有着独特的魅力的作品大约在1818年问世。小说以武则天的故事开始。武则天为了增添乐趣,不顾严冬季节所限,下令百花盛开,取鲜艳夺目之乐。由于无法向百花仙子请示,众花神只能遵照旨意,服从命令开花,从而触犯了天条。因此,一百位花神被贬到人间,其中包括百花仙子,即后来托生为唐敖女儿的唐小山。

唐敖在仕途上遇到了困境,于是他决定跟随妻兄林之洋和舵工多九公航行海外,他们的旅程充满了冒险和奇遇。他们在几十个国家游历,遇到了各种奇人异事和奇风异俗。在这个过程中,他们与许多由花神转世的女子相识,这些女子有着各自独特的能力和魅力。

唐敖之女唐小山为了寻找她的父亲,决定出海。在海上,她巧得唐敖的一封信,信中让她改名"唐闺臣",并参加才女考试。武则天开设了才女考试,共有百人被录取,其中包括唐小山。这些才女后来聚在一起,享受了一场知识盛宴,每个人都展示了自己的才华和独特的技能。

之后,唐小山再次出海寻找她的父亲,当她到达小蓬莱时,受到了海上仙子的款待。之后,唐小山没有继续前行,而是选择留在了小蓬莱。尽管没有找到她的父亲,但她在这里度过了愉快的时光,也结交了许多新的朋友。

李汝珍以他独特的笔触描绘了一个充满奇幻色彩的异国世界。他对动植物的描绘新奇而有趣,对异国居民的描绘令人惊叹。他的想象力和创造力使得原本简单的描述变得生动活泼。

李汝珍通过他独特的方式,以"论学说艺,数典谈经"①的手法,创造了一系列如绘画般生动的场景,充满趣味和细节。他巧妙地运用技巧,将《山海经》中的简洁描述转化为生动丰富的描绘。通过《镜花缘》,李汝珍展示了他对奇幻、文学和艺术的深深热爱。他凭借丰富的想象力和创造力勾勒出一个个绚丽多彩的场景,给读者带来了无尽的遐想和乐趣,他对人性的探索也给读者留下了深刻的印象。无论在哲学思考上还是在文学技巧上,《镜花缘》都是古典小说中的一部杰作。

《镜花缘》对海外各国的描绘不仅展示了李汝珍丰富的想象力,还蕴含了李汝珍对现实世界各种丑陋现象的辛辣讽刺。首先,他通过大量细节讽刺了那些虚有其表的读书人,他们虽然自诩学问渊博,却缺乏真正的学术素养。例如,白民国中的教师将"幼吾幼,以及人之幼"念成了"切吾切,以反人之切",令多九公等人忍俊不禁。淑士国表面上呈现出一派好学的姿态,口口声声地讲学问,但实际上却洋溢着一种假设、心胸狭隘的气息,就像酒和醋一样酸。其中一位居民在解决唐敖与酒保关于酒是酒还是醋的争论时,发表了一段极具趣味性的观点——"现在我们就以酒和醋来论证,酒

---

① [清]李汝珍. 镜花缘[M]. 赵学静,点注. 北京:华夏出版社,2017.

的价格低廉,而醋的价格昂贵。为什么酒那么便宜?为什么醋那么贵?……跑开吧,跑开吧,看你怎么办!"除了嘲讽那些虚学假名的读书人,李汝珍还通过描绘各种奇怪国家,来讽刺当时社会上的丑陋现象。比如,"两面国"中的每个人都面带善意的笑容,但背后却隐藏着阴险的面孔;"小人国"中的居民个个身材矮小,并时刻利用正话反说来陷害他人……这种滑稽夸张的描写让读者乐在其中,同时也辛辣而痛快地讽刺了社会上各种丑恶现象。

《镜花缘》的故事背景设置在中国历史上唯一的女皇帝武则天执政期间。在前五十回中,描绘了卢紫萱、黎红薇、骆红蕖等丰富多彩的女性形象。后五十回则描写了武则天开设女子科举,有许多杰出的女才子参加朝廷宴会,展现出奇特才华。这些女性角色的谋略与《三国演义》中的谋士不相上下,而勇武则不亚于《水浒传》中的英雄好汉。在中国古典小说中,这样丰富多样的女性形象可谓独一无二,充分展示了作者男女平等的女权主义思想。

作为小说,《镜花缘》对人物进行刻画是必不可少的。尽管在这方面没有特别突出的成就,但作者成功地塑造了一些具有特色的人物形象。例如,唐敖是小说前半部分中游历海外的主人公之一,是一位失意的文人。他对仕途感到无望,决定跟随他的妻兄游历海外。在这个旅程中,他逐渐意识到了人生的真谛,最终决定隐居修道。这个形象是一个典型的封建社会中的失意文人,满怀抱负但最终选择遁世。唐敖在留给女儿的信中表达出他忠于君主的态度,这也反映了作者李汝珍思想的局限性。

林之洋是小说中另一个引人注目的人物形象。他在淑士国以低价销售商品,因为他的客户都是学童,几乎没有获得任何利润。然而,他从未埋怨,反而假装成为一个文雅的人,引起了大家的笑话。后来,在女儿国,国王选中了他做王后,并强迫他缠小脚,引出许多滑稽的场面。作为海外贸易商,林之洋机智灵活,市井气息浓厚,同时也有着热情和义气的一面,这些特点让人印象深刻。

在《镜花缘》中,多九公是一个典型的市民阶层形象。他是一个博学多才的人,见多识广,善于谈笑。在他前往海外的旅途中,他与唐敖非常投缘。然而,多九公有时也会自视过高,在黑齿国与红红、亭亭进行学术辩论时,最终失败而狼狈不堪。尽管后来对他的正面描写较少,但他在整个小说中的活动痕迹仍然可见。作为一个富有生活阅历和人生经验的人物,他一直以正直的长者形象示人,赢得了读者的喜爱和敬佩。

唐小山是唐敖的女儿,她在小说中扮演着重要的角色。她博学聪明,有自己的主见,同时也带有一些叛逆的思想。当她得知父亲滞留在小蓬莱时,产生了寻找父亲的念头,并最终在舅舅林之洋的帮助下实现了这个计划。当她看到父亲留给她的信并要她改名参加朝廷女试时,她顺从地接受并顺利实现了自己的愿望。这展示了她忠诚孝顺的一面。在参加女试并被录取后,她与其他才女欢聚一堂,举止得体,展示了良好的个人素养。回到岭南家中后,她秘密策划第二次去小蓬莱寻找父亲,并做好了不归的心理准备,最终与颜紫绡一同入归道山。这展示了她叛逆性格的一面。

《镜花缘》虽然具有时代特点,但总体来说,它是一部糅合着奇思幻想、辛辣讽刺以及超越时代的女权主义思想的杰作。这本书诠释了对全体女性的同情和对性别特点的思考,而不仅仅是对少数杰出女性的赞扬。作者李汝珍所处的乾嘉时期,知识广博成为衡量读书人的重要标准。而《镜花缘》作为清代小说中炫耀学问的代表之一,在当时的学术繁荣和乾嘉学派的兴起背景下应运而生。自从汉武帝独尊儒术以来,经学一直统治着中国的学术领域。直到顾炎武之后,乾嘉学派开始专门而深入地研究各种学问门类,如文字音韵、训诂考证、金石考古、算学历法等。

梁启超在《中国近三百年学术史》中从经书的笺释、史料之搜补鉴别、辨伪书、辑佚书、校勘、文字训诂、音韵、算学、地理、金石、方志之编纂、类书之编纂、丛书之校刻等方面概述乾嘉诸儒整理旧学的工作。从中大致可以看出乾嘉学术的规模和气象。乾嘉学者中有专攻一门之士,他们术业有专攻,深入研究某一特定领域;同时也有博学通儒,涉猎范围广泛,底蕴深厚。据江藩《国朝汉学师承记》记载,吴派学术的先导者惠士奇和吴派中坚惠栋,都是博学多才的学者。他们对各种经典、史书、子书以及佛道二藏等都有深入研究,反映了吴派学术的深厚底蕴。同时,在乾嘉学者中,还有皖派的代表人物戴震和扬州派的学者等,他们治学惟求其是,不守门户,其学术范围更为广博。

李汝珍作为乾嘉时期的文学家,也力求博学。《镜花缘》中展示了他对音韵学、中医学,甚至对水利的研究,反映了当时乾嘉学者追求广博学风的氛围。李汝珍在《镜花缘》中对各种才学的展示,也显然和这种社会风气有很大的关系。

《镜花缘》是一部结构特别、构思新颖的长篇小说,通过继承《山海经》中的《海外西经》《大荒西经》的一些材料,并经过巧妙的再创造,展现了作者丰富的想象力和幽默的笔调。书中描写了君子国、女儿国、无肠国、犬封国、聂耳国、玄股国等国家,以奇特的人形、特殊的生活方式、独特的才学技能、特别的地方风土人文等,展示了作者对于扩张古人幻想、发现"中原"之外不同国家和人民的渴望。小说通过虚幻浪漫静谧的描绘,展示了丰富多样的世界面貌,然而在这种表层之下,却隐藏着对生命的热爱、对死亡的敬畏以及深沉悲痛的宇宙意识。小说最具魅力之处在于对人类生存根本性问题的追问,这种追问引人入胜。李汝珍在创作中详细展现了这一思想,并且通过创新的手法使作品更具吸引力。

一 连云港《镜花缘》研究的历史背景

《镜花缘》一书中所提及的"开女科",并非简单地模仿明清时期的八股制度,因为这种传统的八股制度与李汝珍所追求的理想学校体制存在显著的差异。李汝珍所追求的是一种更为通识和多元的学术领域,包括历史、辞赋、诗文、政论、音律、刑法、历法、书法、医术等等。他倡导的这种分科考试强调知识的实际应用,体现了许多有识之士对于科举制度改革的追求。李汝珍的构想是率先在女子科推行这种改革,这无疑是对女子教育的一次积极推动。

李汝珍对女性问题的理解,体现了一种初期的民主意识,这种意识在当时的社会环境下具有模糊性。这种观念的产生并非空穴来风,而是根植于中国古代儒学与西学的交汇。明朝中叶以后,中国的封建制度经历了前所未有的深刻变革。在经济基础层面,一种新型的资本主义开始崭露头角,尤其在中国东南部及沿岸的大城市中迅速发展。商品经济的繁荣推动了都市的繁荣,同时也改变了人们的生活习惯,引发了观念和文化上的转变。李汝珍的小说《镜花缘》恰恰是最早反映这一变化的载体。

在明朝和清朝期间,一些学者对"存天理,灭人欲"的道德观念提出异议,强调个人自由和自我实现,反对限制和破坏人类本性的社会规范。这种思潮的兴起,源于儒家思想在宋代以后的传承和发展,其影响深远且根深蒂固。尤其是三纲五常、三从四德等封建礼教,在不知不觉中钳制、"塑造"了人们的思想观念。虚伪、善良与邪恶的心理状态,都源自人们内心的挣扎和冲突。这一点在李汝珍的妇女观念中得到了反映。总之,李汝珍对于封建社会妇女命运的特殊思考,使得《镜花缘》在文学领域独树一帜,成为名扬千古的不朽之作。

《镜花缘》作为一部耗费了李汝珍十数年心血的文学作品,自其问世以来,便引发了人们的广泛关注。相较于《三国演义》《水浒传》《西游记》《红楼梦》等作品,其传播的热度、范围以及学者的研究程度均稍显不足。然而,若是从中国古典小说之林中选出十部具有影响力的作品,《镜花缘》无疑能够位列其中。该小说以其独特的魅力吸引着读者,但同时也饱受争议,其中最主要的问题就是作者在小说中过度炫耀才学。

许多评论者认为,小说过度涉及才学,从而在一定程度上削弱了其作为文学作品的艺术魅力。然而,从某种意义上讲,《镜花缘》如此炫耀才学也有其合理性和趣味性。在当时崇尚学问和注重考据的时代背景下,不少人热衷于将学问融入文学作品或者借助文学样式来表达学术观点。因此,这其实也反映出当时文人的一种特殊趣味。

对于这种炫耀才学的现象,我们应该保持更多的理解和宽容,而不是一味地指责。我们应当以一种开放的心态来欣赏和解读这一现象,而不是简单地将它视为一种弊端。这不仅能够帮助我们更好地理解和评价《镜花缘》这部作品,也有助于我们更全面地认识和了解那个时代的文化和文学。

《镜花缘》在海内外获得了很大的认可。它被翻译成英文并在英语世界传播，引起了西方汉学界众多学者的关注和研究。在东南亚，有关国家的教育部门提取了部分故事作为学校的启蒙读物。在中国台湾，关于《镜花缘》和其他类似小说的研究著作不胜枚举。在小说诞生地江苏省连云港市，以《镜花缘》为核心的地方文化研究薪火相传，校本课程开发不断推陈出新，《镜花缘》研究成为连云港市传承当地历史文化的重要组成部分。《镜花缘》也被改编成电影、电视剧和儿童文学，产生了积极的社会影响。

（二）《镜花缘》的主要版本

作为一部具有比较重要的影响力的文学作品，《镜花缘》在清代就有了广泛的传播，出现了近 30 个版本。

在所有版本中，最重要且最原始的是嘉庆二十二年（1817 年）或二十三年（1818 年）首次在苏州出版的版本；其次是道光十二年（1832 年）在广州芥子园重刻的版本。在短短的十多年间，该作品在不同地区被刊刻了 6 次，之后又多次被翻刻、翻印，这充分证明了其艺术价值。就古本而言，《镜花缘》的主要版本大致有以下几种：

嘉庆二十二年（1817 年），江宁桃红镇的私刻本问世，该版本是根据第二稿的传抄本进行刻印的，因此出现在苏州原刻本之前，可视为最早的刻本。其刊行时间大约在嘉庆二十二年（1817 年）。孙佳讯先生指出，南京图书馆所藏的清刻本第八十九回混入了两页异文，由此可推断出或是该刻本的残页。

苏州原刻本，即嘉庆二十三年（1818 年）李汝珍赴苏州刻的定稿本。现在，这个版本收藏在北京大学图书馆。人民文学出版社 1955 年出版的张友鹤校注的版本，就是以北京大学图书馆"马廉隅卿旧藏""原刊初刻印本"为底本的。

道光元年（1821 年）苏州刻本，此版本对苏州原刻本正文词句进行了一些修改。例如，将苏州原刻本第五回的回目"俏宫娥戏夸金盏草"改为"俏宫娥戏嘲桦皮树"。题词部分由六家增至十四家，但存在脱漏现象，曾被误认为是十二家。卷首有两篇序文，一篇序文署名为"悔修居士石华撰"，另一篇序文署名为"武林洪棣元静荷识"。值得注意的是，"悔修"在苏州原刻本中写作"梅修"，之后的芥子园本也写作"梅修"，"悔"为"梅"的误刻。这个版本目前被收藏在北京图书馆、苏州图书馆、上海图书馆、南京师范大学图书馆以及苏州大学图书馆。

一 连云港《镜花缘》研究的历史背景

道光八年（1828年）广州芥子园新雕本是一个重要的版本，它是道光元年（1821年）本的修订本，对某些词句进行了修改。这个版本是《镜花缘》的最终定本，也是李汝珍生前能见到的最后一个刻本。在此之后的刊刻本，正文部分基本以这个版本作为蓝本。这个版本具有极高的学术价值，对于研究《镜花缘》的版本和李汝珍的文学创作具有重要意义。

道光十二年（1832年）卷首加印"镜花缘绣像"的芥子园重刻本。内容、行款同道光元年（1821年）本，增加了麦大鹏、谢叶梅序以及谢叶梅摹像一百零八幅。牌记正面为"镜花缘绣像，芥子园藏板"，背面写有："道光十二年，岁次壬辰，春，王新摹，四会谢叶梅灵山氏画像，顺德麦大鹏抟云子书赞。"① 1994年上海古籍出版社出版的《古本小说

---

① ［清］李汝珍. 古本小说集成·镜花缘［M］. 上海：上海古籍出版社，1994.

集成·镜花缘》，就是根据复旦大学馆藏本影印而来，为学界提供了重要的研究资料。

道光二十二年（1842年）广东英德堂刊本，据道光十二年（1832年）芥子园重刻本翻刻而来。在牌记正面，"芥子园藏板"被改为"英德堂藏版"，在牌记反面，雕刻时间被改为"道光二十二年，岁次壬寅"。序文的署名也被改为"梅州许乔林石华"，并删去了序文中"以数十年之力成之"的"十"。这个版本目前被收藏在南京图书馆、辽宁大学图书馆以及中国社科院。此外，咸丰四年（1854年）百花香岛本、同治八年（1869年）文富堂本以及光绪十四年（1888年）"戊子春月开雕"本都是根据这个版本翻刻而成。

道光二十二年（1842年）厚德堂刊本，同道光十二年（1832年）芥子园重刻本，现藏于北京师范大学图书馆、北京图书馆、山西省图书馆。

光绪三年（1877年）怀德堂本。牌记右行为"丁丑秋月开版"，左行为"翻刻必究，怀德堂藏版"。卷首有许乔林、洪棣元所作的序。值得注意的是，许乔林所作的序在成书年限"年之力成之"前有九个空格。这个版本现被收藏在苏州大学图书馆和北京图书馆。

光绪十四年（1888年）上海点石斋石印本。该版本卷首有五篇序文："悔修居士石华撰""武林洪棣元静荷识""挼云麦大鹏谨志其巅末""灵山谢叶梅摹像并序""王韬序"。此外，该版本还有十四家题词：孙吉昌（两篇题词）、萧荣修、范博文、朱玫、胡大钧、邱祥生、金翀、金若兰、浦承恩、钱守璞、朱照、徐玉如、陈瑜。还有浦承恩识语，回末有蔬庵（许祥龄）等人的评点。这个版本现被收藏在北京图书馆。中国书店于1985年出版的《绘图镜花缘》就是根据光绪十四年（1888年）上海点石斋石印本影印而来。

新文化书社1936年版《镜花缘》　　　上海江东书局版《绘图大字足本镜花缘》

（三）《镜花缘》研究的历史渊源

关于《镜花缘》的评述在晚清时就已经出现。比如王韬注意到了书中"诸才女一时文学之盛"：

> 天之生人，阴阳对待，男女并重，巾帼之胜于须眉者，岂少也哉？特世无才女一科，故皆湮没而无闻耳。武如木兰，文如崇嘏，久已脍炙人口。历观纪载，其奇突足传者，固难以更仆数。妇德、妇言、妇容、妇工，四者本所不废。自道学之说兴，乃谓女子无才，便足为德，而闺阁少隽才矣。[①]

晚清无名氏的《负暄絮语》中，也有关于《镜花缘》的评述：

---

① 丁锡根. 中国历代小说序跋集：下 [M]. 北京：人民文学出版社，1996：1446.

> 《镜花缘》在说部中，为晚近之作，文笔视《红楼》《水浒》，良有不逮，然而诙谐间作，谈言微中，独具察世只眼，似较他书为胜。其言女学女科，隐然有男女平权之意味。而佳智国民尽人皆须读书识字，而后始得为成人。又近日国民教育之规模也。大人国家宰出游，亦不过小奚相随，无驺从仪卫之繁，暗合泰西风气。飞艇航空，铁血陷阵，直一目贯注到今。虽世之言进化论，恐无以加此。又不让倍根氏文集专美于前①。

清末杨懋建的《梦华琐簿》中对于《镜花缘》的评判同样值得注意，杨懋建认为李汝珍在书中过于炫耀才学是小说中的败笔。

> 嘉庆间新出《镜花缘》一书……作者自命为博物君子，不惜獭祭填写，是何不径作类书而必为小说耶？即如放榜谒师之日，百人群饮，行令纠酒；乃至累三四卷不能毕其一日之事，阅者昏昏欲睡矣。作者犹津津有味，何其不惮烦也。②

尽管杨懋建的表述可能略显激进，但他对于《镜花缘》中因过度卖弄学识而导致的叙事冗长这一核心问题，却提出了极具洞察力的观点。

民国时期对《镜花缘》的研究，以胡适和鲁迅最为突出。早期版本中，《镜花缘》并没有署名李汝珍，直至1923年胡适发表《〈镜花缘〉的引论》，提出作者应为李汝珍。胡适将《镜花缘》视为一部探讨妇女问题的小说，并极力推崇李汝珍对中国妇女问题的深刻挖掘和全新呈现。他特别强调了书中关于女儿国部分的描绘，认为这一部分体现了李汝珍超前的时代思想。

鲁迅在1930年所著的《中国小说史略》中，称《镜花缘》是一本可以"与《万宝全书》为邻比"的书。鲁迅对小说名称来源的分析是这样的："作者命笔之由，即见于《泣红亭记》，盖于诸女，悲其销沉，爰托稗官，以传芳烈。"③鲁迅对小说现实批判的分析也很贴切："其于社会制度，亦有不平，每设事端，以寓理想；惜为时势所限，仍多迂拘。"④关于《镜花缘》的艺术描写，鲁迅赞赏作者运用自己的技巧和知识创造出引人入胜的故事情节，但批评他包含了太多的文采展示和文化典故，使读者不知所措，淡化了小说的艺术价值。

相较于民国时期胡适、鲁迅对《镜花缘》的整体考察，五六十年代马克思主义文艺思想成为研究《镜花缘》的主要批评标准，主要聚焦于该作品中海外游历和众才女

---

① 孔另境.中国小说史料[M].上海：上海古籍出版社，1982：215.
② 蒋瑞藻，蒋逸人，整理.小说考证：下[M].杭州：浙江古籍出版社，2016：590.
③ 鲁迅.中国小说史略[M]//鲁迅全集：第九卷.北京：人民文学出版社，1981：242.
④ 鲁迅.中国小说史略[M]//鲁迅全集：第九卷.北京：人民文学出版社，1981：243.

游宴逗才两个主题，对《镜花缘》的精华与糟粕进行了分析，从多个角度探讨了这部小说的成因。对于这部小说的评价和研究取得了一些进展。出版的几部《中国文学史》都出现了对《镜花缘》的评述，表明了学界对这部小说的重视。例如，北京大学中文系1955级编写的《中国文学史》认为《镜花缘》前半部通过丰富的想象形式寄托了作者对社会的批判和理想，但是后半部作者过于炫耀才学，拉低了小说的艺术性。

这段时期的研究对《镜花缘》的思想内容和艺术特点进行了深入剖析。在思想内容方面，研究指出《镜花缘》的进步性主要体现在对妇女问题的关注和男女平等的倡导，以及对当时社会黑暗面的揭露和批判。然而，这部作品也存在一些不足之处，例如其正面理想大多从儒家思想出发，并且存在不少因果报应、佛道之说的影子。在艺术描写方面，研究认为《镜花缘》以神怪形象为载体讥刺社会并寄托作者理想，充分表现出浓郁的现实生活气息。在语言风格上，这部作品呈现出生动流畅的特点，并具有幽默趣味。但这些特点主要表现在前半部，后半部连篇累牍的考证学术不能算是文学作品。此外，这部作品还存在往往采取直接的说教、在人物描写上也不太成功等不足。游国恩等主编的《中国文学史》也认为《镜花缘》的精华主要在前半部，后半部与其说是小说，不如说是借小说以夸耀学问和知识。这些研究对《镜花缘》的思想及艺术上的精华与糟粕进行了分析，有助于我们更好地理解和欣赏这部经典小说。

1977年以来，《镜花缘》研究日益繁荣。一个标志性的事件是1986年8月首届全国《镜花缘》学术讨论会在《镜花缘》诞生地连云港市召开。会议取得了丰厚的成果，出版了《〈镜花缘〉研究论文选》及相关专辑。

通过综合观察，我们可以看到，在新时期，对于《镜花缘》思想内容的研究构成了《镜花缘》研究中非常重要的一个部分。与以往相比，对于《镜花缘》中思想内涵、地方特色等的研究，不仅在广度上有了很大的拓展，而且在研究的深度和系统性方面有了显著的提高。

比如闻起在《借镜花水月，写世道人心——〈镜花缘〉的笔法和读法》一文中指出，尽管小说的故事背景设定在唐朝的武则天时代，但其反映的历史内容却深深打上了19世纪初期的时代烙印。这说明《镜花缘》在描绘唐朝历史的同时，也反映了19世纪初期的社会现实和时代精神。李汝珍通过借古讽今的手法，将唐朝的历史背景与现实社会问题进行对比和反思，从而突显出现实社会问题的普遍性和严重性。因此，《镜花缘》并不属于神话、博物志、游历记或科学幻想读物，而是一部以讽刺为主要艺术特色的社会问题小说，具有深刻的社会现实内涵。

欧阳健在《海的探险和海外世界的发现——〈镜花缘〉历史价值刍论》一文中则从海外游历的描写角度审视了该书的价值。他认为，李汝珍通过艺术形象的创造，提出了面向海外、发现新世界的问题，这一举措无疑具有极大的历史价值。这意味着

《镜花缘》在探讨海外探险和发现新世界的问题方面具有重要地位，对于理解当时的社会背景和思想观念具有重要意义。同时，这也揭示了《镜花缘》在文学创作上的独特性和创新性，为该作品赋予了更加广泛的历史和文化价值。

然而，对于《镜花缘》这部作品的思想内容，学术界的评价并非一致。美国学者夏志清认为，这部作品仅仅是作者为朋友解闷、炫耀才学的产物，主要目的是娱乐那些与自己性情相通的学士。在夏志清看来，这部作品主要反映了儒家思想，但并没有男女平等的观念，甚至可以说是一部以才女人人裹小脚为主题的作品。

李时人也持有类似的观点，他认为生活在18世纪中国现实中的李汝珍并没有成为新思想的先驱。尽管李汝珍可能看到了现实的朽腐，甚至感觉到了儒家的社会理想难以实现或根本是空幻，但他并不知道未来的出路在哪里。

对于《镜花缘》这部作品的思想内容，确实存在不同的评价和争议。这需要我们深入研究和探讨，以便更全面地理解这部作品的价值和意义。

关于《镜花缘》艺术形式的研究中，历来学者大都对《镜花缘》中过度地炫耀才学持批评态度。这是因为该书中明显的炫耀才学特点被认为损害了小说本身的文体特性。例如，何满子对该书的艺术形式持明显否定的态度，认为《镜花缘》成书的时代是小说艺术在经历了《儒林外史》《红楼梦》这一高潮后的退潮时期，这一时期知识分子的心态是沉滞的、保守的和缺乏开创精神的，因此该书走上了以炫耀才学为主要目的的道路。然而，这种做法并没有使该书的整体和局部之间表现出符合逻辑的生活过程，这对《镜花缘》来说几乎造成了致命的损害。

和何满子的观点相反，也有学者对《镜花缘》中的艺术描写表示肯定。李汉秋与胡益民在《清代小说》中指出，《镜花缘》开篇所建构的神话世界，为小说营造了一层神秘氛围。《镜花缘》的寓言特征和富有幽默感的语言体现了小说不凡的艺术成就。李汝珍将寓言元素巧妙地融入长篇小说中，这无疑是对讽刺文学手法的一种丰富和发展。

李时人从小说史的角度切入，指出《镜花缘》虽然"以小说见才学"，但并不能遮掩小说的艺术价值。李时人强调，小说不仅需要展现作者自身的学识才华，也需要基于作者知识水平的对历史、社会生活的描绘。既然小说作者在创作过程中，可以突出社会生活、社会文化的某些方面，知识才学也是可以突出的部分。

从文化史来看，清代是中国封建文化的衰落阶段。这种衰落文化的最大特征通常是对祖先的智慧和成就进行过度崇拜，沉迷于过去，向历史寻求生活的启示。在这种文化氛围下进行创作的作家，其作品往往依赖于书本和由书本产生的想象。这种依赖书本和想象进行创作的倾向，可能限制了作家的创新性和对现实的敏锐观察力。

在比较文学领域，将《镜花缘》与《红楼梦》《格列佛游记》等中外作品进行比较研究一直是备受关注的话题。自20世纪80年代以来，许多学者纷纷著文探讨《镜花缘》与这些经典名著之间的异同。这些研究涵盖了主题倾向、艺术手法等多个层面，为深入理解《镜花缘》提供了重要的理论支持。

其中，王捷的《〈镜花缘〉与〈格列佛游记〉比较简论》、周岩壁的《〈格列佛游记〉与〈镜花缘〉在前文学遗产继承上的比较》以及阮朝辉的《梦幻民主——〈格列佛游记〉与〈镜花缘〉的民主思想之比较研究》等学术论文，具有很高的参考价值。这些论文不仅对两部小说的主题倾向进行了全面的比较，还对其艺术手法进行了深入的分析和探讨。王向辉、王丽丽的《从〈格列佛游记〉与〈镜花缘〉看中西传统文化的差异》一文从海外游行的目的、海外国家的描绘、海外国家社会问题的看法三个角度对两部小说进行了对比，并从文化背景、人文环境以及个人经历的不同等方面深入探讨了中西方传统文化的差异。

尽管《镜花缘》在与外国小说和中国古典小说进行比较时展现出独特的艺术特点，但我们需要进一步拓宽其广度以增加对比研究的深度。

《镜花缘》和《红楼梦》均对女性形象进行了大量的描绘，这两部小说都表现出强烈的"水月镜花"式的虚幻意识。因此，学术界多将后来的《镜花缘》视为《红楼梦》的仿作。例如，一粟编写的《〈红楼梦〉书录》将《镜花缘》列为《红楼梦》的"仿作"，李汉秋和胡益民在所著《清代小说》中也认为《镜花缘》对妇女问题的看法直接受到《红楼梦》等优秀小说中所体现的先进民主思想的影响。这一时期有关这两部小说比较研究的论文主要关注两部作品对女性问题的思考及其传承关系。其中颇具代表性的是毛忠贤所撰写的《〈镜花缘〉对〈红楼梦〉女性问题的反思》一文。毛忠贤首先分析了《镜花缘》对《红楼梦》的继承模仿多在于小说立意构思的模式，继而重点论述了《镜花缘》对《红楼梦》的女性描写做了本质上完全不同的修正和创新。

此外，国外学者也对该书进行了研究。苏联女汉学家费施曼称该书为"熔幻想小说、历史小说、讽刺小说和游记小说于一炉的杰作"[①]。《镜花缘》现已被译成英、俄、德、日等文字。澳大利亚、韩国等国家的学者还相继来到海州考察该书的写作背景和作者生平。

（四）《镜花缘》中的地域经验与地域文化

明清小说看江苏，江苏各市中具有独特海属文化的连云港更是与明清小说有着深厚的渊源。《西游记》《镜花缘》《聊斋志异》《儒林外史》《续金瓶梅》等小说，或诞生于海州，或以海州为写作背景，或浸润着海洲文化，都与海州有着割不断的关联。

---

① 翁长松. 清代版本叙录［M］. 上海：上海远东出版社，2015：352.

连云港与众多明清小说之间的紧密联系,很大程度上归因于明清时期海州的繁荣昌盛。连云港的发源地——海州古城位于江苏省连云港市海州区的西南部,有超过2200年的建城历史。自秦汉以来,它一直是海、赣、沭、灌地区的政治、经济以及文化中心,赢得了"淮口巨镇""东海名郡"以及"淮海东来第一城"的美誉。海州南边靠近江淮,北依齐鲁,成为淮北名郡。在这种背景下,海州的商业活动逐渐繁荣,吸引了众多商贾聚集,从而形成了"财脉"。同时,海州也因其历史悠久的文化背景和丰富的人文资源而形成了"人脉"。

在海州古城,"人脉"是指五大姓氏家族的力量和影响。这五大姓氏是殷、葛、沈、杨、谢,他们的族人大都住在城中的中大街沿线。例如,谢家在家门口开设了商铺,因其出色的商业活动和良好的声誉在当地享有极高的知名度。一句古老的谚语"杨家花园谢家楼,沈二老爷独占南山头"就是形象写照。这句话中的"杨家花园"指的是杨氏家族的宅邸,而"谢家楼"则指谢氏家族的建筑,两者都是当地知名的地标。而"沈二老爷"则代表了沈氏家族有影响力的人物。这句谚语通过描述这些家族的宅邸和人物,形象地表现了五大姓氏在海州古城中的重要地位和影响力。

在清代"康乾盛世"期间,随着经济的繁荣和文化的快速发展,海州地区佛教寺庵、道观以及祭神的庙、宫等建筑大量涌现,到了清末,更有着"九庵十八庙"的说法。这些宗教建筑和场所的兴起,反映了当时社会的信仰和文化需求。在这些宗教建筑中,佛道儒三教并存于一条街上的景象十分罕见,这种独特的景象不仅展示了海州地区宗教文化的多元性和包容性,也反映了当时社会的开放性和自由度。这种多种宗教共存的现象,不仅在国内其他地方较为罕见,也为我们了解和研究当时的宗教信仰和文化提供了重要的历史见证。

在那个时代,马路口是中大街的核心繁华区域,从东到西依次是城隍庙、文庙和大慈禅寺。这些宗教建筑的存在和布局,不仅体现了当时的宗教信仰和文化特点,也展示了古海州人民的精神生活和文化追求。

古海州的地理位置优越,加上良好的人文环境,为寺庙的大量兴建提供了必要的条件。此外,这些寺庙的兴建也与我国佛教、道教的兴衰历史密切相关。自从佛教在公元1世纪中叶传入我国后,其在晋朝首次兴盛,至隋、唐进入鼎盛时期,清朝又有所复兴。这一历史进程在海州的寺庙建筑中得到了体现,如北齐年间建成的龙洞庵,唐朝前后建成的园林寺、紫竹庵以及清朝建成的百子庵、观音庵、神州庵等,都见证了佛教在中国的兴衰历程。

这些寺庙建筑不仅是宗教场所,也是历史文化的载体。它们不仅体现了当时社会的信仰和文化特点,也为我们了解和研究当时的宗教信仰和文化提供了重要的历史见证。

一 连云港《镜花缘》研究的历史背景

自汉朝初期形成后,道教经历了元、明两个繁荣发展阶段,然而在清代逐渐衰落。这一趋势与海州地区的宗教建筑兴衰相呼应。海州地区的碧霞宫、天后宫、真武庙等道教宫观神庙大部分在这个阶段得以建成,这些建筑的存在见证了道教在海州的盛行情况。

此外,许多寺庙是由封建王朝直接下令,由全国各地官方设置的,这直接反映了当时的宗教政策。例如,明清两朝都曾下令在学馆以及郡县以上的行政单位兴建文昌帝祠,以服务其科举选士制度。海州的文昌宫、社稷坛、城隍庙、蒲神庙等都是官方出资建造的。

再者,寺庙数量众多也是一个地区人文水平较高的反映,与当地的经济、文化的发展水平相互适应。俗话说,盛世时期人们会修缮寺庙。如果没有相对宽容的政治环境和经济实力,建造寺庙是不可能的。海州地区的丰富物产为这些寺庙的兴建提供了物质基础。而以寺庙为基础的佛教和道教文化,特别是其中教育、科技、医药等学术成果与传统文化的紧密结合,又推动了一个地区经济、文化以及社会福利事业的发展,甚至形成了至今仍然存在的民俗,这是对社会发展作出积极贡献的方面。

海州板浦自古以来就是东夷之地,据古史记载,这里早在四五万年前就有人类生活,是以鸟名官、以鸟为图腾的"少昊之国"。随着社会经济的发展,这一地区经历了东夷文化与齐鲁文化的碰撞与融合,接着是河洛文化、吴越文化的浸淫,当然还有早期佛教、道教文化的影响。随着两淮盐业的兴盛,淮扬文化与齐鲁文化又在这一地区形成了新一轮的碰撞与融合。

在李汝珍于板浦生活和著书的30多年里,板浦的渔盐之利因海上丝绸之路的繁荣而盛极一时,这里成为商埠口岸,每日盐船来往频繁。这些盐船不仅带来了大量的社会、经济、文化信息,还传播了海内外各地的奇闻逸事。这些源源不断的信息成为李汝珍创作《镜花缘》的重要素材和参考资料。

公元1782年秋,李汝珍"随兄佛云,宦游朐阳"[①],寓居海州板浦,以后除了短期去过河南、淮南(草堰场、扬州)、江南(苏州)等处外,基本上一直居住板浦。在板浦这个人文昌盛、商贾云集的繁华之地,李汝珍展现出了卓越的文学造诣,除了《镜花缘》和《李氏音鉴》,同时还编写了《受子谱》。通过深入研究板浦和李汝珍,我们发现,李汝珍长期寓居板浦,与这片土地建立了深厚的生命联系,形成了浓烈的"海州情缘",从而促使他的才华得以充分展现。这一现象需要进一步挖掘,探讨其背后更深层次的原因。

通过对李汝珍与板浦之间关系的深入研究,我们可以更全面地认识这位文学巨匠

---

① 孙佳讯.《镜花缘》公案辨疑[M]. 济南:齐鲁书社,1984:3.

的成长背景、思想内涵及影响力的源泉。这一研究不仅有助于更好地理解李汝珍的文学作品，也有助于弘扬地方文化，推动中华文化的传承与发展。

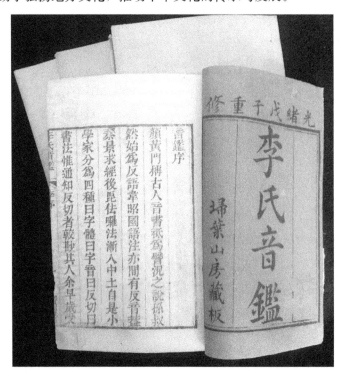

一 连云港《镜花缘》研究的历史背景

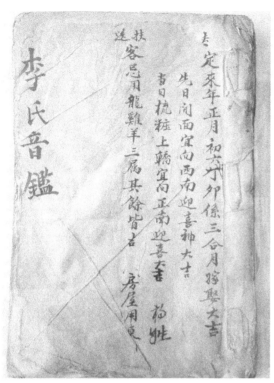
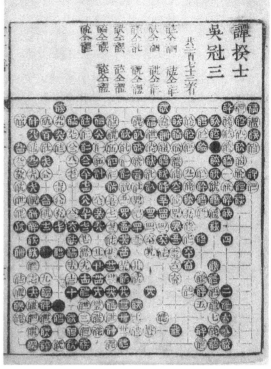
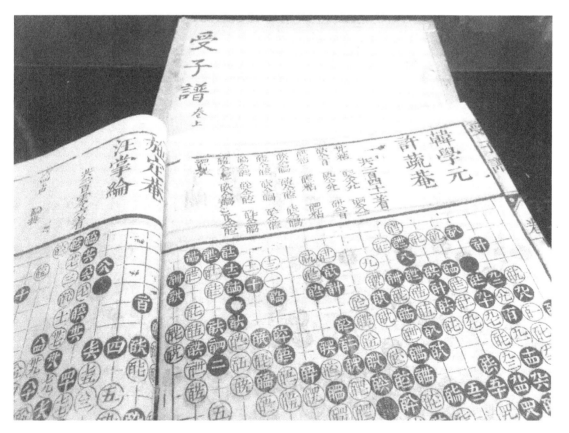

李汝珍，直隶大兴（今属北京）人，年轻时丧妻（或未婚妻）。他的出生地给他带来了巨大的痛苦。正好他的哥哥李汝璜通过他们的表亲徐氏争取到了一个到海州板浦做官的机会。李汝珍为了摆脱情感创伤，踏上了前往海州板浦的新旅程，可以说，李汝珍是怀着热切期待的心情来海州的。李汝璜带着妻子、孩子和两个弟弟来到板浦，这让人们相信这是一个经过深思熟虑的家庭决定，凸显了他们在新环境下重新开始的共同愿望。

身处异乡的李汝珍，来到海州板浦这个全新的环境，内心却并未感到陌生与隔阂，反而视之为新生活的起点和依靠。自从他离开故乡大兴的那一刻起，他就在心底与海州板浦结下了深厚的情感纽带。踏上前往海州板浦的旅程时，李汝珍早已在脑海中为这片未知之地描绘出了一幅充满乐观和希望的画卷。这种强烈的探求欲望使他的预测更加积极，充满了生机与活力。而当他真正踏上海州板浦的土地时，这一切的乐观预期都得到了验证。

李汝珍在千年古镇板浦的居所，所处的环境钟灵毓秀、人杰地灵，与他的名义故乡大兴形成鲜明对比。后者地处京城边缘的偏僻乡野。板浦古镇绿水萦绕，玉带漂流，庭院幽深，小巷曲折，这里的景色不仅没有让他失望，反而加固了他对板浦的美好憧憬。位于镇中心河东孙家桥北的板浦场盐课司署成了李汝珍的家园，他在这里规划着他新的人生。

乾隆四十七年（1782年）秋，为了尽快融入板浦文化环境，认识和感受当地文化，李汝璜聘请凌廷堪来教导他们的子弟，这也为李汝珍提供了向凌廷堪学习的机会。在兄长的帮助下，李汝珍正式成为凌廷堪的受业弟子。凌廷堪是当时海州文化圈中的翘楚，作为乾嘉学派的重要人物、清内阁大学士翁方纲的弟子，他才华出众，文名斐然。海州诸多商贾富家都希望子弟能拜入凌廷堪的门下，这足以说明他在当地的地位。在这样的背景下，年轻的李汝珍有幸被凌廷堪接纳为弟子，在很大程度上取决于他的个人努力和才智。凌廷堪精通经学和音韵学，著述丰富，文脉广博，对李汝珍影响深远。这一阶段的学习，使李汝珍在学术上受益匪浅，也为他日后的创作和研究工作打下了坚实的基础。

李汝珍拜凌廷堪为师，融入了海州文化圈，这一举措让他的海州情结得以释放和深化，也将其提升为海州情缘。

作为凌廷堪的弟子，李汝珍在板浦文化圈中的地位得到了提升。除了凌廷堪外，江淮地区的学者、被誉为"才子二许"的文化名流许乔林、许桂林兄弟，也成了李汝珍的好友和姻亲内弟。海州鸿儒、"板浦名士二吴"吴振勃、吴振勷兄弟，以及博学多才的"中正才子二乔"乔绍侨、乔绍傅兄弟，"诗、书、画三绝兼长"[①]的"东辛学者

---

① 乔晓军. 中国美术家人名辞典：补遗二编[M]. 西安：三秦出版社，2007：468.

一 连云港《镜花缘》研究的历史背景

"二程"程立达、程立中兄弟等板浦赫赫有名的文化人,都成了李汝珍的文朋师友。

通过与这些名流的交往和交流,李汝珍对板浦的历史文化进行了深入学习和研究,并逐渐融入其中。他不仅通过师承学习板浦文化,更自觉自主地适应和认同这种文化,甚至参与创造板浦文化。

汝璜、汝珍、汝琮三兄弟均具有深厚的家学背景,他们融入板浦文化圈后,形成了文人相亲的氛围。在李汝珍的家中,经常有文人雅士聚集,共同探讨学术和技艺。这一时期,板浦的学者和名士齐聚一堂,成为一时之盛。其中,最为著名的是在李汝珍居住的盐署清琅玕轩举行的"朐阳公弈"(围棋比赛)。这一活动不仅为后人所津津乐道,还为李汝珍的著作《受子谱》提供了素材。

然而,真正促使他长期寓居板浦的原因却是他的婚姻。在兄嫂的帮助下,李汝珍娶了"板浦二许"的堂姐许氏为妻。许家是板浦的望族,经济富庶,书香满门,是板浦的大户人家。此后,许乔林、许桂林对李汝珍的关注颇多,不仅为其著作写序和校改文稿,甚至其《镜花缘》《李氏音鉴》等著作中,也多少体现了许桂林兄弟的观点。这一婚姻关系使李汝珍得以长期寓居板浦,并切实融入了当地的社会关系之中。

许家对李汝珍的关爱有加,从其文名逐渐在海州崭露头角之时便已显现。李汝珍对没有功名的状态并非从未感到困扰,他曾通过捐纳和保举的途径成为一名县丞,运作背后少不了许家的支持和帮助。根据《大清搢绅全书》嘉庆六年(1801年)辛酉本第三册的记载,我们可以明确地看到李汝珍的名字被列入了河南县丞的名单中。

保举是清代捐纳授官途径之一,帮助李汝珍通过这一途径获得县丞这一虚衔的背后运作之人,并非他的八品盐使兄长,而是他的叔岳父许介亭。许介亭因其著作《河防秘要》和所担任的运河通判一职(大约是从五品和正六品,至少七品官),显示出了在治水领域的丰富经验和人脉。由此可见,许家对李汝珍真正成为海州人关系重大。

正是由于这种海州情缘,李汝珍将其人生中最美好的大部分时光留在了板浦,而板浦也以其丰厚的历史文化底蕴滋养了这位才华横溢的作家。李汝珍以他的作品回报了板浦的滋养,创作出了古典白话小说《镜花缘》、研究"北京音系"和"海州音系"集大成成果的《李氏音鉴》以及一部《受子谱》。这些作品不仅让板浦的文化土壤更加丰富,也使得他在海州文坛的地位更加稳固。

李汝珍巧妙地将连云港地区的特色——海州风情融入了他的作品《镜花缘》中。这部经典的小说中充斥着对连云港海景山色、风物土产、乡土俚语、古迹史乘的描绘,这些元素为故事增添了浓厚的地域色彩。在《镜花缘》中,李汝珍凭借对海上神山云台山的深入了解,特别是对南云台山东磊、渔湾一带的自然景观和风土人情的熟知,巧妙地将这些地方元素融入故事中。

渔湾位于海边,是渔船停泊的港口,也是人们出海的起点;而东磊延福观后的竹林中自古以来就有着"小蓬莱"石刻以及神仙洞、迎仙崖等景点。这些地方在《镜花缘》中扮演了重要的角色，成为林之洋、多九公等人物出海的地方，也是唐敖升天的必经之地。

连云港拥有绵长的海岸线，早在春秋时期就已经形成了海上航线。更有传说指出，秦代率领童男童女入海求长生不老之药的徐福是海州赣榆人。这个有趣的历史细节揭示了连云港与海洋的深厚渊源。在这样的环境中，李汝珍在重要的海滨盐场板浦定居，居住了几十年，对海洋非常熟悉。这种生活经历对他的创作产生了深远影响，使他在《镜花缘》中描绘那些奇幻的"海上传奇"时能够得心应手。

《镜花缘》第一回中写道："海岛中有三座名山：一名蓬莱，二名方丈，三名瀛洲。"① 后面还写到了"清光满目，黛色参天"的海外仙境"小蓬莱"。诚然，蓬莱、方丈和瀛洲是中国古代神话中的海上仙山，但也有研究者提出，李汝珍笔下的"小蓬莱"，其原型正是海州名胜、江苏海拔最高的云台山。唐代大诗人刘长卿这样吟咏云台山："烟开秦帝桥，隐隐横残虹。蓬岛如在眼，羽人那可逢。"（《登东海龙兴寺高顶望海简演公》）② 苏轼则写道："郁郁苍梧海上山，蓬莱方丈有无间。"（《次韵陈海州书怀》）③ 历代诗人将云台山视为"蓬莱"，这里塔影山光，溪涧深邃，鸟兽成群，花果飘香，宛如人间仙境。

在《镜花缘》中，海州人还能找到熟悉的方言和民俗。《镜花缘》中使用的海州、灌云等地方言将近200条，如"就饭""出室""三朝""对人心路"等等。海州的一些民风民俗，如"葛根解酒毒"等也被李汝珍写入书中。可以说，《镜花缘》也是一幅古海州的风俗图。

---

① 李汝珍. 镜花缘［M］. 张友鹤，校注. 北京：人民文学出版社，2018：1.
② 王启兴. 校编全唐诗：上［M］. 武汉：湖北人民出版社，2001：1156.
③ ［宋］苏东坡. 苏东坡全集［M］. 北京：北京燕山出版社，1998：1179.

二

连云港《镜花缘》研究的发展历程

《镜花缘》研究起于晚清,王韬、杨懋建等清代学者都对《镜花缘》有过评述。民国时期,胡适、鲁迅等学者也专门论述过《镜花缘》。在经历了一段沉寂期后,20世纪80年代《镜花缘》研究再度受到重视。自那时起,研究者们开始从不同的角度对这部小说进行深入剖析,探讨其文学价值和社会意义。连云港市的《镜花缘》研究在民国时期正式展开。

(一)先声阶段:始于1928年

追溯连云港市《镜花缘》研究的发展历程,首先要谈到连云港市两位重要的《镜花缘》研究学者:孙佳讯先生和吴鲁星先生。

《镜花缘》这部作品早期的版本并未署名,其作者的确定,成为近代文学史学界长期争论的焦点。最早对这个议题进行探究的是胡适。他在1923年5月发表了一篇名为《〈镜花缘〉的引论》的长篇论文,根据在道光二十一年(1841年)广州英德堂刻本《镜花缘》中悔修居士的序以及光绪十四年(1888年)上海点石斋石印本王韬的序中提到的"悔修居士谓北平李子松石竭十余年之力,而成此书"①,推断《镜花缘》的作者应该是李松石。

胡适在研究中进一步发现,李松石,原名李汝珍,是一位音韵学家,来自京兆大兴县。他的一部重要作品《李氏音鉴》在学术界有着广泛的影响。通过深入研究《李氏音鉴》,胡适发现了与《镜花缘》密切相关的线索。

胡适发现,自乾隆四十七年(1782年)至嘉庆十年(1805年),李汝珍在江苏省海州一带生活了20余年,其间与当地几位知名文人,包括许桂林、许乔林等保持着紧密的联系。这些线索让胡适推测,《镜花缘》可能是李汝珍在晚年创作的作品。在经历了生活的高低起伏后,李汝珍选择以写作来表达他的内心世界。这个观点得到了学术

---

① [清]李汝珍.汇评本镜花缘:下[M].孙海平,校点.济南:齐鲁书社,2018:816.

界的广泛关注和讨论,为《镜花缘》的作者问题研究增添了新的视角和解读。

1923年春,亚东图书馆在重印《镜花缘》时,将悔修居士(许乔林)、王韬的序以及胡适所写的《〈镜花缘〉的引论》一并放在了书前,以此为读者提供更全面的背景信息。

1. 吴鲁星①的《镜花缘》研究

首次对李汝珍的"著作权"质疑的人是当时担任海州《东海农报》编辑的吴鲁星。吴鲁星是一位十分精通古文与地理的学者,他坚守着"正统"的信念,并热衷于广泛阅读和收藏各类文献和地方文人著作。

胡适对《镜花缘》作者的考证引发了争议。吴鲁星认为胡适的考证过于简单,并搜集了海州当地关于《镜花缘》的民间传说,撰写了《〈镜花缘〉考证》一文,对胡适的考证提出疑问。吴鲁星提出,根据悔修居士石华(许乔林的号和字)的序言,《镜花缘》的作者应该是海州文人许乔林、许桂林兄弟,而非传说中的李汝珍。他指出,许乔林和李汝珍是同时代的人,而且关系亲密,因此不可能不知道李汝珍所著的这部一百回的大著。此外,序文中使用了"昔人称"和"同时之人所作的书"等字眼,这表明《镜花缘》的作者并非李汝珍,而是许氏兄弟。综上所述,吴鲁星认为,《镜花缘》实际上是许氏兄弟假借李汝珍的名字传播自己的作品。这一观点引起了学术界的关注和研究。

吴鲁星于1924年10月致函《小说月报》主编郑振铎,对胡适论证表示异议,他宣称这个公案似乎始终无法令人信服。吴鲁星同时递交了一篇名为《〈镜花缘〉考证》的稿件以供审查。接着在1925年1月29日,吴鲁星再度致函郑振铎,声称自己编写了一部《许李年表》,并发现了《镜花缘》的原刻本,据此进行考据。他主张《镜花缘》一书实际上是"二许"所著,因涉及身份隐秘的问题,故而委托李汝珍作为代笔。

然而,郑振铎最终并未发表吴鲁星的文章,这使得《镜花缘》的作者身份问题仍然处于悬而未决的状态。这一争议的持续,凸显了这部作品在文学界的地位和关注度,同时也揭示了学术研究的复杂性和不确定性。

---

① 吴鲁星于1893年出生于海州,曾就读于东海高小,并在苏州教育学院(疑东吴大学)接受过深造。他一直以"传道授业解惑"为职业目标,曾担任东海师范学校的教师,该学校是连云港师专的前身。在日军强行入侵海州期间,吴鲁星不愿屈服于外敌的侵略,选择闲居家中,体现了名士的风度和气节。1949年后,吴鲁星担任了中国人民政治协商会议新海连市委员会二、三、四届委员,他满怀着对建设新中国的热情,活跃在教育和政治领域。然而,在特殊年代,吴鲁星屡次遭受政治风暴的冲击,再次过上了闲居和贫困的生活。他于1975年在海州逝世。

2. 孙佳讯①的《镜花缘》研究

孙佳讯先生是连云港师专的杰出校友,从20岁时起就与现代文学大师胡适通信探讨《镜花缘》。他撰写的《〈镜花缘〉公案辨疑》一书,对《镜花缘》的版本研究做出了重要贡献。

早在中学时期,孙佳讯就曾在上海《大公报》上发表文章,对《镜花缘》进行介绍,称其为"罕有之奇书",并赞扬作者李汝珍为"清代突崛的奇才"。

20世纪20年代,当时还是东海中学学生的孙佳讯决心揭开《镜花缘》作者的谜团。他与吴鲁星是同乡朋友,经常从吴鲁星那里借阅有关《镜花缘》的书籍资料。然而,他对吴鲁星所持的观点并不认同。

在这个时期,孙佳讯有幸读到了胡适发表的《〈镜花缘〉的引论》。孙佳讯认为,由于可用的实证资料不足,论文仍存在许多疏漏。这使得孙佳讯更加坚定了自己探索真相的决心。孙佳讯在1928年10月发表了一篇名为《〈镜花缘〉补考——呈正于胡适之先生》的文章,该文章刊登在由汪静之等主编的《秋野》第二卷第五期上。在这篇文章中,孙佳讯同意了胡适关于《镜花缘》作者是李汝珍的结论,同时补充了一些胡适并未知晓的材料,以修正胡文中存在的若干讹误。此外,他还对所谓的李汝珍"晚年著书"等说法进行了纠正。孙佳讯在文章中详细梳理了李汝珍的生平事迹和创作历程,同时结合了新的材料和证据,以更全面地探讨《镜花缘》的作者问题。他不仅对胡适的结论进行了补充和修正,还为这个议题提供了更深入的研究视角和新的思考维度。孙佳讯根据《海州志·职官表》认为,李汝珍之兄李汝璜于乾隆四十七年(1782年)接任板浦盐课司大使,负责这一带的盐业。17年后直至嘉庆四年(1799年)卸任,仍居板浦。李汝珍与弟弟李汝琮是跟随哥哥前来定居的。另据许乔林《弇榆山房诗略》,嘉庆辛酉年(1801年)中有《送李松石县丞汝珍之官河南》诗,纠正了胡文李汝珍"不曾到河南做官"的说法,并得出如下结论:

第一,李汝珍自乾隆四十七年(1782年),至嘉庆六年(1801年),皆在板浦一带。

第二,李汝珍确于嘉庆六年,到河南做过官的。

第三,《镜花缘》三十五回唐敖谈治河一段,确是李汝珍的经验,许乔林

---

① 孙佳讯,原名孙家训,1908年7月1日生于江苏省灌云县。他曾就读于江苏第八师范和东海中学。1930年,他进入上海中国公学大学部文史系学习,而在1932年继承父业回到家乡任教。孙佳讯在多所中学担任过教职及校长。

颇期"他年谈河事，阅历得确验"，可算得到确验了。①

据孙佳讯的研究，李汝珍在嘉庆六年（1801年）被任命为治水县丞，赴豫任职。之后，李汝璜复调任至淮南草垛场盐课司大使。嘉庆八年（1803年），李汝珍从河南返回，携妻小至淮南兄长处，开始致力于《镜花缘》的创作，并在那里结识了蔬庵老人，该人为他进行了评书工作。此时，李汝珍正值40岁的壮年，并非在"晚年"进行著书。

对于《镜花缘》的写作时期，孙佳讯根据许桂林的《七嬉》中的《洗炭桥》开首所写的内容指出，松石道人已经完成了《镜花缘》的初稿，并即将付印。许桂林曾经为《镜花缘》做过圈点，然而他于道光元年（1821年）去世。因此，胡适关于《镜花缘》约在1825年成书的推测并不准确。另外，根据许乔林的序以及李汝珍在该书的结尾所写的"消磨了十余年，层层心血"，从道光元年向上推10年为嘉庆十六年（1811年）。因此，孙佳讯推断《镜花缘》的写作从嘉庆十四五年（1809—1810年）开始，至嘉庆末年（1820年）结束，总计历时十余年。

关于李汝珍的卒年，孙佳讯根据许乔林在道光十一年（1831年）所编的《朐海诗存》中的记载，推导出李汝珍在道光十一年（1831年）之前已经去世。因此，他认同胡适关于这个问题的推论大概是不错的。

孙佳讯在文中还谈道："因海属多传说此书为许乔林、许桂林兄弟所作，与李汝珍毫无关系。吾友吴鲁星遂本此广收证据，成《〈镜花缘〉考证》一篇，确认《镜花缘》作者为许氏兄弟。他将所有与《镜花缘》有关的书借给我看，我也继续得到许氏兄弟所著的几本书，研究的结果，颇不以吴君之结论为然。"②

孙佳讯将这期《秋野》首先送给了朋友吴鲁星，并在封面写上"吴鲁星君，此刊载有我《镜花缘》文章，请斧正"。吴鲁星碍于同乡关系并没有做出反应；而这篇"呈正"文章的发表，却引起了胡适先生的高度重视。

一个多月后，即1928年11月21日，时任上海中国公学校长的胡适给孙佳讯亲笔写了一封信：

佳讯先生：

今天在《秋野》第二卷第五期里得读你的《镜花缘补考》，我很高兴，又很感谢。高兴的是你寻得了许多海州学者的遗著，把这位有革新思想的李松石的历史考的更详细了；感谢的是你修正了我的许多错误。但我还有两个小

---

① 胡适. 胡适古典文学研究论集：下册[M]. 上海：上海古籍出版社，2013：946.
② 胡适. 胡适古典文学研究论集：下册[M]. 上海：上海古籍出版社，2013：944.

二　连云港《镜花缘》研究的发展历程

请求：

（1）你的《补考》，将来可否许我收到《镜花缘的引论》的后面作个附录？倘蒙你允许，请将《秋野》所登之稿中的排印错误代为校正，以便将来照改本付印。

（2）吴鲁星先生的《考证》，不知载在什么杂志里，你能代索一份赐寄吗？

匆匆道谢，并祝

你好。

胡适　一九二八，十一，廿一。①

孙佳讯按照胡适的要求，寄去了校正后的《〈镜花缘〉补考》，并在回信中同意和感谢胡适先生附录自己的文章，他在信中说：

适之先生：

接读你的信，使我十分喜悦；我那篇《补考》，仅是零碎的杂记，不意竟引起先生的注意！

海属传说中《镜花缘》的作者，有数种说法：

（一）二许兄弟所作；

（二）二许二乔与李氏凑趣而作；

（三）李氏有一书，与许氏《镜花缘》交换而署名的；

（四）二许卖版权与李氏的；

（五）被李氏诈去的；

（六）二许匿名借李氏以传；

（七）系一无名人所作，为二许兄弟所改正者。

这些传说都是没有根据的。李氏作此书时，容或取材于当时朋友谈笑的资料，书成时，也容许有就正二许的地方。②

孙佳讯与胡适的通信及其《〈镜花缘〉补考——呈正于胡适之先生》一文，以《关于〈镜花缘〉的通信》为题，被收入1930年9月由上海亚东图书馆出版的《胡适文存》第三集第七卷。《胡适文集》中收入的都是致陈独秀、梁启超、蔡元培、王国维、徐志摩等大家的书信，而将一个年仅20岁的无名中学生的信件和文章也同时印出，并称他为"先生"，显示出对孙佳讯学术见解的重视。胡适在考证中国古典名

---

① 胡适. 胡适古典文学研究论集：下册［M］. 上海：上海古籍出版社，2013：942.
② 胡适. 胡适古典文学研究论集：下册［M］. 上海：上海古籍出版社，2013：943.

著方面曾引出和培养了许多优秀的研究者,他曾得意地说:"我考《红楼梦》,得顾颉刚与俞平伯;考《西游记》,得董作宾;考《水浒传》,得李玄伯;考《镜花缘》,得孙佳讯。"①

然而,孙佳讯认为围绕《镜花缘》作者的谜团远没有揭开,特别是成书之地——家乡海州地区的奇谈怪论应该加以澄清。这一看法自然得到了胡适的高度赞赏,认为这是一个很了不起的发现,这也是胡适将孙佳讯的文章和信件一同编入《胡适文存》的一个重要原因。

1933年4月1日,已经毕业回乡的孙佳讯在上海北新书局出版的《青年界》第四卷第四期"中国文学特辑"发表《海属〈镜花缘〉传说辩证》,对海州有关《镜花缘》作者的诸传说一一批驳。文章对吴鲁星的"许作说"进行了深入研究,并指出吴鲁星所列举的证据不足以证明《镜花缘》的作者是二许。通过分析四个方面的证据,证实《镜花缘》的作者应该是李汝珍。然而,对于海州传说《镜花缘》为许乔林所作的观点,并没有完全否定。同时,对许桂林嫡孙许绍蘧提出的"先桂林公"与李汝珍凑趣成书的观点,也没有给予认可。因此,《镜花缘》的作者究竟是谁,仍然存在一定的争议。

对于许绍蘧的观点,孙佳讯并未立即予以反驳,而是通过深入当地民间进行访查和多方求证,积累了充足的研究资料。1940年,他在上海《学术》第三期上发表了一篇名为《再辩〈镜花缘〉传说——附李汝珍杂考》的文章。在这篇文章中,孙佳讯以民间传说"众说不一""倏忽多变""无所同者"等随意的现象为依据,对许氏的观点进行了严谨的剖析。

他明确指出,许绍蘧的观点"乃系臆断,不足置信"。孙佳讯强调,如果李汝珍与二许相处如此密切,怎么可能翻脸不认人,硬占亲友的著作为己有?此外,他提出,凭着二许在海属地区的崇高声望,无权无势的李汝珍应该不敢在太岁头上动土、强占名人之作。

为了进一步论证自己的观点,孙佳讯引用了李汝珍的同代好友萧荣修和孙吉昌的诗文。萧荣修的诗文表达了李汝珍在创作《镜花缘》时历经的艰辛和穷困,而孙吉昌的诗文则更深入地描绘了李汝珍在创作过程中付出的心血和努力。这些诗文充分表明,李汝珍为了完成这部作品,付出了巨大的努力和心血。

因此,孙佳讯认为,虽然李汝珍初稿写成后曾给二许看过,甚至圈点过,但这并不意味着他们直接参与了创作过程。相反,这些亲友只是提供了支持和鼓励,帮助李汝珍完成了这部作品。这一结论不仅符合学术界的普遍认识,也充分证明了孙佳讯对于这一问题的深入研究和严谨态度。

---

① 宋广波,编校注释. 胡适红学研究资料全编[M]. 北京:北京图书馆出版社,2005:256.

二 连云港《镜花缘》研究的发展历程

另据许乔林的序,也可窥见这部书的价值:

> 是书无一字拾他人牙慧,无一处落前人窠臼。枕经菲史,子秀集华,兼贯九流,旁涉百戏,聪明绝世,异境天开。即饮程乡千里之酒,而手此一编,定能驱遣睡魔,虽包孝肃笑比河清,读之必当喷饭。综其体要,语近滑稽,而意主劝善。且津逮渊富,足裨见闻。昔人称其正不入腐,奇不入幻,另具一副手眼,另出一种笔墨,为虞初九百中独开生面、雅俗共赏之作。①

为何《镜花缘》的初版未署作者姓名,且序文也未明确提及作者?孙佳讯提出,许乔林在撰写此序时,可能受到当时严格的文禁影响,在思想上存在一定的顾虑。他使用"相传"一词,是为了给人一种序文作者与著书者并不熟悉的印象,而"昔人"一词则营造了一种隔世之感。这种做法的目的在于保持一定的距离,为在万一出现"劈版禁书"的情况下追查责任留下回旋余地。这种心理与李汝珍亲自到苏州监督《镜花缘》的刻印,但却不署姓名的情况如出一辙,都是由于当时文禁尚严,撰写文章时必须小心行事。正如李汝珍明明是清朝人而却选择以武则天时期的唐朝为背景写书一样,他们都在惧怕当时的文字狱。实际上,李汝珍曾通过书中人物之口,数次提及《镜花缘》的故事是由"士人李某""老子后裔"所编。

自孙佳讯与胡适开展书信交流以来,几年内他在上海等地的一些出版物上发表了一系列关于《镜花缘》的学术文章,这些文章提供了一些补充和修正有关李汝珍生平行迹的珍贵材料。作为一位"家乡人",他的见解在国内学术界引起了相当的关注。

然而,孙佳讯深信,像李汝珍这样优秀的作家,在生活和创作的几十年里,留下的线索和痕迹肯定远不止这些。因此,他在教书之余,带着干粮,开始在乡间进行调查。他走遍了连云港的山水与乡村,访问了当地的老人,查阅了大量的县志和文史资料,终于发现了一些有关李汝珍生活和创作的新的珍贵材料。1935年冬天,孙佳讯终于在李汝珍故居地板浦一个名为韩子通的京剧票友家中,发现了一封李汝珍亲笔写给许乔林的信。这一发现不仅进一步丰富了我们对这位杰出作家的了解,也引发了新的学术研究视角。

> 乔林贤弟,致意如握:
> 昨奉手函,备悉一切。所谕之书,此间遍觅俱无。兹于芷江处,借来《隶辨》一部,祈检收。

---

① [清] 李汝珍. 镜花缘 [M]. 北京:人民教育出版社,2017:562.

《镜花缘》虽已脱稿，因书中酒令，有双声叠韵一门，即如掣得花木双声者，长春、合欢之类是也；掣得古人叠韵者，王祥、张良之类是也。本人报过名类之后，仍飞一句经史子集，以本题之字落处接令；所飞之句，亦要双声叠韵在内，错者罚。如报张良，其所飞之句，或云，"吉日兮良辰"，方能令归下手；盖书中"吉日"二字，乃叠韵也。其中以大书小曲点染，亦雅俗共赏之令。日前虽已完稿，因所飞之句，皆眼前之书，不足动人。令拟所飞之句，一百人要一百部书，不准雷同，庶与才女二字，方觉名实相符，方能壮观。

　　第次间书不应手，颇为费事。刻下本已敷衍三卷，现在赶紧收拾，大约月初方能誊清，一俟抄完，当即专人送呈斧正。匆匆，一切不及细节，即候文祉不一。

　　愚兄李汝珍顿首
　　上石华老弟明府大人阁下
　　七月望后二日叩①

据考证，这封信撰写于嘉庆十六年（1811年）左右，当时李汝珍大约48岁。这封信中体现了他对"酒令叠韵"的严谨态度，并特别透露了《镜花缘》已完成稿件，但要到月初才能进行誊清，并由专人送交给许乔林斧正。这些信息是极为重要的第一手资料，证明了李汝珍的著述活动。许乔林在阅读了这封信并审阅了随后送交的二稿后，撰写了《镜花缘》的序言。

孙佳讯搜集到了《镜花缘》道光元年本附"题辞"的14家资料。这些题辞人均与作者同时代，且与其关系密切，他们或明或暗地点出了《镜花缘》的作者是李汝珍。这些资料对于我们进一步理解和研究《镜花缘》有着极大的价值。

如孙吉昌的《绘图镜花缘题辞·松石歌》后附了浦承恩的《小记》，《小记》说：

　　是书初成，手香行者曾题《百韵诗》记其事，附刊卷首，故同人咸有题辞盛举。兹以是编出自松石道人之手，复作《松石歌》一首，洵称双璧。爰复二十八字，以志钦佩：镜花水月是前身，松石青莲不染尘。笑我漆园蝴蝶梦，廿年劳苦作书人。②

由于抗战形势日益严峻，孙佳讯为求生计辗转各地教学，无暇再顾及《镜花缘》相关文章的发表。因此，他发现的李汝珍的这封重要信件，也随着时间的推移渐渐被

---

① 孙佳讯.《镜花缘》公案辨疑 [M]. 济南：齐鲁书社，1984：18.
② 孙佳讯.《镜花缘》公案辨疑 [M]. 济南：齐鲁书社，1984：101.

二 连云港《镜花缘》研究的发展历程

人们遗忘。1941年冬，孙佳讯回到家乡度过春节。由于他积极参与抗日工作队，经常进行抗日宣传，引起了敌伪的注意并遭到追捕。面对敌人的排枪，孙佳讯毫无惧色，经过几番周折，终于脱险。在他80岁时，曾写下一首名为《八十回顾》的诗，描述这段惊险的经历："回顾岁月已是八旬有余，此生虽长却依旧如昔。面对排枪射击于草地，沙土枯蓬飞散于四周。"

1960年，在安徽省安庆市第一中学担任语文教员的许辕新（许桂林的重孙），发表了一篇名为《高祖许桂林和板浦镜花缘》的文章。在文章中，他提出了一种关于《镜花缘》作者署名李汝珍的见解：由于许家是大家族，而当时写作小说并不被重视，因此为了掩饰自己的真实身份，选择了使用李汝珍的名字。此外，作品中讽刺了"两面人""长舌妇"等人物，可能引发本地人的攻击，因此选择以李汝珍的名义署名，以此作为"替罪羊"。1961年9月19日，江苏省《灌云县报》刊登了一篇名为《也谈〈镜花缘〉作者的传说》的文章，其中写到此书的创作由"二许"主持，并与一些朋友共同完成。为了避免可能的祸患，他们决定让"在板浦担任盐务官"的李汝珍署名。故书出版后，"书上作者虽是李汝珍，但读者仍说是二许写的"。可见人们的"口碑"根深蒂固。

因为再次出现的关于《镜花缘》作者身份的非议，孙佳讯在1962年4月的《江苏教育》杂志上发表了一篇重要文章，对这一公案的解决进行了探讨。他强调，尽管用"佐证"来否定《镜花缘》由李汝珍所著的观点有一定道理，但是这些证据并不能完全确立其正确性。

孙佳讯提出，人们常常以李汝珍小说与许氏著作中的一些相似内容为依据，如"打灯谜"等元素，来支持这一观点。然而，这些知识性的资料并不具有独特性，它们并非由许氏或李汝珍首次提出或使用。相反，这些知识可能来自许氏对其他资料的收集和整理，或者李汝珍通过自己的广泛阅读和学习具备了相应的知识。

此外，孙佳讯还指出，李汝珍和许氏之间的密切关系使得许氏协助或引用李汝珍作品的可能性非常高，因此，不能仅凭这些相似之处就断定《镜花缘》非李汝珍所著。相反，他强调，《镜花缘》的创作主旨和整体框架才是最能体现作者思想和技巧的关键因素。

为了进一步证实自己的观点，孙佳讯在1980年撰写了《〈镜花缘〉作者的疑案》一文，并在上海古籍出版社出版的《中华文史论丛》第三辑上发表。在这篇论文中，他分享了为完善原作而补充新材料的过程。同时，他公开了他费尽千辛万苦找到的李汝珍当年写给许乔林的亲笔信，这封信件的公布为他的观点提供了有力的支持。孙佳讯将这篇论文寄送给海州一带的文化人士，征求意见，听取回声。然而出人意料的是，有人竟仍认为即使这封信件也不能完全证明《镜花缘》是李汝珍独立创作

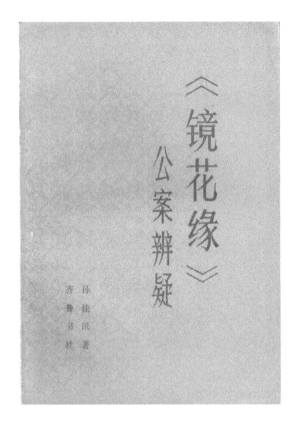

的。孙佳讯在文中对于这些质疑给予了详细的回应,进一步强化了自己关于《镜花缘》作者身份的观点。他的研究不仅体现了他对于这一问题的深度理解,也展示了他对于学术真理的不懈追求。

1983年夏天,孙佳讯先生开始致力于将他历年所写的有关《镜花缘》考论的文章进行综合整理,并进行必要的订正和补充,以构建一部几十万字的专门著作——《〈镜花缘〉公案辨疑》。这位在当时已经离休并年满75岁高龄的学者,让他的朋友们深感敬佩。他们到南京高云岭17号他的家中探望,看到他满头白发,专心致志地伏案疾书,挥汗如雨。这位老人的顽强毅力和坚毅精神深深地打动了他的朋友们。孙先生表示:"这个项目的工作没有完成,我将会继续争论下去,直到得出一个明确的结论。我希望能够在我去世之前看到这本书的出版,我相信它将对李汝珍的研究起到一定的推动作用。"

1984年5月,孙先生无数心血凝结成的书稿终于由济南齐鲁书社正式出版。这个消息对于学术界及孙先生的朋友们来说,无疑是一个令人振奋的喜讯。这部著作的出版,不仅代表了孙先生对《镜花缘》研究之深入与独特见解,更凸显他那追求真理、永不言败的学术理念与精神。尽管孙先生已年逾七旬,但他以不懈的努力与追求,为学术界树立了一个备受赞誉的榜样。这一学术贡献不仅应得到学界的重视,更能激励更多学者积极进取,不断寻求突破。

在这部著作中,孙佳讯对《镜花缘》的创作历程进行了更为精准的考证。据考证,李汝珍在板浦生活期间,自嘉庆二年(1797年)开始创作《镜花缘》,至嘉庆二十二年(1817年)在板浦完成了最后的修订工作,并于次年在苏州出版发行。值得注意的是,李汝珍亲自携带书稿前往苏州,并监督了整个印刷过程。然而,当苏州的书坊市场上出现了另一种版本的《镜花缘》时,情况发生了戏剧性的变化。这种版本是由江宁桃红镇书坊根据传抄的手稿私自印刷的。"盗版"的出现直接影响了正版《镜花缘》的销售,因此李汝珍决定采取行动。他向苏州的官方机构递交了诉状,诉称苏州刚刚印刷

二 连云港《镜花缘》研究的发展历程

完成的书已经被江宁桃红镇的人盗版翻印,这导致他在苏州滞留了半个月,无法销售自己的作品。

然而,关于此事的司法判决并未公开,我们无法得知官方的判决结果。可以想象,李汝珍在苏州深受此事困扰。这一事件对于李汝珍的生活和《镜花缘》的传播产生了深远的影响,值得进一步深入研究。

在江宁桃红镇发现的一种刻本,被人们称为"私刻本"或"传抄二稿抢刻本",虽然未经李汝珍本人认可,但已经得到了许祥龄的评批。许祥龄是历史上对《镜花缘》评批内容最为丰富的一家。在道光元年(1821年),经过李汝珍至少两次修改的《镜花缘》在苏州进行了再版,不仅有许乔林的序,书末还增加了孙吉昌等14位名家的"题辞"《松石歌》等内容。随后在道光八年(1828年)再次进行了修订,并由广州芥子园书坊负责刻版,先后共印行了7次。

这部刻本一经问世,就立即获得了广泛传播和赞誉,轰动了朝野。当时文人许祥龄评论说"上超往古下超今,创格奇文意趣深"[1];邱祥生则说"百花璀璨阳冰笔,万丈光芒少子书"[2]。这部被称为"花样全翻、异境天开"的奇书,在江南和全国产生了深远影响,也引起了成书之地海州地区的震荡。

这个流传最广、再版最多的苏州原刻版片,直到日军侵占板浦时,还保存在李汝珍的姻亲许家的阁楼上。然而,住在许宅的日本兵践踏文明,竟然用版片生火,最终导致这部与《万宝全书》为邻比的《镜花缘》原刻版片化作了烟尘。20世纪50年代初期,还有人看到过苏刻原版《镜花缘》的残篇零页出现在板浦街卖虾皮的地摊上,作为包装纸,也随着四乡的买客而散失殆尽。

出版《〈镜花缘〉公案辨疑》之后,孙佳讯并未就此停止探索的步伐。1986年5月,他再次撰写了两篇论文《〈镜花缘公案辨疑〉补说》和《谈大村有无李汝珍墓》,并提交给了连云港市举办的首届《镜花缘》学术研讨会。如果这次可以被视为孙先生"辨疑"的收官之作,那么距离当年他在《大公报》发表文章已经过去了整整60年!在这半个多世纪的风雨历程中,孙佳讯的人生得到了洗礼,而他的学术态度也经受住了严峻的考验。

在论文中,孙先生坦诚地表示,他的《〈镜花缘〉公案辨疑》主要探讨了《镜花缘》的作者是谁的问题,但书中某些地方证据不足,有些地方表述不够充分,甚至有些地方存在错误。

---

[1] [清]李汝珍. 汇评本镜花缘:上 [M]. 孙海平,校点. 济南:齐鲁书社,2018:镜花缘题词10.

[2] [清]李汝珍. 汇评本镜花缘:上 [M]. 孙海平,校点. 济南:齐鲁书社,2018:镜花缘题词11.

同时，孙先生还进一步指出，李汝珍在撰写此书的过程中，曾请许乔林协助参阅，二稿成时，还请其为之作序。许桂林也阅读过此书，并为标出书中的起伏照应之处。然而，孙佳讯也引用了许桂林的话，表明李氏备有一个夹袋，遇到可用资料即抄入夹袋中，日积月累，受之不穷。因此他认为如果没有二许的帮助，《镜花缘》难以完成。

其次，《两淮盐志》以及许氏后人的记述，对李汝珍晚年去向已有描述。李汝珍与其夫人许氏育有二子，并曾纳妾。许氏母子曾返回大兴，由于生活艰难，李汝珍曾致信许氏娘家寻求资助。当李汝珍在河南担任县丞时，其家人仍留居于板浦岳父家中。嘉庆二十二年（1817年），他再次从河南治水后返回板浦，完成了《镜花缘》的定稿。此时，妻子许氏已过世，其兄李汝璜也卸任移居扬州。在完成定稿后，李汝珍前往苏州进行刻印，并带其家人前往扬州。李氏兄弟均在扬州过世。此后，李汝璜之子李兆翱（清末举人）将其父亲的灵柩迁回了大兴。然而，关于李汝珍之柩是否也随之迁回的问题，孙佳讯持有不同的观点。他在《〈镜花缘公案辨疑〉补说》中提供了《镜花缘》所使用的海州方言俗语和地理风貌特征的例证，并断定云台山是《镜花缘》中小蓬莱的背景。篆体"小蓬莱"刻石至今仍可在山中见到。

孙佳讯对李汝珍生活史的考据工作，虽然只涉及了短短29年的时间跨度，然而却提供了对李汝珍一生中核心活动的第一手详尽资料。他编制的《李汝珍生平年表》已成为中国学术界普遍认可的权威版本，影响深远。1990年12月4日，孙佳讯先生结束了其充满探索与疑问的82年人生历程。《海州名人大辞典》这部具有影响力的文献中，全面且详尽地介绍了孙佳讯的生平。此外，辞典中亦记载了在海州度过并贡献了超过30年宝贵年华的李汝珍。值得注意的是，板浦镇还建立了李汝珍纪念馆，以此向这位卓越的人物致敬。

作为和师专有着深厚渊源的两位学者，吴鲁星和孙佳讯关于《镜花缘》作者考证的学术争鸣，不仅在国内学术界引起了重要反响，也开启了连云港市《镜花缘》研究的先声。

（二）初步研究阶段：1983—1986 年

1. 成立连云港市《镜花缘》研究小组

1983年夏，在江苏省文联与市委宣传部的关心支持下，由市文联牵头，成立了连云港市第一个《镜花缘》研究小组，由文联副主席彭云、夏兴仁任正副组长。研究小组团结全市和国内一些专家学者撰写了一批研究文章，编印了《镜花缘研究》内部刊物，进行了作者身世及遗迹的调查访问工作，并利用一些学术会议积极宣传《镜花缘》的价值和研究成果。在江苏省明清小说研究战略部署中，"《镜花缘》研究"被列为连云港市的侧重点。随着形势的发展，在《镜花缘》研究小组的工作基础上，经过一段时期的筹备，连云港市《镜花缘》研究会于1986年7月25日正式成立，时任市委常委、宣传部部长龚来宝任名誉会长，市委宣传部副部长范永泉任会长，彭云、周维先、夏兴仁为副会长。

2. 召开首届全国《镜花缘》学术讨论会

1986年8月14日到8月17日，连云港市《镜花缘》研究会召开了首次全国《镜花缘》学术讨论会，来自北京、上海、河北、河南、江苏的专家学者及本市研究爱好者应邀参会，著名学者上海的何满子，河北的魏际昌，江苏的李进、章品镇、欧阳健等都应邀到会。这次会议由市《镜花缘》研究会牵头，市社联、文联、文化局及连云港教育学院联合召开。会议共收到论文30余篇，约30万字。

自《镜花缘》成书以来，学界的《镜花缘》研究一直局限于各方学者对它的个别研究探讨。在本次会议之前，还从来没有举行专门性的《镜花缘》研究学术会议。对市《镜花缘》研究会的成员来说，可通过本次会议，思想碰撞，开阔眼界，吸纳新的研究成果，探索新的研究渠道。关于这次会议的具体情况，彭云先生在会后写有《首次〈镜花缘〉学术讨论会情况综述》一文，发表于《文学遗产》。现将彭云先生之文摘录如下，以展示本次会议的学术探讨状况。

> 会议肯定了《镜花缘》在明清小说史上的应得地位。会议认为，明确一下《镜花缘》在我国明清小说史上的地位很有必要，问题的焦点是应该将它放在哪个坐标上。同志们认为："《镜花缘》决不是低层次的小说，它独具一格，别开生面，是一部'花样全翻旧稗官'的巨制。""它是过渡性的、承上启下的作品，上与《红楼梦》一脉相承，下对晚清谴责小说产生深远的影响。""有些前辈称《镜花缘》'不失为二流之佳作'。中国古代的白话小说，目前能看到书目的约有一千二三百种，其中国内外公认为一流作品的，不外乎《红楼梦》等五六部，再往下数就轮到《镜花缘》了，它可以在前十名之列，实际也并不简单。"
>
> 有的同志对《辞源》中"镜花缘"条目的内容进行了批评。该条目称《镜花缘》"罗列才艺亦不成其为小说，聊备一格而已"。"古代小说能挤进《辞源》单列条目的实在不多，但评价应该实事求是。"
>
> 会议对《镜花缘》的艺术价值有了一些新的见解。过去对《镜花缘》的

研究，往往褒前贬后。此次许多代表不以为然。有人说，《镜花缘》的作者不愿步前人后尘，力求突破和翻新：构思翻得奇，题材翻得巧，境界翻得宽，结构翻得宏，手法翻得新，语言翻得美。但也有翻新翻出毛病的地方，如后五十回只求兼容百家子问，而忽视了人物性格的塑造，这只能作为探索中的败笔，不能因之贬低了全书的价值。

有的代表认为，对于《镜花缘》应进行具体价值的评价，如认识价值、历史价值、审美价值……不能孤立地论其一点不及其余。如后五十回不啻一部文化小百科全书，是清代海州地区的《清明上河图》。在谈到《镜花缘》的历史价值时，有的同志说："作者旨在表现中国人对海的认识，反映了炎黄子孙对海的探索精神。一方面颇为自负，一方面又善于学习海外的好东西，抒发了要为人类造福的思想。这对今天的改革开放来说，不无借鉴和启发。"

会议加深了对《镜花缘》的再认识。关于《镜花缘》这部小说的性质，不少代表提出了自己独到的看法。认为这部书既不是历史小说，也不是神话小说、人情小说，但却又有历史、神话和人情小说的影迹，可以叫作"杂家"小说；有的学者却据鲁迅的见解，认为称之为"学问小说"为宜。

关于《镜花缘》中妇女地位的问题。有人说，从来中国名著中的妇女形象都处于从属位置，大都是受压制、受迫害者，妇女从政的形象自《镜花缘》始，它站的位置远远高于《红楼梦》和《水浒传》。也有的代表说，衡量作品中人物描写的得失，不能仅凭内容，主要应看人物典型性格塑造得如何。

有的代表指出，《镜花缘》成书以来，一二百年长盛不衰，自有其内在的原因，我们应该认真地加以发掘和研究，不能机械地用某些现代文学观点去硬套这部书，削足适履。李进认为："应该公允地对待古典名著，在国外，凡是一二流的作品，都视为国宝，视为民族的骄傲，我们不能人云亦云，妄自菲薄。"

这次会议的论文，涉及面之广是《镜花缘》研究中前所未见的，其中包括研究史的研究、比较文学的研究、信息的研究等。

会上应用比较文学的方法进行研究的论文多篇，用作比较的对象有《格列佛游记》《儒林外史》《歧路灯》等，视野较往昔大为展开。李洪甫关于市博物馆藏本《镜花缘》的考证，张传藻、余克超关于郑振铎与我市《镜花缘》研究者的通信，李时人关于李汝珍"河南县丞之任"考证，都提出了一些新的有价值的材料和信息。此外，还有人从民俗学、民族学、语言学诸方面，对《镜花缘》进行了研究。①

市《镜花缘》研究会工作的开展，不仅使连云港市《镜花缘》研究工作出现了新局面，也极大地推动了师专的《镜花缘》研究。

（三）发展研究阶段：1987—2003 年

1. 李汝珍纪念馆成立

为了纪念李汝珍，灌云县人民政府决定将板浦镇的一幢清式小院拨出筹建李汝珍纪念馆，市《镜花缘》研究会积极配合灌云县筹建李汝珍纪念馆。研究会的领导成员积极参与修建纪念馆的资金筹集工作，共收到各方面赞助、拨款 30 多万元。经几年努力，李汝珍纪念馆于 1992 年 9 月建成，正式对外开放。李汝珍纪念馆占地 1 500 平方米，由新建的门厅、主展厅和修葺一新的故居组成，小巧玲珑，古色古香，接待中外来宾和游客，为参观者提供了丰富的文学与历史体验。目前李汝珍纪念馆为省、市、县爱国主义教育基地。

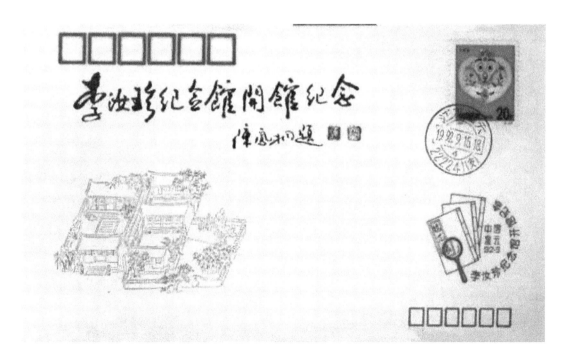

---

① 彭云. 首次《镜花缘》学术讨论会情况综述 [J]. 文学遗产，1987（2）：138-139.

步入李汝珍纪念馆，首入眼帘的"松石堂"，正是纪念馆的展厅。在这里，最引人注目的就是矗立在正中央的李汝珍塑像。这尊塑像以精细的工艺和栩栩如生的形象，恰如其分地展现了这位文学巨匠的独特气质和伟大贡献。

展厅陈列柜内展出了中外多种文字的《镜花缘》版本（国外主要有英文版、日文版，国内主要有英德堂版、芥子园版、绣像绘图版）和国内外专家、学者的学术论文、研究资料。

二 连云港《镜花缘》研究的发展历程

在展厅的后院西北角，矗立着一棵傲骨凌空的皂角树，其树龄超过 200 年，相传为李汝珍当年亲手种植。北面墙上，王羲之体的"镜花水月"四个大字苍劲有力，使得纪念馆后院更显古朴典雅。门厅正中门楣上，"李汝珍纪念馆"金字匾额由江苏省书法家协会原主席尉天池亲笔所书，更增添了几分庄重。

位于纪念馆东侧的青砖小瓦、古色古香的建筑，便是李汝珍的故居。这座故居是一宅两进的清式院落，原为板浦名门望族许氏的祖居。李汝珍后来迁居于此，并在此居住了 20 余年。

这座故居内部布局安排得恰到好处，包括起居室、书房、客厅、厢房以及棋艺室等各个部分。精致的曲格花窗、高挑的厦檐、马头墙，以及庭院的高低错落有序，都流露出古意盎然的氛围，展现出清秀雅观的景象。这些元素都充分反映了地方风格和时代特征，使得整个故居显得小巧玲珑、古色古香。

家具物件及雕花架床等室内陈设均呈现出浓厚的地方特色，基本上是模仿18世纪中叶古海州儒商（即盐商）的居家风格。这个起居室的前方是客厅，这里曾是李汝珍与友人诗文交流的场所。在这里，他曾向凌廷堪老师请教，学习音韵，并与板浦"二许"、中正"二乔"等文人雅士共同探讨文学，讨论《山海经》等广泛的主题。这些讨论为他后来创作小说《镜花缘》提供了大量素材。客厅的东侧是书房，虽然设施简单，却不失高雅。客厅门前的石榴树，正是李汝珍在小说《镜花缘》中所描述的"五色石榴"。这种花在沭阳地区至今仍有异种，一株能开出五种颜色。李汝珍将石榴评为"花中十二友"之一，这充分表明了他对石榴的极度喜爱。

2018年纪念馆提档升级，增加了新搜集到的史料，如清道光、宣统、民国等时期《镜花缘》版本，为纪念馆增色不少。在纪念仪式上，《镜花缘》研究会的专家、学者对纪念馆的建设、保护、文史资料的征集工作表示高度赞扬。他们强烈建议各级有关部门能进一步扩大纪念馆的规模，全面深入地收集李汝珍的各种文物以及《镜花缘》的国内外版本、研究资料，不断充实馆藏文物，逐步扩大规模，以期将李汝珍纪念馆建设成为《镜花缘》研究的中心地带。书画家许厚文还向纪念馆赠送了李汝珍内弟许乔林、许桂林的画像以及珍贵的字画，这些无疑将为纪念馆增添更多的文化价值和研究意义。

2. 第二届全国《镜花缘》学术讨论会

1988年12月，市文联、灌云县人民政府、政协及市《镜花缘》研究会联合发起举办《镜花缘》首刻本问世170周年纪念活动，文艺界、教育界、企业界有关人士应邀参加。这次活动旨在弘扬民族文化,扩大《镜花缘》的影响,同时尝试文企联姻。此次活动面向全国著名书画家,为李汝珍纪念馆征集书画 50 余件。

在此期间还召开了连云港市《镜花缘》研究会第二、第三次代表大会。按照民政部门的要求,非法人社团变更为法人社团。对此,市委宣传部十分重视和关心,吴加庆部长出任会长,这是对《镜花缘》研究的极大支持。

1998 年 10 月 18 日,江苏省明清小说研究会、市社科联、灌云县政府、市《镜花缘》研究会举行第二届《镜花缘》学术讨论会。《镜花缘研究》共计出刊 4 期,发表论文 70 多篇。将《镜花缘》研究会成立以来发表的论文汇编成册,约 30 万字,于 1998 年付梓。

3. 第三届全国《镜花缘》学术讨论会

2002 年举办李汝珍纪念馆建馆十周年暨第三届全国《镜花缘》学术讨论会。此次活动邀请了中国工程院院士、华东师大教授陈吉余及市内外专家学者 200 余人参加。这次活动在海内外产生了轰动的效应。此后便有日本学者加部勇一朗,以及国内台湾学者许献福,黑龙江萧红故居纪念馆副馆长王连喜,安徽学者郭学东、王志刚,陕西学者艺萌、满文倚和江苏省内南师大等高校学者来李汝珍纪念馆访问交流。

4. 接待国外学者来信来访

1990 年,新加坡国立大学辜美高教授来信询问《镜花缘》研究的有关问题,并交流了研究资料,向市《镜花缘》研究会赠送《镜花缘》英译本《100 个才女的故事》。

1994 年,韩国学者郑荣豪专程来连云港考察《镜花缘》的背景环境,市《镜花缘》研究会陪同他实地考察了李汝珍长期居住地板浦镇,参观了李汝珍纪念馆,游览了作品背景的云台山东磊小蓬莱,并在板浦镇人民政府办公楼举行中韩《镜花缘》研讨会。郑先生发表了他对《镜花缘》的研究计划和韩文翻译计划,介绍了韩国对《镜花缘》的研究情况,并提出了九个研究课题。

1997 年 5 月,市《镜花缘》研究会接待了韩国高丽大学中文系教授许世旭来连云港李汝珍纪念馆考察,许教授还到花果山、东磊等地,对《镜花缘》的背景情况进行考察。

(四)深入研究阶段:2004—2018 年

随着师专连云港区域文学研究所的成立,市《镜花缘》研究会研究基地正式落地连云港师范高等专科学校。对《镜花缘》做深入考据的李洪甫,撰写《李汝珍师友年谱》（2011年）的李明友，撰写《板浦春秋》（2005年）的姚祥麟，李汝珍纪念馆馆长杨光玉，从事本地历史文化及经济地理、民俗文化等研究的彭云、刘洪石、张传藻、姜威等前辈，均正式应聘为连云港区域文学研究所特聘研究员。连云港区域文学研究所集合本校人才优势，聘请知名研究学者，立足本土文学资源，展开对《镜花缘》《西游记》《水浒传》等相关文学名著及本土文人创作的研究，积极参与地方各级政府举办的有关文化活动和课题研究，通过学术活动对外进行文化交流。

连云港市以连云港区域文学研究所、连云港《镜花缘》研究会为研究中心，将《镜花缘》研究推入深化阶段，涉及的《镜花缘》研究领域包括多个方面。应用研究方面包括《镜花缘》与连云港城市文化建设的关联，"镜花缘"小镇的特色打造，文化创意产品的开发，街头创意小品的设计，海上旅游线路的体验，旅游景区（点）的创新。传统议题研究方面包括作者研究（生卒年、交游等），文本研究（思想、艺术、才艺等），资料汇编，小说文本校注。学校教育关联研究方面包括校本教材开发，《镜花缘》主题教育，优秀文化传承教育（李汝珍纪念馆），研究史研究等。

1. 第三届海峡两岸中华文化发展论坛

2008年8月24日，由江苏省社科联、江苏省台办、连云港市人民政府和淡江大学（台湾）联合主办的"第三届海峡两岸中华文化发展论坛"开幕式及学术交流活动在连云港云台宾馆举行，共有海峡两岸的50多位专家、学者参加本次论坛，省市相关领导出席会议并和与会者合影留念。连云港师专校长钱进教授、中文系李德身教授及许卫全、马济萍副教授参加论坛活动并分别在论坛作了报告。

本次论坛的主要议题是"文学名著与区域文化发展"。这是一个常谈不衰且很有意义的话题，与会学者就此各抒己见，展开了热烈而又颇具特色的讨论。论坛发言中使用频率最高的一个短语是"文化创意"，即文学名著如何有创造性地与区域文化对接，并成就真正意义上的文化产业，这是大家普遍思考的问题。开幕式上，中共中央党校段培君教授作了题为《开放的心灵与开放的社会——文学名著的思想意义》的演讲，明确指出文学名著的某种思想意义都能够从这样的角度观察——开放的心灵是开放社会的某种前导，并就此深入探讨了心灵开放对社会关系的变迁或开放社会的形成具有不可或缺的影响作用。台湾著名学者、北京师范大学特聘教授龚鹏程博士则在题为《如何以文学名著促进区域发展——以连云港为例》的演讲中，具体而微地针对连云港目前正着力打造的西游文化，指出花果山景区必须从历史性的史迹、考证、附会、依托中走出来，转型为主题公园，如迪士尼一样，营销快乐与神奇体验，并使这种西游文化的浪漫、快乐、冒险与奋斗精神，扩散成为整个城市的文化氛围，真正达到用文化资本振兴城市的目的。

论坛发言中,李德身教授以《华夏文化与东夷文化的历史的分野》为题作了报告,通过引经据典,对连云港区域文化的特征进行了较为深入的探讨,指出这种文化正是有别于内陆文明的带有明显开放性质的海洋文化。马济萍副教授向论坛发布的报告题目是《留住文化记忆,形成秀外慧中的区域文化性格——谈〈镜花缘〉对区域文化性格的影响》。她认为,以《镜花缘》的创作主旨为发端来研究和总结连云港区域文化,不但能帮助我们留住文化记忆,促进文化传承,而且还能推动地方政治、经济的发展,《镜花缘》追求仁智、消除贪欲的劝惩主旨应该成为我们区域文化性格的主流。许卫全副教授同样从《镜花缘》切入,以《文化视野中的〈镜花缘〉》为题,对连云港以云台山为依托建设主题公园发表了个人看法。他指出,连云港的文化特质是什么,这不是三言两语就能说清楚的,我们必须从一种居高临下的审视角度来考察连云港文化,才能相对客观和全面;目前连云港谈得最多的就是用所谓《西游记》文化指称连云港区域文化,这是失之偏颇的,也割裂了连云港悠久的历史文脉;何况我们所指称的西游文化内涵是什么,也是比较模糊的;据此,连云港如果要建设以云台山为依托的文化主题公园,就必须有一个高的起点、大的手笔,应该融入多种文化元素,包括《镜花缘》的文化特质。

本次论坛活动促进了海峡两岸文化学术的交流,也增进了海峡两岸文化学人间的友谊。大家纷纷表示,虽然由于多种原因,两岸之间的文化交流还存在着一些不同的看法,但随着交流的增加和深入,我们可以在求同存异的基础上赢得更广泛的共识,这正是开展这样的文化交流活动意义之所在。

2. 2010 中国·连云港《镜花缘》学术研讨会(第四届)

2010 年 11 月 20—21 日,由连云港区域文学研究所具体策划运作、连云港师专主办的"2010 中国·连云港《镜花缘》学术研讨会(第四届)"召开,会议同时邀请了境外学者与会并取得了圆满成功。

《苍梧晚报》对"2010中国·连云港《镜花缘》学术研讨会(第四届)"进行了报道。现摘录如下:

11月20日—21日,2010中国·连云港《镜花缘》学术研讨会在我市举行,来自全国各地的40多位《镜花缘》研究学者、专家参加了研讨会。市委常委、秘书长、宣传部部长张光东出席研讨会。

研讨会上,张光东首先对与会的各位专家学者表示热烈欢迎。他说,《镜花缘》是文学巨匠李汝珍写成的一部奇书,是中国古典文学百花园中的一朵奇葩。该书内容十分独特,格调轻松幽默,雅俗共赏,影响广泛。这次研讨会不仅是一次学术性会议,还是一次文化工作会议,是我市文化建设的一个重要组成部分。一直以来,我市非常重视《镜花缘》的弘扬、挖掘、发展和保护,将其摆到与《西游记》文化同等重要的位置,呈现出浓厚的学术文化氛围。他希望各位专家学者不仅要注重对《镜花缘》的学术研究,更要注重应用性的研究,将其与连云港的旅游结合起来,为《镜花缘》文化产业的发展提出更多的真知灼见,使之成为推动我市建成文化强市的有力抓手。

研讨会期间，各位专家学者踊跃发言，互相交流各自的研究成果。①

3.《镜花缘》与文化产业研讨会暨《李汝珍师友年谱》首发式

2011年5月28日下午，连云港市《镜花缘》研究会在灌云县人民政府的支持下，于灌云伊山宾馆贵宾楼会议室召开了"《镜花缘》与文化创意产业发展研讨会"，研究会负责人及主要研究成员、市及灌云县政府相关部门负责人共20多人出席了本次讨论会，连云港区域文学研究所所长许卫全老师应邀出席活动，并作了题为《关于〈镜花缘〉文化产业发展的几点思考》的主题发言，受到与会领导及专家的一致好评。

连云港市灌云县是《镜花缘》作者李汝珍长期生活、学习的地方，其与海、灌一带学人的交游活动，使其文学创作带上了鲜明的海属文化特点，这一点早已为当地读者及广大研究者所认可。在全国上下发展文化产业的大背景下，如何使《镜花缘》这部文学名著真正走近一般民众，并和地方文化建设对接起来，成就真正意义上的文化创意产业，是本次讨论会的一个热点话题。大家围绕文化主题公园建设、城市形象的打造、音乐舞蹈素材的选取、海岛旅游、动漫制作、适用产品开发等等，从多个角度提出个人思考，引发了一次次热烈的讨论，也引起了市、县政府部门领导的浓厚兴趣。

研讨活动的第二个议程是连云港区域文学研究所特聘研究员李明友先生著作《李汝珍师友年谱》的首发仪式。该书由凤凰出版社（原江苏古籍出版社）于2011年1月出版，共44.5万字。年谱包括李汝珍、凌廷堪、吴振勃、许乔林、许桂林等5位谱主，按年著录并考证5位谱主的活动、著述及相关事实，并酌情收入与5位谱主有一定关系人员的有关事迹及重要时事。李明友先生是江苏省明清小说研究会理事，早年毕业于南京大学哲学系，是一个土生土长的灌云人，地地道道的乡邦文献研究者。他在长期担任地方政府部门领导职务的同时，把业余时间全部用到了对《镜花缘》及李汝珍等相关信息的搜集与整理之中，几十年如一日，孜孜以求，无怨无悔。经过十多年的孕育，凭着个人较为扎实的文献功底和颇为丰赡的文献资料，终于将《李汝珍师友年谱》这部形式新颖、内容翔实、考订精审的大作呈现在学界面前，嘉惠学林，利在千秋。

《李汝珍师友年谱》是李明友历时多年撰写的著作。在筹备和编写过程中，李明友不仅潜心研读了5位谱主存世的全部著作，还查阅了清代乾、嘉、道、咸时期许多相关文人、学者的著作特别是诗文集，广泛参阅了有关的史籍、地方志、档案资料等文

---

① 《镜花缘》学术研讨会在连举行：一百年前该作品竟然被"山寨"过［N］.苍梧晚报，2010 - 11 - 21（A02）.

献，认真吸取了学术界有关李汝珍、凌廷堪等人的研究成果。书中征引的文献和著作就有 240 多种。他花费大量的精力对 5 位谱主的交游及其作品写作时间进行了考证，并考证出 250 余名 5 位谱主作品中只知其姓而不知其名或只知其字号而不知其名的亲戚与交游者的名讳，为与 5 位谱主有交往或有关系的人物共计 500 余人分别写出小传或简介，对文献及有关论著所载 5 位谱主的生平事迹讹误之处作了不少辨证。在以 5 位谱主的活动、著述及相关事实为主线的基础上，还将 5 位谱主的亲朋师生、时在海州任职的官员、当时海州地区文人学士的有关事迹以及重要时事酌情载入相关年份。《李汝珍师友年谱》书后附有《征引文献与书目》《人名索引》。

讨论会上，市有关部门负责人专门强调，希望在今后有关《镜花缘》文化产业发展方面的探索与实践过程中，进一步加强与连云港师范高等专科学校相关研究人员的沟通、合作，争取把《镜花缘》文化产业做好、做大、做强，为连云港市的地方文化建设贡献一份力量。

4. 第五届全国《镜花缘》学术研讨会

2012 年 8 月 17—18 日，由连云港区域文学研究所具体策划运作，中共连云港市灌云县委宣传部主办的"百年灌云"系列文化活动之一的"第五届全国《镜花缘》学术研讨会"召开，会议交流论文目录在台湾《汉学研究通讯》2012 年 11 月（总第 124 期）刊出。本次会议围绕《镜花缘》作者生平交游、文本生成、审美创新、《镜花缘》与中外小说比较，以及小说与地方文化建设、文化产业发展等方面展开。区域文学研究所许卫全、孟宪浦、周希全、徐伟、赵江荣、许梅、买艳霞等老师出席本次学术活动。

开幕式由灌云县人民政府县长陆永军主持，中共灌云县委书记鲁林向与会嘉宾作了热情洋溢的致辞，连云港市委常委、秘书长、宣传部部长张光东出席研讨会开幕式并发表讲话。来自国内外有关高校、科研院所的专家学者及连云港市本地的研究者、爱好者共 60 多人参加了本次研讨会。

作为"百年灌云"经贸文化系列活动的有机组成部分，本届研讨会重点对《镜花缘》思想内容、作者行迹、《镜花缘》与地方文化关系及文化产业发展等方面展开研究。大会成果丰硕，共收到研究论文44篇，这些论文反映了进入21世纪以来《镜花缘》研究的基本思路及有关成果，对今后《镜花缘》研究工作起到了有力的推动作用。

关于这次会议具体的情况，会后写有《第五届全国〈镜花缘〉学术研讨会综述》。现将该文附录如下，以展示本次会议的学术探讨状况。

第五届全国《镜花缘》学术研讨会简述

由中共灌云县委宣传部、江苏省明清小说研究会、连云港市《镜花缘》研究会共同主办的"第五届全国《镜花缘》学术研讨会"，经过近半年时间的筹备，于2012年8月17日在灌云县行政中心308会议室隆重开幕。开幕式由灌云县人民政府县长陆永军主持，中共灌云县委书记鲁林向与会嘉宾作了热情洋溢的致辞，连云港市委常委、秘书长、宣传部部长张光东出席研讨会开幕式并发表讲话。来自国内外有关高校、科研院所的专家学者及连云港市本地的研究者、爱好者共50多人参加本次研讨会。

作为百年灌云经贸文化系列活动的有机组成部分，本届研讨会重点对《镜花缘》思想内容、作者行迹、《镜花缘》与地方文化关系及文化产业发展等方面展开研究。大会成果丰硕，共收到研究论文44篇，这些论文反映了进入新世纪以来《镜花缘》研究的基本思路及有关成果，对今后《镜花缘》研究工作将起到有力的推动作用。粗略概括，可以从三个方面来讨论。

第一，实证研究。这是学术研究的一种基本功。《镜花缘》研究一个多世纪以来，围绕作者、版本及其传播，有诸多学者进行了关注和探索。本次研讨会上，连云港市《镜花缘》研究会副会长李明友先生的《李汝珍交游考》（上）对李汝珍在古海州即今江苏灌云一带的交游情况作了较为细致的勾勒；同时，李明友先生还向本次所有与会专家赠送新著《李汝珍师友年谱》一册，这也是近年来李汝珍及《镜花缘》研究中的一大成果。东南大学乔光辉先生《许祥龄生卒年考辨》及丁月香女士《许桂林〈七嬉〉与〈镜花缘〉关系探微》则从已见资料出发进行分析论证，力求还原事实真相，较之此前相关论述无疑前进了一步，实属难能可贵。

第二，《镜花缘》思想内容的研究。研讨会上，南开大学李建国先生指出，《镜花缘》的思想很驳杂，即从它的结构而言，可以说是"四不像"，所以研究的角度可以很多。江苏社科院文学研究所王学钧先生也认为，文本的结构研究是理解作品思想的前提，如果不能弄清它的结构关系，一切皆成空话。新加坡国立大学辜美高先生在《试论〈镜花缘〉的隐性悲剧结构格局——重读〈镜花缘〉有感》一文中,通过与西方戏剧结构的比照,提出了"复仇"结构一说,较为新颖。宋子俊、关四平、苗怀明、杜贵晨、许并生、傅承洲、冯保善、胡金望、尹楚兵、齐慧源、张蕊青、鲁小俊、张红波、谢丹、徐伟、买艳霞、卢明、邹养鹤等学者,或从文化角度,或从传统思想影响的角度,或从才学小说表现特点的角度,或从比较的角度,或从叙事的角度等等,论述了《镜花缘》这部文学名著思想内容的博大精深,具有启发意义。而尤为值得一提的是,大连大学王立先生的《〈镜花缘〉的外来佛教文学母题溯源》一文,视角新颖,阐论独特,具有创新价值,令人耳目一新。江苏社科院文学研究所徐永斌先生《〈镜花缘〉中的游戏项目》则对小说文本所涉及的各种游戏进行了梳理,并指出从中可窥知中国古代的一些民俗文化。张可先生《从〈镜花缘〉中的斗草说起》从小说中某一游戏项目出发,融入作者自身经历,讨论此类现象的传承可能,具有新鲜的生活气息。

第三,《镜花缘》文化产业开发研究。这也是本次会议的一大亮点。苏州大学王永健先生《〈镜花缘〉奇幻世界乐园的初步构想》一文提出,可以依托《镜花缘》小说文本,开发建设一个类似于迪士尼乐园的游乐场所,颇有启迪意义。连云港师专许卫全先生、许梅女士在《〈镜花缘〉与文化创意产业的若干思考》一文中认为,从《镜花缘》与文化创意产业的关系出发,探讨其中可以转化为现实成果的可能及意义。吴中成、林备战、朱逸宁、杨建军等诸位论者也从各自的角度讨论了这一话题,使这一论题的探讨更显丰满、扎实。

本次研讨会的召开,从某种意义上来说,使《镜花缘》这部中国古典文学名著和灌云的文化关系更加紧密,不可分割。这对灌云在今后的工作中依托自身特有的历史文化,科学制定规划,加大《镜花缘》文化资源的开发力度,促进与科技、金融产业的融合发展,做大做强《镜花缘》文化产业,服务地方经济建设,具有不可或缺的作用。

会议期间,参加本次《镜花缘》学术研讨会的专家、学者分别参观考察了李汝珍纪念馆、灌云县规划馆、灌云县博物馆以及大伊山旅游风景区,每到一处,专家、学者在认真听取相关介绍的同时,对灌云打造《镜花缘》文化品牌的做法及其所取得的成效给予高度评价;尤其在参观灌云县博物馆的过程中,其丰富且独具价值的藏品和别具一格的布展形态赢得了专家、学者的一致赞许,并有学者主动向该馆索取有关资料,表示要积极对外推介,这也可以说是本次会议的另一个收获。

5. 2018年《镜花缘》与连云港城市文化建设学术研讨会

2018年6月，2018年《镜花缘》与连云港城市文化建设学术研讨会在连云港师专图书馆一楼会议室召开。会议旨在进一步加强对连云港区域文学的研究，以学术繁荣助力连云港城市文化建设。会议由连云港市委宣传部与连云港市社科联、连云港师范高等专科学校联合举办。师专党委书记杨浩、市委宣传部副部长惠茜、市社科联副主席周一云、师专党委副书记陈留生出席会议，师专宣传部、科技处、师专文学院的部分教师及连云港区域文学研究所的特聘研究员参加了会议。会议开幕式由陈留生主持。

师专党委书记杨浩指出这次研讨活动的举行是响应市委、市政府提出的"高质发展后发先至"要求，打造"三力"师专的重要举措，是学校提升核心竞争力、社会贡献度和价值认同感的有力抓手。学校将充分发挥专业优势、师资优势、科研优势，推动学校文化事业发展和产业发展，为连云港地域文化的研究传承发挥应有的作用。同时，也希望市委宣传部、市社科联的相关领导专家多多给予指导支持，使学校的研讨活动内容更丰富、成果更丰硕，为连云港文化及历史文化名城的建设作出积极的贡献。

市委宣传部副部长惠茜指出此次研讨活动对连云港城市文化的建设起到了很好的促进作用，希望通过师专搭建的这一学术平台进一步拓展《镜花缘》的研究，积极将相关的研究成果转化为实际应用。

会议研讨环节由连云港区域文学研究所所长许卫全主持。与会代表就《镜花缘》与连云港城市文化建设的关联、"镜花缘"小镇的特色打造、文化创意产品的开发、街头创意小品的设计、海上旅游线路的体验、旅游景区的创新及《镜花缘》的文本研究、资料汇编、小说文本校注等展开了深入研讨。

6. 连云港市《镜花缘》研究会第四次会员代表大会

2019年1月19日,市《镜花缘》研究会第四次会员代表大会在板浦召开。市社科联党组书记、主席杨东升出席会议并讲话。会议选举产生了连云港市《镜花缘》研究会第四届理事会及领导班子。徐习军当选为会长,李明友、林备战、张永义、陈云、于洋为副会长,于洋为秘书长(兼)。

杨东升指出,长期以来,连云港市《镜花缘》研究会坚持服务大局,认真履行职能,积极开展活动,在《镜花缘》研究工作中,取得了丰硕的成果,积累了有益的经验，为推动全市哲学社会科学事业的繁荣发展和地方经济社会发展发挥了积极的作用。他对研究会做好下一步各项工作提五点希望和要求：一是坚持正确导向，加强马克思主义和党的创新理论的研究阐释；二是加强理论创新，为打造"连云港学派"贡献力量；三是服务中心大局，为经济社会发展发挥智库作用；四是加强社科普及工作，努力提高公众社科素质；五是加强自身建设，着力打造全市知名社会组织。与会人员在参观李汝珍故居之后，进行了深入的学术研讨。

（五）多元化研究阶段：2019 年至今

经过多年的研究积累与拓展，至 2019 年连云港市已经正式形成了以连云港师范高等专科学校为研究中心的《镜花缘》研究格局。2019 年 10 月，中国《镜花缘》文化研究中心在连云港师范高等专科学校正式成立，区域文学研究所所长许卫全担任中国《镜花缘》文化研究中心主任。

至此，连云港市已经形成了以连云港市《镜花缘》研究会、连云港区域文学研究所、中国《镜花缘》文化研究中心为主体的《镜花缘》研究布局。其中连云港师范高等专科学校积极发挥自身学术优势，主办、参与各类各项《镜花缘》研究活动，将《镜花缘》研究推向多元化研究阶段，研究领域主要涉及《镜花缘》思想、艺术研究，《镜花缘》与地方文化关系研究，《镜花缘》与海洋文化研究，《镜花缘》与清代学术思想研究，文旅融合背景下《镜花缘》题材文创产品设计研究等。

1. 第六届全国《镜花缘》学术研讨会

大雅清音，共订清秋山海约；学人名士，细论名著镜花缘。

2019 年 10 月 12 日至 13 日，第六届全国《镜花缘》学术研讨会在连云港师范高等专科学校隆重召开，来自全国多所高校的专家学者以及连云港市区域文化研究者齐聚

一堂，各抒己见，集思广益。本次学术研讨会由连云港师范高等专科学校、中共连云港市委宣传部、江苏省明清小说研究会共同主办，连云港师范高等专科学校文学院和连云港市文化创意发展研究所承办。

研讨会开幕式于 12 日上午在连云港师范高等专科学校玖兴楼 108 大厅举行。市政府副市长黄远征出席开幕式并讲话，他指出，《镜花缘》作为明清古典小说的代表作之一，诞生于连云港大地，脱胎于海州文化。其作者李汝珍在海州板浦生活了 30 多年。此地的山海景观、民俗风情和人文传统，都对《镜花缘》的创作产生了重要影响，在中国文学史和文化史上留下了璀璨的一页，也为连云港人民增添了一笔宝贵的精神财富。连云港师专作为本地唯一一所师范专科院校，长期以来，坚持发挥人才智力优势，将《镜花缘》研究与专业建设、人才培养、社会服务密切结合，为连云港市"镜花缘"文化的传承与开发提供了强有力支持，呈现出学术研究与产业发展无缝对接、深度融合的良好态势。特别是在当前，连云港市正在申报国家历史文化名城，古典小说名著《镜花缘》作为连云港市独有的历史文化名片，更应发挥重要而特殊的作用。此次举行的《镜花缘》学术研讨活动，国内的权威专家与知名学者齐聚一堂，各抒己见，集思广益，必将有力促进《镜花缘》的研究与传承。连云港市也将以此为契机，加快推动连云港区域文学研究和地方文化建设，为本地经济社会发展注入新的精神文化动力。

连云港师范高等专科学校党委书记杨浩代表主办单位致辞，他指出，学校一直十分重视专业建设与地方文化的协同发展，积极融入地方文化研究和建议，着力打造高水平学术文化研究平台。自 2004 年连云港区域文学研究所和连云港市《镜花缘》研究会研究基地落地该校以来，一直承担着《镜花缘》研究的任务，并在探讨《镜花缘》学术价值、挖掘《镜花缘》文化对地方特色文化资源打造的支撑、探索《镜花缘》学术研究与经济产业发展对接融合等方面取得了一些可喜的成果。当前，学校正积极打造"活力师专、实力师专、魅力师专"，努力建设"平安之美、智慧之美、人文之美、和谐之美"四美校园，着力提升学校的核心竞争力、社会贡献度、价值认同感，全力创建师范本科院校。学校将继续担负"文化传承创新"的历史使命，助力全国《镜花缘》的学术研究，并以《镜花缘》研究作为重要切入点和重要载体，在文化资源的开发和创新上不断突破，为地方文化产业发展，为连云港"高质发展、后发先至"做出新的更大贡献。

开幕式上，黄远征副市长与江苏省明清小说研究会副会长、东南大学乔光辉教授共同为我校新成立的"中国《镜花缘》文化研究中心"进行了揭牌。乔光辉教授、周建忠教授分别作为主办方代表和与会专家代表讲话。

二 连云港《镜花缘》研究的发展历程

研讨会持续了一天半的时间，由主题报告会、分组讨论交流会、小组代表发言交流会、闭幕式等环节组成，主要围绕《镜花缘》思想、艺术探讨，《镜花缘》与地方文化关系研究，《镜花缘》与海洋文化研究，《镜花缘》与清代学术思想研究，文旅融合背景下《镜花缘》题材文创产品设计研究等主题进行研讨。会场气氛热烈，专家们见解独到，讨论深入。

研讨会期间，与会学者还面向师生举办了三场《镜花缘》专题学术讲座，分别是王立教授的《民国武侠小说与〈镜花缘〉》、张红波博士的《关于〈镜花缘〉与学校教育》、万晴川教授的《文旅资源开发视阈中的〈镜花缘〉》，开阔了学生视野，丰富了学生的文化生活。

本届《镜花缘》学术研讨会，征集了30余篇论文，编印了《交流论文集》，是一次内容丰富、形式多样、成果丰硕的学术盛会。

二 连云港《镜花缘》研究的发展历程

在历时一天半的会议中，举行了多场分会场讨论和专题讲座。连云港师专在本次研讨会中，积极依托自身的《镜花缘》研究优势，助力连云港市文化产业发展。比如将万晴川教授的讲座纳入连云港文化会客厅活动，市委宣传部文化改革发展处领导、

师专美术学院领导及各县区代表、相关单位负责人、全市文化企业代表及师专师生等180余人参加了讲座。

万晴川教授以"文旅资源开发视阈中的《镜花缘》"为主题,特邀镜花缘文学专家从专长领域与视角对《镜花缘》这部连云港本土的名著进行解读。万晴川和与会嘉宾们进行了分享,强调了《镜花缘》这本书对连云港的重要性与独一性,从文旅开发的角度对书中一些可落地结合开发体验项目的故事情节做了分析与设想,让听众重新认识了奇书《镜花缘》的魅力。

连云港文化会客厅是连云港市委宣传部、市文改办重点打造的港城文化品牌之一,通过"理论+实践+创新"的模式,即市内外名家学者讲座、实地考察文化企业、每周一小时、每月一会客等,加快连云港文化产业实践步伐,创新连云港文化产业发展思路,推动连云港文化高质量发展。连云港文化会客厅自开办以来,先后邀请了复旦大学钱文忠教授、台湾嘉义大学侯嘉政教授等多领域专家学者来连,围绕活动营销、知识产权保护、金融融合发展、财务税务服务等方面内容,开展专题演讲和研讨交流活动。万晴川教授所作的文旅资源开发视阈中的《镜花缘》讲座,为推动连云港市将《镜花缘》文化与产业文化开展深入结合提供了积极有效的建议,是当地依托《镜花缘》研究优势,推动连云港市文化产业发展的重要举措之一。

2. 纪念《镜花缘》成书200周年暨海州区文化旅游推介会

2018年12月17日,"纪念《镜花缘》成书200周年暨海州文化旅游推介会"在花果山酒店花果山厅隆重举行。连云港市委副书记、海州区委书记万闻华,市委常委、市委宣传部部长滕雯,副市长黄远征等市领导,海州区、板浦镇等各级领导,来连投资客商出席了推介会,本市《镜花缘》研究者,连云港区域文学研究所部分成员也应邀参加有关活动。

二 连云港《镜花缘》研究的发展历程

连云港区域文学研究所所长许卫全作为《镜花缘》学术研究专家代表,在大会作了《一方热土,文化海州——从〈镜花缘〉中君子国的书写说起》的主题发言。许卫全在发言中指出,清代中期李汝珍所著的长篇才学小说《镜花缘》诞生于海州的板浦镇,植根于海属文化的土壤之中。作为文化意义上的海州,她既传承了中华民族的优秀传统,也形成了自己鲜明的特色。发言从三个方面谈了《镜花缘》中折射出的海属文化特点。

一种情怀——爱的奉献。《镜花缘》第十一至十三回,写了关于君子国的故事。城门上"惟善为宝"的标榜,其实就是李汝珍对于儒家主张的肯定;而儒家思想的核心"仁",也是一种大爱,几千年来依然得到人们的认可和传承。

一种信念——睿智进取。多九公是《镜花缘》中塑造的市民阶层的一个典型。他满腹才学,老成持重,见多识广,诙谐善谈,呈现出一种乐观进取的生活态度。这样一个颇接地气的人物,我们觉得是那样的熟悉,那样的亲切,他似乎就生活在我们的周围,是因为海属文化孕育了他。

一种理想——拥抱世界。《镜花缘》所讲述的海外游历(经商)的故事,其实就是一种开放意识。这种开放意识,一方面和小说故事背景唐代社会比较吻合,另一方面也和李汝珍所处时代的人们对海的了解更加深入、更加向往有关。李汝珍本人曾有过随做盐商的妻兄漂洋出海的经历,又借鉴《山海经》《博物志》等古籍的记载,描写了海外诸国,向读者展示了一个光怪陆离的艺术世界,令人耳目一新。

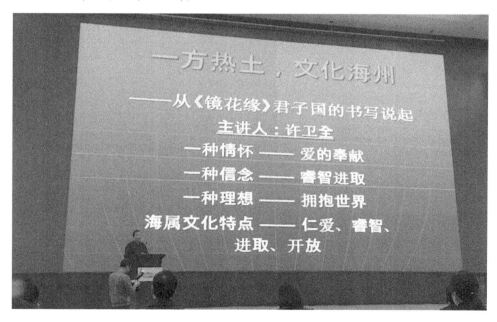

许卫全最后说到，近年来，随着习近平总书记提出的"一带一路"倡议的实施，连云港市作为"一带一路"倡议交汇点城市，各项事业发展迅猛。

《镜花缘》作者李汝珍长期生活在海州板浦一带，深受海属文化的熏染，并留下了《镜花缘》这份珍贵的文学遗产。而海州区作为连云港市的中心城区，又是海属文化的发源地，荣耀与责任同在，机遇和挑战并存。我们有义务也有信心在发展经济的同时，将《镜花缘》这份文化遗产传承并发扬光大。

三

连云港《镜花缘》研究主要学术成果一览表

（一）连云港市《镜花缘》研究主要学术论文一览表

连云港市《镜花缘》研究主要学术论文简表

	论文名称	作者	第一作者单位	发表刊物及时间
1	《首次〈镜花缘〉学术讨论会情况综述》	彭云	连云港市《镜花缘》研究会	《文学遗产》，1987（2）
2	《〈镜花缘〉的时代精神和地方特色》	夏兴仁	连云港市文联	《明清小说研究》，1994（4）
3	《〈镜花缘〉妇女观浅说》	张勤	连云港市电大东海分校	《江苏广播电视大学学报》，1998（4）
4	《宋明理学与乾嘉考据——〈镜花缘〉成书时代的思想文化冲突》	李明发、李明友	连云港市《镜花缘》研究会	《明清小说研究》，2000（1）
5	《〈镜花缘〉中的语气副词"毕竟"、"再"》	顾海芳	连云港师范高等专科学校小教部	《沙洋师范高等专科学校学报》，2002（3）
6	《〈镜花缘〉海州方言词汇例释》	顾海芳	连云港师范高等专科学校小教部	《咸宁师专学报》，2002（4）
7	《〈镜花缘〉·李汝珍与连云港板浦》	彭云	连云港市《镜花缘》研究会	《淮海工学院学报（人文社会科学版）》，2003（1）
8	《从"惟善为宝"的标榜看李汝珍思想的局限》	许卫全、李昌华	连云港师范高等专科学校中文系	《中国典籍与文化》，2003（3）
9	《〈镜花缘〉价值的重新认识》	龚际平	淮海工学院中国语言文学系	《淮海工学院学报（人文社会科学版）》，2004（2）

(续表)

	论文名称	作者	第一作者单位	发表刊物及时间
10	《〈镜花缘〉、李汝珍与板浦》	彭云	连云港师范高等专科学校连云港区域文化研究所	《连云港师范高等专科学校学报》，2004（2）
11	《建构男女平等的反叛传统文化的模式——谈〈镜花缘〉寄寓的社会理念》	马济萍	连云港师范高等专科学校中文系	《长春师范学院学报》，2004（9）
12	《试论道教"立善修德"思想及其影响》	马济萍	连云港师范高等专科学校中文系	《淮海工学院学报（社会科学版）》，2005（1）
13	《试析中国诗性智慧语境下的〈镜花缘〉》	张兴龙	淮海工学院中国语言文学系	《淮海工学院学报（社会科学版）》，2005（1）
14	《胆识与贤智兼收，才色与情韵并列——从女性关怀的视角看〈镜花缘〉》	马济萍	连云港师范高等专科学校中文系	《连云港师范高等专科学校学报》，2005（1）
15	《从王国维人格美育思想探析〈镜花缘〉女性形象》	张兴龙	淮海工学院中国语言文学系	《淮海工学院学报（社会科学版）》，2005（4）
16	《试论〈镜花缘〉与道教"谪仙修道"母题的因缘》	马济萍	连云港师范高等专科学校中文系	《华南农业大学学报（社会科学版）》，2005（4）
17	《李汝珍的自寓与觉悟——〈镜花缘〉新论》	王学钧	连云港区域文学研究所	《连云港师范高等专科学校学报》，2006（1）
18	《镜花本空相，悟彻心无疑——〈镜花缘〉的道教思想再探》	马济萍	连云港师范高等专科学校中文系	《哈尔滨学院学报》，2006（5）
19	《琐谈〈镜花缘〉与明清六大小说的关系》	李德身	连云港师范高等专科学校中文系	《连云港师范高等专科学校学报》，2006（3）
20	《不满化为谐趣——李汝珍〈镜花缘〉"游戏心态"探析》	谢丹	淮海工学院文学院	《长春理工大学学报（社会科学版）》，2008（3）
21	《〈镜花缘〉的儒家文化探析》	马济萍	连云港师范高等专科学校中文系	《连云港师范高等专科学校学报》，2009，26（1）
22	《传统文士人格的末路写照——〈镜花缘〉和〈聊斋志异〉文士形象比较》	尚继武	连云港师范高等专科学校初等教育系	《连云港师范高等专科学校学报》，2010，27（1）
23	《〈镜花缘〉文化资源开发摭谈》	王传高、许卫全	连云港师范高等专科学校中文系	《连云港师范高等专科学校学报》，2010，27（1）

三 连云港《镜花缘》研究主要学术成果一览表

(续表)

	论文名称	作者	第一作者单位	发表刊物及时间
24	《〈镜花缘〉与海州地域文化》	李传江	连云港师范高等专科学校初等教育系	《连云港师范高等专科学校学报》，2010，27（2）
25	《〈镜花缘〉研究引发的思考》	许卫全、王传高	连云港师范高等专科学校中文系	《连云港师范高等专科学校学报》，2010，27（2）
26	《〈镜花缘〉叙事时间初论》	孟宪浦	连云港师范高等专科学校中文系	《连云港师范高等专科学校学报》，2010，27（2）
27	《文人经商的典型——〈镜花缘〉林之洋形象刍议》	杨光玉	连云港市李汝珍纪念馆	《连云港师范高等专科学校学报》，2010，27（2）
28	《李汝珍生平若干事迹考辨》	李明友	连云港市《镜花缘》研究会	《连云港师范高等专科学校学报》，2010，27（3）
29	《论〈镜花缘〉作者的创作心态》	彭增玉、包倩	连云港市《镜花缘》研究会	《连云港师范高等专科学校学报》，2010，27（4）
30	《破解〈镜花缘〉作者之谜》	于继增	连云港市科协	《江淮文史》，2011（2）
31	《〈镜花缘〉与儿童文学》	王毓容、郑厚权	连云港高等师范专科学校初等教育系	《文学教育（上）》，2010（11）
32	《〈李汝珍师友年谱〉特色简析》	杨静、徐习军	连云港师范高等专科学校中文系	《淮海工学院学报（社会科学版）》，2011，9（12）
33	《从儿童文学角度看〈镜花缘〉的奇异世界》	买艳霞	连云港师范高等专科学校学前教育与音乐学院	《连云港师范高等专科学校学报》，2012，29（3）
34	《幻想与现实的交融——浅析〈格列佛游记〉与〈镜花缘〉的荒诞手法》	徐伟	连云港师范高等专科学校人文与美术学院	《连云港师范高等专科学校学报》，2013，30（1）
35	《试论〈镜花缘〉的隐性悲剧结构格局——重读〈镜花缘〉有感》	辜美高	连云港区域文学研究所	《连云港师范高等专科学校学报》，2013，30（2）
36	《有关〈镜花缘〉研究的文献计量分析》	陈秀卫	连云港师范高等专科学校图书馆	《科技情报开发与经济》，2014，24（7）
37	《〈聊斋志异〉〈镜花缘〉女性形象异同论》	尚继武	连云港师范高等专科学校	《明清小说研究》，2014（4）
38	《论〈镜花缘〉中的儒文化》	王红丽	连云港职业技术学院公共管理学院	《文学教育（中）》，2014（3）

(续表)

	论文名称	作者	第一作者单位	发表刊物及时间
39	《海州风物与〈镜花缘〉中的茶文化》	闫茂华、陆长梅	连云港师范高等专科学校	《农业考古》，2016（2）
40	《〈镜花缘〉的消费文化特征研究》	马励	江苏联合职业技术学院连云港分院基础教学部	《湖北函授大学学报》，2016（18）
41	《〈镜花缘〉中体现的清代人经济文化内涵研究》	马励	江苏联合职业技术学院连云港分院基础教学部	《现代语文（学术综合版）》，2016（11）
42	《全域旅游语境下〈镜花缘〉文化旅游产业开发研究》	赵鸣、林备战、徐洪绕	连云港市文化广电新闻出版局	《连云港师范高等专科学校学报》，2018，35（1）
43	《让"镜花水月"里的实体得以生命呈现——基于〈镜花缘〉文化视域下的小学校本课程建设的实践研究》	滕士平	江苏连云港市苏光中心小学	《小学教学研究》，2018（6）
44	《〈镜花缘〉语言研究述评》	周希全	连云港师范高等专科学校文学院	《连云港师范高等专科学校学报》，2019，36（1）
45	《〈镜花缘〉讽刺艺术论析》	尚继武	连云港师范高等专科学校学报编辑部	《连云港师范高等专科学校学报》，2019，36（1）
46	《东游西走：〈镜花缘〉与〈西游记〉游历叙事空间比较》	李传江	连云港师范高等专科学校文学院	《连云港师范高等专科学校学报》，2019，36（2）
47	《〈镜花缘〉伦理思想的文化特征》	谢忠斌	连云港区域文学研究所	《连云港师范高等专科学校学报》，2019，36（3）
48	《〈镜花缘〉与海上丝绸之路人文民俗关联觅踪》	赵鸣	连云港区域文学研究所	《连云港职业技术学院学报》，2020，33（2）
49	《人机英译〈镜花缘〉质量评测研究——以林太乙译本与腾讯翻译君译文为语料》	韦汇余、庞欣、张新	连云港师范高等专科学校外语与商务学院	《现代英语》，2020（22）
50	《"中和为道"：〈镜花缘〉写人论事的隐性尺度》	尚继武、李传江	连云港师范高等专科学校	《连云港师范高等专科学校学报》，2022，39（1）
51	《齐天的山，连海的云》	蔡骥鸣	连云港市文联	《江苏地方志》，2021（4）
52	《〈镜花缘〉崇德扬善主体思维的叙事功能》	尚继武、李传江	连云港师范高等专科学校	《南华大学学报（社会科学版）》，2022，23（4）
53	《〈镜花缘〉反讽技巧与构建论析》	尚继武、李传江	连云港师范高等专科学校	《连云港职业技术学院学报》，2022，35（3）

三 连云港《镜花缘》研究主要学术成果一览表

(续表)

	论文名称	作者	第一作者单位	发表刊物及时间
54	《"吃一吓"结构源考、发展与消亡——从〈镜花缘〉"吃一吓"结构谈起》	叶川	连云港师范高等专科学校文学院	《新余学院学报》，2022，27（6）
55	《海州文脉：明清小说中茶文化的挖掘和传播——〈西游记〉〈儒林外史〉〈镜花缘〉例举》	闫茂华	连云港师范高等专科学校	《江苏地方志》，2023（1）
56	《〈镜花缘〉中"吓"（hè）词语义源考》	叶川	连云港师范高等专科学校文学院	《景德镇学院学报》，2023，38（1）
57	《〈镜花缘〉反讽建构遵循的逻辑理路》	龙彦波、尚继武、李传江	连云港师范高等专科学校	《连云港师范高等专科学校学报》，2023，40（1）

注：这里主要是以"镜花缘"或"李汝珍"作为主题关键词来统计的连云港本土学者发表的主要《镜花缘》研究论文，论文第一作者署名单位为连云港高校、中小学或者各类研究机构、学会等。统计数据来源于中国知网的中国学术期刊网络出版总库，数据截止时间为2023年7月31日。此表没有收入连云港区域文学研究所市外（境外）特聘研究员相关成果，如王永健、苗怀明、乔光辉、冯保善、万晴川、曹亦冰、王琼玲等人所发表的《镜花缘》研究相关论文。

（二）连云港《镜花缘》研究主要学术著作一览表

连云港《镜花缘》研究主要学术著作一览表

著作名称	作者	出版单位	出版时间	ISBN
《〈镜花缘〉公案辨疑》	孙佳讯	齐鲁书社	1984年5月	10206·88
《镜花缘研究1—3辑》	连云港市《镜花缘》研究会	/	1986年8月	/
《李汝珍及其〈镜花缘〉》	李时人	春风文艺出版社	1999年1月	7-5313-2041-X/I·1779
《海州乡谭》	彭云	沈阳出版社	2001年6月	9787544116053
《板浦春秋》	姚祥麟	吉林文史出版社	2005年12月	9787807023616
《李汝珍师友年谱》	李明友	凤凰出版社	2011年1月	9787550601475
《海州有部〈镜花缘〉》	徐习军、于洋	江苏凤凰文艺出版社	2022年12月	9787559466839

(三) 连云港《镜花缘》研究主要学术活动一览表

连云港师范高等专科学校主办或参与的主要的《镜花缘》研究学术活动一览表

会议名称	会议时间	主要议题	主要与会人员
第一届全国《镜花缘》学术研讨会	1986年8月13日—8月17日	《镜花缘》在明清小说史上的地位	彭云、何满子、魏际昌、李进、章品镇、欧阳健
第二届全国《镜花缘》学术讨论会	1998年10月18日—10月20日	《镜花缘》中的精华与糟粕	吴加庆、彭云、李洪甫、张传藻、余克超
第三届全国《镜花缘》学术讨论会	2002年10月11日—10月13日	李汝珍纪念馆建馆十周年暨第三届全国《镜花缘》学术讨论会	陈吉余、丁义珍、戴筱玲、桑林、彭云
第三届海峡两岸中华文化发展论坛	2008年8月24日	文学名著与区域文化发展	段培君、龚鹏程、钱进、李德身、许卫全
2010中国·连云港《镜花缘》学术研讨会（第四届）	2010年11月20日—11月21日	《镜花缘》与区域文化	赵兴勤、王学钧、冯保善、王琼玲、乔光辉
《镜花缘》与文化产业研讨会暨《李汝珍师友年谱》首发式	2011年5月28日	《镜花缘》与文化创意产业发展	林备战、徐习军、许卫全
第五届全国《镜花缘》学术研讨会	2012年8月16日—8月17日	《镜花缘》的思想内容和作者行迹，《镜花缘》与地方文化关系及文化产业发展	李剑国、王学钧、苗怀明、傅承洲、辜美高（新加坡国立大学）、乔光辉、徐永斌
2018年《镜花缘》与连云港城市文化建设学术研讨活动	2018年6月20日	《镜花缘》与连云港城市文化建设	杨浩、惠茜、周一云、陈留生、许卫全、姚祥麟、赵鸣
纪念《镜花缘》成书200周年暨海州文化旅游推介会	2018年12月17日	《镜花缘》与海州文化旅游推介	万闻华、滕雯、黄远征、许卫全
市镜花缘研究会第四次会员代表大会	2019年1月19日	《镜花缘》与地方经济发展	徐习军、李明友、林备战、张永义、陈云、于洋
第六届全国《镜花缘》学术研讨会	2019年10月12日—10月13日	《镜花缘》传统研究与文旅产业	黄远征、曹亦冰、乔光辉、王立、万晴川、周建忠

四

连云港《镜花缘》研究的特点

（一）研究团队的稳定性与专业性

20世纪20年代，前辈学者吴鲁星、孙佳讯开启了连云港市《镜花缘》研究的先河。两位杰出学者的研究，尤其是孙佳讯的研究无疑为《镜花缘》研究史添上了浓墨重彩的一笔。1983年连云港市成立的《镜花缘》研究小组汇聚了彭云、夏兴仁、周维先等本土重要的《镜花缘》研究学者。《镜花缘》研究小组的成立，不仅使得吴鲁星、孙佳讯的《镜花缘》研究得到了薪火相传，也使得以连云港师范高等专科学校教师、校友、特聘研究员为主体的连云港市《镜花缘》研究在全国范围内引起较大关注。

2004年，"连云港区域文学研究所"的成立不仅标志着师专的《镜花缘》研究步入深入研究阶段，也使得连云港市《镜花缘》研究团队更加趋于稳定和专业。"连云港区域文学研究所"集合本校人才优势，聘请知名研究学者，立足本土文学资源，深入展开对《镜花缘》各个领域的研究，积极参与地方各级政府举办的有关文化活动，组织开展有关《镜花缘》的全国性（国际）学术研讨活动。

经过多年的积累与拓展，随着2019年10月12日至13日第六届全国《镜花缘》学术研讨会在连云港师范高等专科学校隆重召开和"中国《镜花缘》文化研究中心"正式成立，连云港市形成了以连云港区域文学研究所、中国《镜花缘》文化研究中心、连云港市《镜花缘》研究会为主体的《镜花缘》研究布局，形成了以李德身、许卫全、李传江、尚继武、周希全、买艳霞等高校教师群体，以及彭云、李明友、李洪甫、姚祥麟、赵鸣、谢丹、林备战、谢忠斌等本地特聘研究员为核心的研究团队。研究团队积极筹划，依托连云港师专学术优势，主办、参与各类各项《镜花缘》研究活动，将《镜花缘》研究推向多元化研究阶段。

（二）研究方向的多元化与深入性

连云港市的《镜花缘》研究领域主要涉及《镜花缘》思想、艺术研究，《镜花缘》与地方文化关系研究，《镜花缘》与海洋文化研究，《镜花缘》与清代学术思想研究，《镜花缘》的比较研究和文旅融合背景下《镜花缘》题材文创产品设计研究等。具体来说，连云港市的《镜花缘》研究主要涉及以下学术领域：

第一，对《镜花缘》作者的考证研究。比如吴鲁星的《〈镜花缘〉考证》，孙佳讯的《〈镜花缘〉公案辨疑》等。

第二，李汝珍交游研究。比如李明友的《李汝珍师友年谱》，彭云的《〈镜花缘〉、李汝珍与板浦》等。

第三，在比较文学领域开展的《镜花缘》研究。比如将《镜花缘》与《聊斋志异》《西游记》《格列佛游记》《金瓶梅》《红楼梦》等进行比较研究。

第四，聚焦《镜花缘》表现手法的研究。比如讨论《镜花缘》中的荒诞手法、讽刺艺术、叙事功能和叙事时间等。

第五，聚焦《镜花缘》思想内涵的研究。比如探讨《镜花缘》中女性关怀、男女平等、儒家文化、伦理思想、社会理念、反叛传统、仁智诉求、修真求道等。

第六，聚焦《镜花缘》中地域文化的研究。比如研究《镜花缘》中的茶文化和海州风物。

第七，在语言学领域开展的《镜花缘》研究。

第八，《镜花缘》与地方校园文化建设研究（校本教材编纂）。

连云港市的《镜花缘》研究领域基本涵盖了目前国内所见的《镜花缘》研究所涉及的领域。其中对《镜花缘》作者的考证研究，对李汝珍交游的研究，对《镜花缘》中地域文化研究等，都在同类研究中体现出了明显的深度。

为了更直观地体现连云港《镜花缘》研究方向多元化与深入性的特点，体现以连云港师范高等专科学校为主体研究阵地的布局特点，现利用中国知网对连云港市《镜花缘》研究主要学术论文做计量可视化分析，同时单独对以连云港师范高等专科学校为第一作者署名单位的论文做计量可视化分析，并同类对比国内《镜花缘》研究主要学术论文的计量可视化分析。

连云港市《镜花缘》研究主要学术论文计量可视化分析数据来源条件如下：

文献总数：53篇；检索条件：（主题%='镜花缘'or 题名%='镜花缘'）OR（主题%='李汝珍'or 题名%='李汝珍'）AND 机构%'连云港'）；检索范围：期刊。截止时间：2023年7月31日。

四 连云港《镜花缘》研究的特点

连云港师范高等专科学校《镜花缘》研究主要学术论文计量可视化分析数据来源条件如下：

文献总数：38篇；检索条件：（主题％='镜花缘'）OR（题名％='镜花缘'AND机构％'连云港师范高等专科学校'）OR（机构％'连云港区域文学研究所'）；检索范围：期刊。

国内《镜花缘》研究主要学术论文计量可视化分析数据来源条件如下：

文献总数：504篇；检索条件：（主题％='镜花缘'）OR（题名％='镜花缘'）OR（主题％='李汝珍'）OR（题名％='李汝珍'）；检索范围：期刊。

1. 连云港《镜花缘》研究主要学术论文总体趋势分析及相关对比

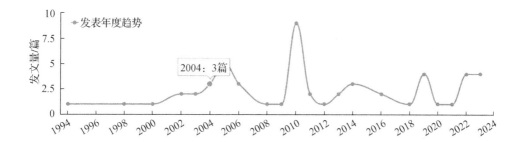

同类对比国内《镜花缘》研究主要学术论文总体趋势分析。

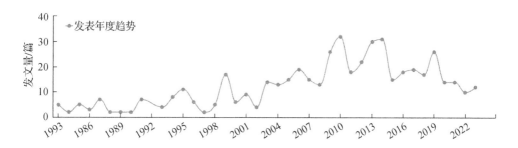

连云港师范高等专科学校《镜花缘》研究主要学术论文总体趋势分析。

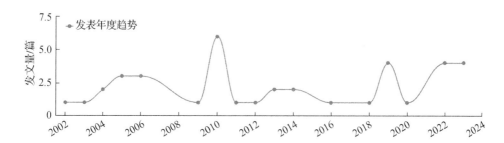

2. 连云港《镜花缘》研究主要学术论文主要主题分布分析及同类对比

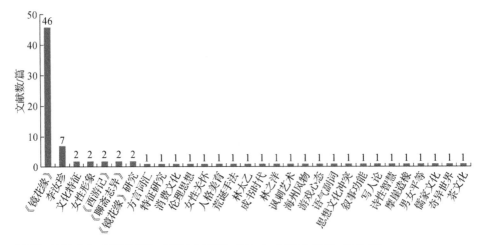

同类对比国内《镜花缘》研究主要学术论文主要主题分布分析。

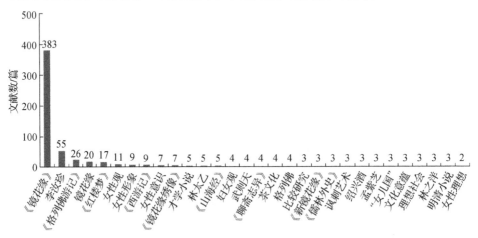

连云港师范高等专科学校《镜花缘》研究主要学术论文主要主题分布分析。

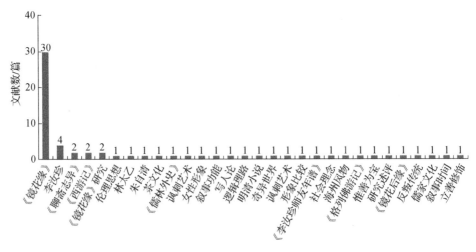

四 连云港《镜花缘》研究的特点

3. 连云港《镜花缘》研究主要学术论文次要主题分布分析

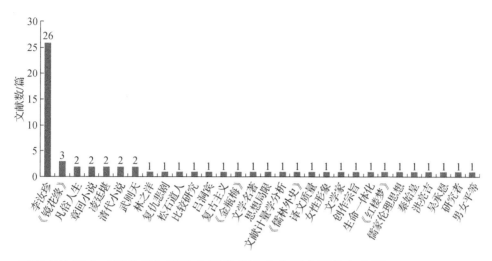

同类对比国内《镜花缘》研究主要学术论文次要主题分布分析。

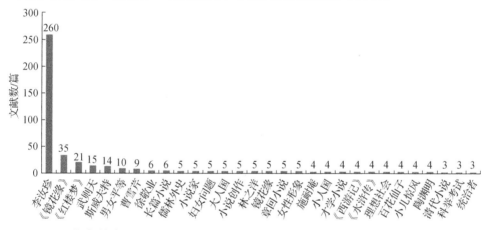

连云港师范高等专科学校《镜花缘》研究主要学术论文次要主题分布分析

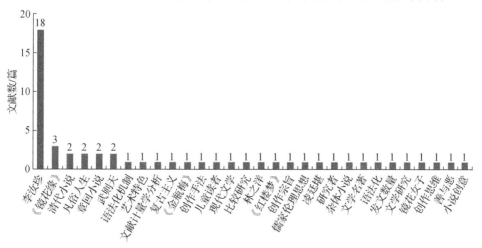

4. 连云港《镜花缘》研究主要学术论文学科分布分析

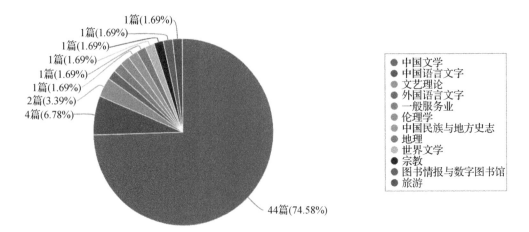

同类对比国内《镜花缘》研究主要学术论文学科分布分析。

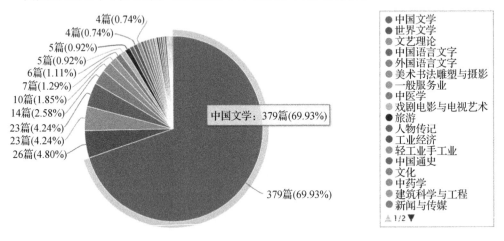

连云港师范高等专科学校《镜花缘》研究主要学术论文学科分布分析

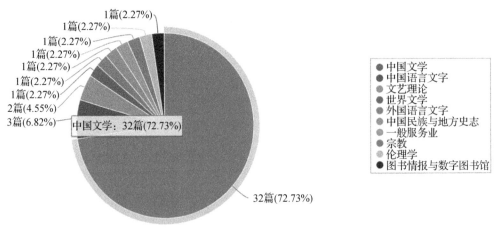

四 连云港《镜花缘》研究的特点

5. 连云港《镜花缘》研究主要学术论文研究层次分布分析

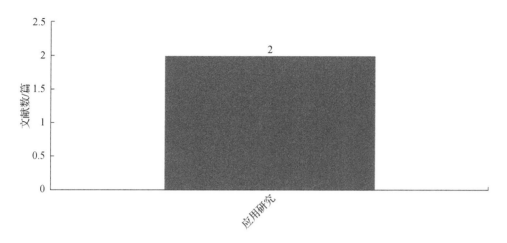

同类对比国内《镜花缘》研究主要学术论文研究层次分布分析。

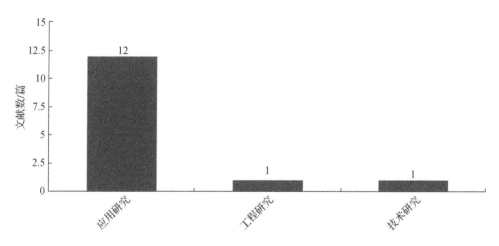

连云港师范高等专科学校《镜花缘》研究主要学术论文研究层次分布分析。

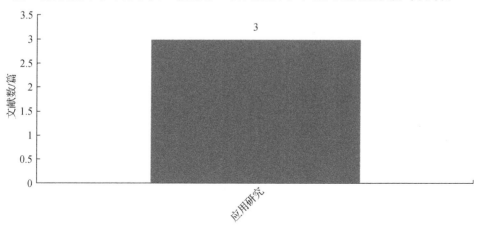

6. 连云港《镜花缘》研究主要学术论文期刊分布分析

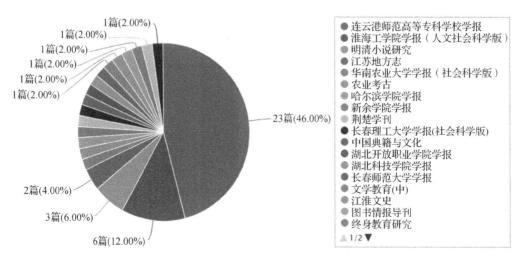

同类对比国内《镜花缘》研究主要学术论文期刊分布分析。

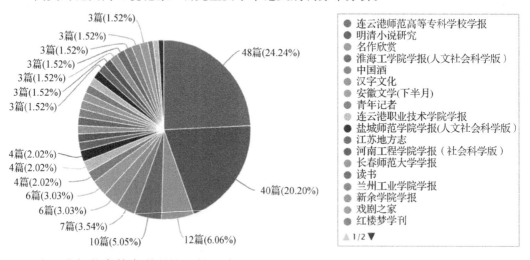

连云港师范高等专科学校《镜花缘》研究主要学术论文期刊分布分析。

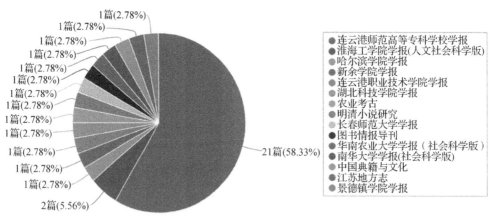

四 连云港《镜花缘》研究的特点

7. 连云港《镜花缘》研究主要学术论文高级别期刊来源类别分析

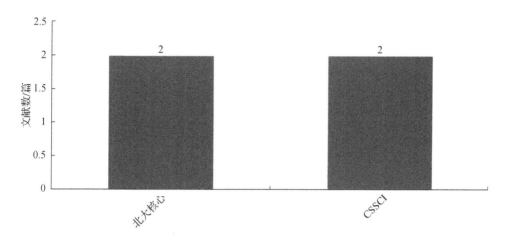

同类对比国内《镜花缘》研究主要学术论文高级别期刊来源类别分析

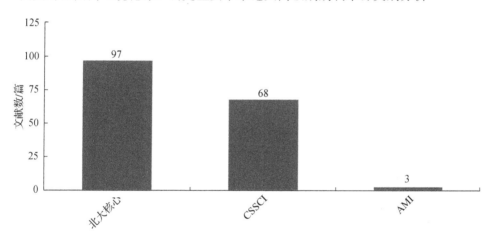

连云港师范高等专科学校《镜花缘》研究主要学术论文高级别期刊来源类别分析

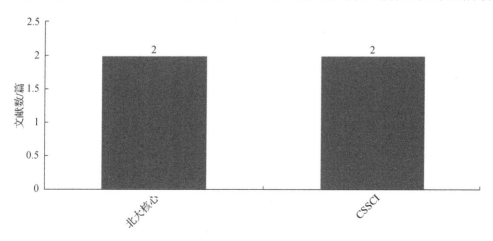

8. 连云港《镜花缘》研究主要学术论文作者分布分析

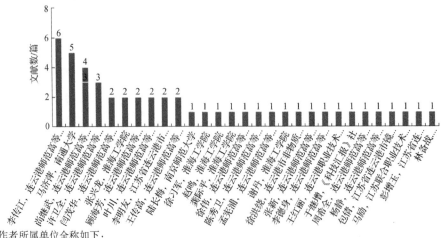

图表内作者所属单位全称如下：
李传江(6)，连云港师范高等专科学校；马济萍(5)，南通大学(注：马济萍原系连云港师范高等专科学校中文系教师，后调入南通大学。此图表所收录分析的马济萍发表的《镜花缘》研究论文系马济萍在连云港师专中文系担任教师期间发表的论文)；尚继武(4)，连云港师范高等专科学校；许卫全(3)，连云港师范高等专科学校；闫茂华(2)，连云港师范高等专科学校；张兴龙(2)，淮海工学院；顾海芳(2)，连云港师范高等专科学校；叶川(2)，连云港师范高等专科学校；李明友(2)，江苏省连云港市；王传亮(1)，连云港师范高等专科学校；陆长梅(1)，南京师范大学；徐习军(1)，淮海工学院；赵鸣(1)，淮海工学院；龚际平(1)，淮海工学院；徐伟(1)，连云港师范高等专科学校；陈秀卫(1)，连云港师范高等专科学校；孟宪浦(1)，连云港师范高等专科学校；谢丹(1)，淮海工学院；徐洪绕(1)，连云港市非物质文化遗产保护中心；张新(1)，连云港师范高等专科学校；李德身(1)，连云港师范高等专科学校；王红丽(1)，连云港市职业技术学院；于继增(1)，连云港市科协；周希全(1)，连云港师范高等专科学校；杨静(1)，连云港师范高等专科学校；包倩(1)，江苏省连云港市《镜花缘》研究会；马励(1)，江苏联合职业技术学院连云港分院；彭增玉(1)，江苏省连云港市《镜花缘》研究会；林备战(1)，江苏省连云港市《镜花缘》研究会

同类对比国内《镜花缘》研究主要学术论文作者分布分析。

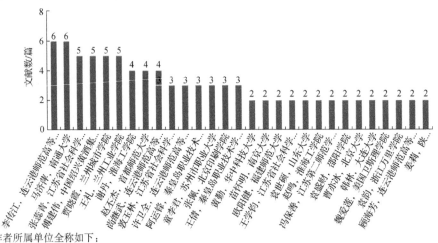

图表内作者所属单位全称如下：
李传江(6)，连云港师范高等专科学校；马济萍(5)，南通大学(注：马济萍原系连云港师范高等专科学校中文系教师，后调入南通大学。此图表所收录分析的马济萍发表的6篇《镜花缘》研究论文有5篇系马济萍在连云港师专中文系担任教师期间发表的论文)；张蕊青(9)，江苏省社会科学院文学研究所；傅建伟(5)，中国绍兴黄酒集团公司；贾晓霞(5)，兰州城市学院；王礼(5)，兰州工学院；谢丹(4)，淮海工学院；赵丕杰(4)，首都师范大学；尚继武(4)，连云港师范高等专科学校；敦玉林(3)，江苏省社会科学院；许卫全(3)，连云港师范高等专科学校；阿运锋(3)，秦皇岛职业技术学院；童李君(3)，苏州市职业大学；张佩(3)，北京印刷学院；王倩(3)，秦皇岛职业技术学院；黄勤(2)，华中科技大学；苗怀明(2)，南京大学；欧阳健(2)，福建师范大学；王学钧(2)，江苏省社会科学院文学研究所；袁世硕(2)，中山大学；赵鸣(2)，淮海工学院；冯保善(2)，江苏第二师范学院；袁盛财(2)，邵阳学院；曹亦冰(2)，北京大学；韩林(2)，大连大学；魏爱莲(2)，美国卫斯理学院；袁韵(2)，浙江万里学院；顾海芳(2)，连云港师范高等专科学校；姜莉(2)，陕西理工学院

四 连云港《镜花缘》研究的特点

连云港师范高等专科学校《镜花缘》研究主要学术论文作者分布分析。

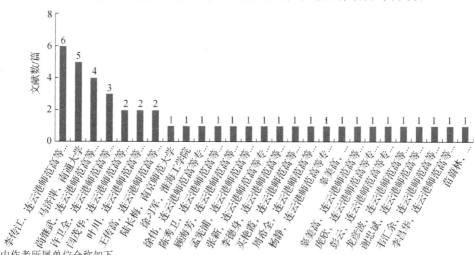

图表内作者所属单位全称如下：

李传江(6)，连云港师范高等专科学校；马济萍(5)，南通大学(注：马济萍原系连云港师范高等专科学校中文系教师，后调入南通大学。此图表所收录分析的马济萍发表的《镜花缘》研究论文系马济萍在连云港师专中文系担任教师期间发表的论文)；尚继武(4)，连云港师范高等专科学校；许卫全(3)，连云港师范高等专科学校；闫茂华(2)，连云港师范高等专科学校；叶川(2)，连云港师范高等专科学校；王传高(2)，连云港师范高等专科学校；陆长梅(1)，南京师范大学(注：陆长梅系论文《海州风物与〈镜花缘〉中的茶文化》的第二作者，发文时其署名单位是南京师范大学生命科学学院。该篇论文的第一作者是连云港师范高等专科学校教师闫茂华)；徐习军(1)，淮海工学院(注：徐习军系连云港师范高等专科学校连云港区域文学研究所特聘研究员)；徐伟(1)，连云港师范高等专科学校；陈秀卫(1)，连云港师范高等专科学校；顾海芳(1)，连云港师范高等专科学校；孟宪浦(1)，连云港师范高等专科学校；张新(1)，连云港师范高等专科学校；李德身(1)，连云港师范高等专科学校；买艳霞(1)，连云港师范高等专科学校；周希全(1)，连云港师范高等专科学校；杨静(1)，连云港师范高等专科学校；辛美高(1)，连云港师范高等专科学校连云港区域文化研究所；庞欣(1)，连云港师范高等专科学校；彭云(1)，连云港师范高等专科学校连云港区域文化研究所；龙彦波，连云港师范高等专科学校；谢忠斌(1)，连云港师范高等专科学校连云港区域文化研究所；韦江余(1)，连云港师范高等专科学校；李昌华(1)，连云港师范高等专科学校连云港区域文化研究所；苗蓣林(1)，连云港师范高等专科学校连云港区域文化研究所

9. 连云港《镜花缘》研究主要学术论文发文机构分析

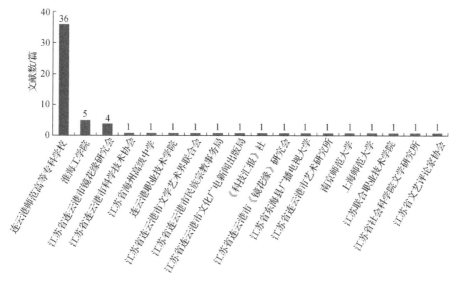

同类对比国内《镜花缘》研究主要学术论文发文机构分析。

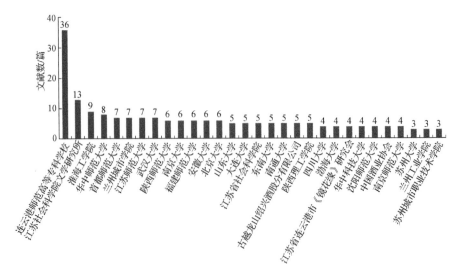

连云港师范高等专科学校《镜花缘》研究主要学术论文发文机构分析（含第一作者、第二作者、第三作者所属单位）。

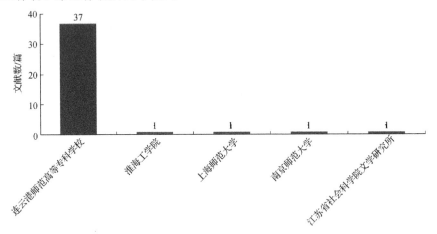

10. 连云港《镜花缘》研究主要学术论文基金分布分析

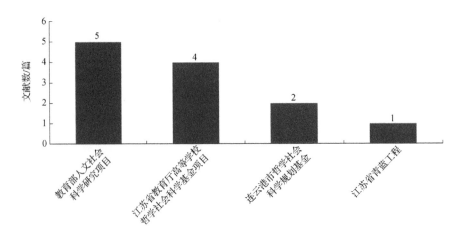

四 连云港《镜花缘》研究的特点

同类对比国内《镜花缘》研究主要学术论文基金分布分析。

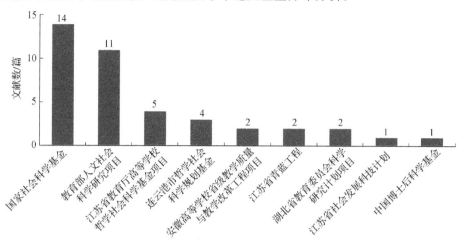

连云港师范高等专科学校《镜花缘》研究主要学术论文基金分布分析。

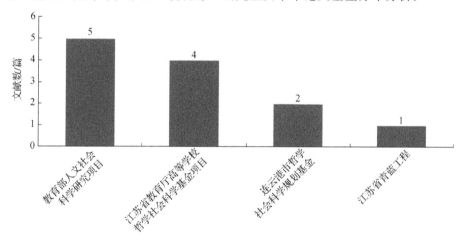

通过以上计量可视化分析可以发现，连云港市学者发表的《镜花缘》研究论文中，主要主题涉及《镜花缘》、《聊斋志异》、李汝珍、《西游记》、荒诞手法、女性关怀、方言词汇、女性形象、讽刺艺术、叙事功能、写人论、男女平等、儒家文化、伦理思想、社会理念、形象比较、茶文化、海州风物、《格列佛游记》、研究述评、反叛传统等。

可以发现连云港市学者的《镜花缘》研究学术论文主要涉及以下几个学术领域：

第一，在比较文学领域开展《镜花缘》的研究，比如将《镜花缘》与《聊斋志异》《西游记》《格列佛游记》《金瓶梅》《红楼梦》进行比较的研究。

第二，聚焦《镜花缘》表现手法的研究，比如讨论《镜花缘》中的荒诞手法、讽刺艺术、叙事功能和叙事时间等。

第三，聚焦《镜花缘》思想内涵的研究，比如讨论《镜花缘》中的女性关怀、男女平等、儒家文化、伦理思想、社会理念、反叛传统、仁智诉求和修真求道等的研究。

第四，聚焦《镜花缘》中地域文化的研究，比如研究《镜花缘》中的茶文化和海州风物。

第五，在语言学领域开展的《镜花缘》研究。

连云港市学者的《镜花缘》研究学术论文在学科分布方面，中国文学以74.58%占据绝对优势，其余涉及的学科包括中国语言文学、世界文学、一般服务业、民族与地方史志、伦理学、文艺理论、图书情报与数字图书馆。发文作者主要有李传江、马济萍、尚继武和许卫全等。在文献来源方面，《连云港师范高等专科学校学报》以46%占据绝对优势，其余涉及的刊物有《淮海工学院学报》《明清小说研究》《长春师范大学学报》等。

通过将国内《镜花缘》研究学术论文的计量可视化分析作为参照，可以发现以下几点非常明显的分析结果。

在发文机构统计中，连云港师专以36篇的发文总量高居国内发文机构第一，发文量领先排名第二的江苏社会科学院文学研究所23篇。

在作者分布统计中，连云港师专的李传江以6篇发文量位于国内作者分布统计中的第一名。

从主要主题与次要主题统计来看，连云港市的《镜花缘》研究基本涉及了目前《镜花缘》研究所涵盖的各个主题。

这些数据表明，连云港市是名副其实的国内《镜花缘》研究重地，而作为连云港的一所百年师范学校，连云港师范高等专科学校则是连云港市《镜花缘》研究的中心。

（三）研究成果的丰富性与影响力

连云港市在《镜花缘》研究方面取得了显著成果，并对该领域产生了深远影响。作为一部具有鲜明地域特色的文学名著，《镜花缘》不仅在中国文学界占有重要地位，也在全球范围内产生了影响。对《镜花缘》的研究不仅有助于深化对这部文学经典的理解，也可以为中国文化的传承和发展做出贡献。

连云港市在《镜花缘》研究方面取得了丰硕的成果。首先，连云港市拥有一支以连云港师范高等专科学校教师为主体的研究团队，团队成员长期致力于《镜花缘》等古典文学名著的研究，成果显著。其次，连云港市学者在《镜花缘》研究方面发表了多篇学术论文，完成了多项课题。

在研究论文方面，虽然连云港市学者发表在核心刊物以上的《镜花缘》研究论文较少，但是从知网的计量统计来看，在针对《镜花缘》开展的研究论文中，连云港市学者以 56 篇的发文总量高居国内发文量榜首,其中连云港师专以 36 篇的论文发表量在所有发文机构中排名第一。在发文作者中,连云港师专的李传江教授也以 6 篇研究《镜花缘》的论文,位于发文作者第一位。发文量和发文作者的优势不仅体现了连云港市《镜花缘》研究的持续性和丰富性,也体现了连云港市《镜花缘》研究的影响力。

在研究著作方面,连云港市《镜花缘》研究会整理出版了三本《镜花缘》研究论文选。连云港区域文学研究所整理汇编了多本全国《镜花缘》学术研讨会论文集。区域文学研究所的特聘研究员出版了若干《镜花缘》研究著作,比如彭云出版了专著《海州乡谭》,姚祥麟出版了《板浦春秋》、李明友出版了《李汝珍师友年谱》,徐习军、于洋出版了《海州有部〈镜花缘〉》,许卫全出版了《〈镜花缘〉校注本》等。

这些论文和专著为不仅为推动《镜花缘》研究的深入发展提供了有力的理论武器,也切实提升了连云港市《镜花缘》研究的影响力。

首先,这些成果影响了国内外的《镜花缘》研究。在过去的几年里,连云港市的《镜花缘》研究成果受到了国内外学术界的广泛关注和认可,吸引了众多研究者前来交流合作。这为推动《镜花缘》研究的国际化和深化对该领域的研究和理解做出了积极贡献。

其次,连云港市的《镜花缘》研究成果对地方文化建设和旅游发展产生了积极影响。连云港市学者在研究中注重结合地方文化特色,将《镜花缘》与连云港地方文化相结合,推动地方文化的传承和发展。同时,连云港《镜花缘》研究成果也为连云港旅游业的发展提供了独特资源,吸引了众多游客前来参观游览。

再次,连云港《镜花缘》研究成果对培养人才产生了积极作用。连云港特别是连云港师范高等专科学校在《镜花缘》研究中注重人才培养,通过为青年学者和学生提供研究项目和实践机会,鼓励青年学者和学生参与研究。这不仅提高了青年学者和学生的学术素养和研究能力,也为培养出更多《镜花缘》研究领域的优秀人才做出了贡献。

1. 连云港《镜花缘》研究主要学术论文评析

(1) 顾海芳:《〈镜花缘〉海州方言词汇例释》

吸收方言词汇是明清小说创作的一个重要特点。李汝珍是直隶大兴(今属北京市)人,所以在他的作品中不可避免地使用了大量的北京方言词汇,但他在海州一带生活了 40 多年,而且《镜花缘》这部作品从酝酿到创作完成都是在海州完成的,所以作品中也存在大量的海州方言词汇。《镜花缘》中的人物对话,有一百多处用了海州方言,如在陆路步行叫"起旱",不在吃饭时吃东西叫"打尖",挖河叫"挑河",欺人叫"讹人",吵架叫"斗咀",开玩笑叫"斗趣",形容人笨叫"鲁钝",问题一时答不出来叫

"发",骂人说假话叫"嚼蛆",这些口头语,至今仍在海州地区流传。

作为连云港本土学者来说,研究《镜花缘》中的海州方言词汇具有得天独厚的优势。顾海芳的《〈镜花缘〉海州方言词汇例释》一文就对《镜花缘》中的部分海州方言词语做出了解释。

本文对《镜花缘》中使用的部分方言词语做出解释,以帮助读者更好地理解这部作品。

促寿

话说麻姑闻百花仙子之言,不觉笑道:"你既要骗我酒吃,又斗我围棋,偏有这些尖嘴薄舌的话说!我看你只怕未必延龄,反要促寿哩。"(三·12)

在书中,"促寿"的意思和"延龄"相对,是短命、减寿的意思。在海州方言中,这个词是个常用词,一般含有贬义,比如某人做了缺德的事或说了损人的话,别人就会指责他说:"促寿啊,怎么能做这种事呢!"同样称那些经常犯些小错或喜欢捉弄别人的人为"促寿鬼",不过这种人一般不会是大奸大恶或是犯下大错的人。有时候,人们不希望出现某种情况而偏偏出现了,这时候也经常用这个词表达自己的感受,比如说"真促寿,刚出门就下雨"。

坑人

大概就是使人倒霉、坑害人的意思。

1. 承志听了,随口答道:"岂止这几种!有不敬天地的强盗,……有设计坑人的强盗……"(五十八·426)

另外还有几处稍有变异的说法:

2. 林之洋道:"闻得他们最喜缠足,无论大家小户,都以小脚为贵;若讲脂粉,更是不能缺的。幸亏俺生天朝,若生这里,也教俺裹脚,那才坑死人哩!"(三十二·230)

3. 廉锦枫道:"送命倒也干净。只怕出花之后,脸上留下许多花样,那才坑死人哩。"(五十五·406)

4. 唐敖暗暗顿足道:"舅兄要坑杀我了!"(二十二·152)

5. 林之洋身旁既有四个宫娥紧紧靠定,又被两个宫娥把脚扶住,丝毫不能转动。及至缠完,只觉脚上如炭火烧的一般,阵阵疼痛。不觉一阵心酸,放声大哭道:"坑死俺!"(三十三·237)

6. 婉如道:"若果如此,可坑死俺了!"(六十六·489)

在海州方言中,坑人通常说自己或别人由于外在的某些原因而陷于被动、尴尬或为难的境地,这里的"人"可以指自己也可以指别人,需要特别强调

四 连云港《镜花缘》研究的特点

的时候会具体指明，比如"你这样做坑你父母啊"。"死"和"杀"在这里起的作用是一样的，突出强调受损害的程度，倒霉到了极点。①

(2) 许卫全、李昌华：《从"惟善为宝"的标榜看李汝珍思想的局限》

对于《镜花缘》所体现的李汝珍的思想，学术界基本形成了一种普遍认知：尽管李汝珍是一位具有先进思想观念的文学家和思想家，他仍在一定程度上受到传统观念的束缚。或许由于其所处时代的限制，或许由于他未能完全摒弃某些陈腐的封建观念，李汝珍的作品中仍然存在一些落后的观念。在提出自己观点和批评时，他的观点往往表现出一些过于拘泥于传统、不够彻底的倾向，甚至在某种程度上表现出试图以复古的方式代替改革的想法。

李汝珍观察到，处于社会底层的"下民"往往缺乏足够的知识和信息，因此对于一些不良风气的形成并不承担主要责任。相反，他强调了知识分子——尤其是其中的"君子"们——对于矫正这些不良风气所应承担的主要责任。因此，他的著作主要反映了中层以上社会中的现象。

在描述国内外国家的环节中，李汝珍没有对君主制进行批判，并在描绘战争时强调了维护唐王朝的正统观念。在讲述武后恩旨的环节中，他强调了传统的妇女贞节观念；在描绘黑齿国街头行人时，他强调了男女之间行为规范的差异和男女有别的观念。

此外，李汝珍笔下描述的百名才女没有人展现出任何对爱情的追求。相反，他强调了父母之命和媒妁之言在婚姻中的决定性作用，视自由恋爱为有违伦理的行为。这种观念体现了对女性的某种程度的歧视。

李汝珍在某些观点上显现出一定的迷信色彩。他虽然批判了殡葬中讲求风水的迷信行为，却通过才女的言语表达了对六壬神课这类占卜术的信仰。尽管他对屠杀耕牛的行为进行了一定程度的批判，但仍抱有某些迷信的因果思想。

在描绘理想国的同时，主人公唐敖表现出对现实的厌弃，并选择了逃世隐遁的道路。这正揭示了作者对于入世和避世之间的矛盾心理。

总的来说，李汝珍的观念反映了当时的社会观念和价值体系，并体现了他独特的思考视角和思想倾向。然而，他的观念也显示出一定的局限性，如对知识的理解、对性别平等的看法以及对某些迷信现象的态度等。

而且，李汝珍在著作中为描绘众多才女的博学多才，让她们阐述经籍，讨论历史，探讨音韵，评论文艺。然而，这些学术知识在小说中的过度充斥，实际上构成了严重的缺陷。《红楼梦》也包含了对诗词绘画、音乐理论、医学知识的描绘，但这些内容给读者的感受与《镜花缘》大相径庭。在《镜花缘》中，这些知识只能展示某一才女的

---

① 顾海芳.《镜花缘》海州方言词汇例释 [J]. 咸宁师专学报，2002 (4)：102-103.

专门知识水平，却与人物的性格特征毫无关联。将这些知识覆盖于人物情节之上，削弱了小说的故事性，使整个作品如同贩卖各种知识的杂货铺。

李汝珍思想体系的核心部分便是其儒家复古主义的"善"的理念。这一理念是在复古主义背景下对儒家伦理的理想化表达，其产生源自人们对后世儒家伦理——尤其是社会规范——的不满情绪。在李汝珍看来，儒家复古主义的善是构建理想社会的根本基础。他对善的强烈情感和期待，主要源于他的这一观念。

在《镜花缘》的海外诸国部分中，一个显著的主题得以突显，即作者唐敖等人被引导进入一个乌托邦式的国家——君子国。这个国家的特点是诚实、公正、和平，其公民展现出高度的道德修养。这里的统治者秉持谦逊和正直的品质，尊崇儒家古典教义，实行简朴、宽容的治理策略，致力于营造淳朴善良的社会风气。这个君子国的构建，明显反映了儒家复古主义的理想世界。

在君子国的国门上，高悬着"惟善为宝"的牌匾，其实质完全遵循儒家复古主义的善。这一理念在国家的构建和运作中发挥了核心作用，成为一切行为规范的出发点和归宿。在描述君子国的众多元素中，这种善的理念被赋予了至关重要的地位。然而，这仅仅是一个初步的展示。

在君子国之后的各个国家描述中，作者进一步运用这种善的理念来肯定某些国家，否定某些国家，从而明确地揭示出这种善在构建理想社会中的重要性。这种善的理念不仅是《镜花缘》中各个国家的评价标准，更是合理社会构建的基石。

从根本上来说，李汝珍由于对现实社会的不满，积极寻求并寄希望于儒家复古主义的善，以它为理论基础构建一个理想社会。事实上，海外诸国这一部分内容具有强烈的现实针对性。小说中对许多国家陋习恶俗的讽刺性描写无疑旨在揭示和批判现实中的不良现象。即使是君子国这样的理想国度，也是针对当时的社会弊病而设计的。因此，我们可以将整个海外诸国部分视为对现实社会进行讽刺的独立单元。

需要特别强调的是，李汝珍虽然从伦理角度，特别是从儒家复古主义的视角出发进行创作，但其视野却相当开阔。他不仅关注政治、经济、文化、教育等各个层面，而且深入触及制度层面，从而对现实社会进行了广泛且深入的批判和否定。这种广泛性和深刻性相结合的特点表明，他的作品已经超越了对现实社会的局部批判和否定，上升到了整体意义的高度，揭示出现实社会整体的不合理，暗示了另一种社会取而代之的必要性。

尽管李汝珍所构建的理想社会只是空想，但其深刻的社会批判价值不容忽视。在当时的社会背景下，他的作品无疑具有宝贵的启示意义。

尽管儒家复古主义的善是在对现实社会的反思中产生的，但是它毕竟带有一定的空想性质，因此，它既具有使作者与现实相联系的一面，又存在使作者与现实相分离

四 连云港《镜花缘》研究的特点

的一面。这种分离造成了一定程度的虚伪和迂腐,但尚未对整体造成太大影响。

研究李汝珍思想的局限性历来是《镜花缘》研究中的一个热点,许卫全、李昌华在《从"惟善为宝"的标榜看李汝珍思想的局限》一文中,指出《镜花缘》中李汝珍对儒家"善"的顶礼膜拜,恰恰说明了他内心世界的矛盾,或者说是他思想的局限。

> 李汝珍创作《镜花缘》的主要意图,在小说第二十三回(注:本文所引《镜花缘》原文均见上海古籍出版社2000年5月版傅成校点本)借林之洋之口谈论子虚乌有的《少子》一书时已作了夫子自道,一言以蔽之,是要以游戏的笔墨,在学识纷呈中阐扬善道。可以说,善是李汝珍的思想核心,而儒家复古主义的善的观念则又是他所怀抱的善道的最重要部分。这种善的观念乃是在复古形态下对早期儒家伦理的理想化,它是在人们对后世儒家伦理——理学及其社会规范的不满中产生的。在李汝珍看来,儒家复古主义的善,是建构合理社会最重要的基石。在《镜花缘》的海外诸国部分,突出表现的就是儒家复古主义的善的重要。①

(3) 彭云:《〈镜花缘〉、李汝珍与板浦》

李汝珍在大部分的生命时光中都与海州板浦紧密相连,他的杰作《镜花缘》也正是在这片土地上诞生的。研究者们注意到,李汝珍将海州的地方色彩巧妙地融入《镜花缘》中,连云港的海洋景色、地形风貌、乡土人情以及历史遗迹都在这部作品中留下了独特的痕迹。连云港拥有长达162公里的海岸线,而早在春秋时期,这里就已经形成了海上交通线。传说中,秦代率领童男童女入海寻求长生不老之药的徐福是海州赣榆人。由此我们可以想象,李汝珍在海滨盐场板浦的定居生活对他产生了深远的影响,他在这里度过了几十年的时光,对海洋的熟悉程度无与伦比,这使得他在《镜花缘》中描绘那些奇幻的"海上传奇"时显得得心应手。

自20世纪开始对《镜花缘》的研究以来,学界便从《镜花缘》、李汝珍和板浦三者之间的关系入手。胡适、孙佳讯、吴鲁星等学者纷纷从考证的角度来探究三者之间的关系。自从孙佳讯的《〈镜花缘〉公案辨疑》一书出版后,学界对于三者之间关系的理解大致达成了一致,即《镜花缘》是李汝珍在板浦期间创作的小说。然而,对于三者之间关系的更深入的探讨仍然是学界热衷的话题。

在彭云的《〈镜花缘〉、李汝珍与板浦》一文中,对《镜花缘》的精髓进行了全面的剖析。此书不仅以妇女作为社会主角,塑造了许多鲜明的人物形象,展示了五光十色的神话色彩,还表现出强烈的开放意识,对社会现象进行了讽刺和批判,同时也普

---

① 许卫全,李昌华. 从"惟善为宝"的标榜看李汝珍思想的局限[J]. 中国典籍与文化,2003(3): 75-79.

及了科学文化知识。作者李汝珍创作《镜花缘》的过程虽有争议,但孙佳讯的研究已经明确了这一事实。该小说的孕育之地是板浦,这主要得益于当地淮盐经济的繁荣以及乾嘉学派人才荟萃的环境影响。这些因素共同作用,为《镜花缘》的创作提供了有利的环境,使其得以成功问世并成为一部经典之作。

(4)马济萍:《建构男女平等的反叛传统文化的模式——谈〈镜花缘〉寄寓的社会理念》

尽管《镜花缘》被视为一部海外奇幻小说,但其中却寄托了李汝珍的社会理想。作者李汝珍在《镜花缘》中表现出的最高理想是"大同社会",这种理想状态在"君子国"和"大人国"两个国家得以完美体现。这两个国家是儒家推崇的"礼仪之邦"的典范,无论是达官贵族还是平民百姓,都是谦逊有礼的正人君子。这些国家的社会秩序井然,人际关系和谐,展现出人类社会的美好愿望。

《镜花缘》通过以德服人和礼仪规范来展示轩辕国在社会治理方面的独特之处。该国被描绘为"西海第一大邦",具有极其奢华的金碧辉煌的建筑和充满神鸟的景象,这与其超凡的地位和重要性相对应。相较于其他国家,轩辕国在民风民俗方面的着墨并不多,这些信息主要来自《山海经》的记载。

值得注意的是,轩辕国的国王是皇帝的后裔,他的圣德和友好态度对远近邻国产生了深远影响。他不仅有求必应,而且往往在两国争斗之间进行调解,有效地减少了海外的战争,挽救了无数生命。作者显然有意将轩辕国塑造为中国在国际上的理想地位和作用,体现了和平友好外交政策的重要性。通过这种方式,轩辕国国王在国际纷争中发挥着调解者的角色,防止了战争的发生,保护了人民的生命和财产。

在轩辕国国王的生日之际,各国国王纷纷前来祝贺,凸显了轩辕国在各国中的崇高地位。轩辕国的这一重要地位反映了作者对于理想国家的追求,希望其国家能够在国际上扮演一个典范的角色,受到其他国家的尊重和景仰。

然而,这种理想在清代的社会现实中是不可能实现的。然而,反对国际战争和维护各国人民利益的超前思想在他的构想中得到了体现,这是中国小说史上前所未有的境界。

惟善为宝,泰伯遗风。在李汝珍的海外异国描绘中,君子国被赋予了重要的正面典型意义。这个国家在小说中占据了两个篇幅,展示了其独特的治国理念和社会风貌。在进入这个国家之前,人们首先会看到"惟善为宝"四个醒目的大字,这便预示着这个国家的独特之处。

当进入城内,人们会发现"耕者让畔,行者让路"的现象,这种行为准则不仅限于士庶人等,无论富贵贫贱,他们的举止言谈都充满了恭而有礼的态度。这种社会风气的体现,不仅为君子国的人民提供了一个和谐稳定的生活环境,也塑造了一个理想的道德风范。

在市集上,作者通过三幅买卖图景的描绘,生动展示了君子国买卖双方的特殊原则。尽管交易双方身份各异,但他们始终秉持着同一个理念:希望自己在交易中吃亏。这种看似反常的行为,实则是君子国人民遵循的一种道德准则。

在这个"好让不争"的礼乐之邦,人民安居乐业、善良忠厚。无论是隶卒小军还是农人,他们都没有为富不仁、巧取豪夺的行为。更为难得的是,这里没有现实社会中常见的尔虞我诈、锱铢必较的市侩习气。相反,人们之间普遍存在的是宁可自己吃亏也要让他人获利的心态。这种精神内核在君子国得到了充分体现,也为我们提供了一个理想化的社会模型。

李汝珍对君子国的描绘,显然寄托了他对理想社会的向往,同时也表达了他对社会现实的不满和批判。通过君子国的形象化展示,他为我们提供了一个审视现实社会的独特视角,促使我们反思现实社会中存在的问题,并寻求更加理想的解决方案。

对于李汝珍来说,君子国的形象就是对理想社会构建的一个具现。普通百姓的谦和有礼已是如此,那么作为君子国统治阶层的人物又是如何呢?身居"一人之下、万人之上"的宰辅吴氏兄弟作为君子国统治阶层形象的代表出现了:"两位老者,都是鹤发童颜,满面春风,举止大雅……所居住所两扇柴扉,四围篱墙,厅内四面翠竹,甚觉清雅。"他们位高权重,但并不盛气凌人,相反待人处世更加谦逊温和如同平常老人。其实吴氏兄弟就是泰伯的后裔,泰伯让王的故事是"好礼不争"的典范,作者写这两个人是君子国的宰辅,旨在说明他们传承了泰伯的谦让遗风。

值得注意的是,李汝珍在介绍第二个国家时,这个国家与君子国有着相似的景象,但更为突出的是它以道德标准来衡量事物的对错。在这个理想化的国度里,人们判断一个人的价值并不取决于其社会地位,而是基于他们的行为品质。乞丐能够脚踏彩云,备受尊崇,而官员的足下却笼罩着灰色的晦气云。作者巧妙地以云彩作为界限,强调了以人的品质而非财富地位来衡量人的观点。这种观念的提出,不仅是对封建传统思想的挑战,更具有一定的民主色彩和积极进步的意义。

李汝珍在小说中展现出对真才实学的重视,这同样反映在他对黑齿国国民的描绘上。这些国民通身漆黑,牙齿亦然,唐敖与多九公在初次见面时便对他们外貌产生了不快的印象。然而,两位黑齿女子才情出众,将两位客人问得无言以对,表现出极高的学识素养。经过一番深入的学术探讨,唐敖和多九公不禁对他们大为钦佩。黑齿国明显地重视学问素养而非性别、年龄、地位或肤色。这个情节突显了作者对于严谨治学的态度,即不耻下问、敢于质疑、追求真理和务实的精神。这种态度与性别、年龄、地位或肤色无关,而与个人的内在美和学识修养紧密相连。在现实社会中,作为学人,我们理应秉持这种一丝不苟的精神来探求知识和真理。

就教育而言，李汝珍不仅提倡重视女子教育，也在淑士国里强调重视全民教育。在小说的第二十四回中介绍淑士国的教育理念是全民教育、德智并重。其考试制度也是"不拘一格降人才"，凡在经史、辞赋、诗文、策论、书启、乐律、音韵、刑法、历算、书画和医卜中精通其一，皆可得到奖励。显然，这样的考试制度可以使得术业有专攻，为国家培养多方面的人才。同时国王也赐匾表彰贤良之人，勉人向善，甚至对于违法犯错之人也竖黑匾劝以改过自新。这两个国家重视教育，提倡人人读书，不分男女老幼形成全民热爱学习风气，实行多学科考试选拔人才，是李汝珍所期待的理想的教育思想。在李汝珍的理想国中，不存在卑鄙无耻之徒，必然是一个平等待人、和谐友善、重义轻财、真心实意、积极进取、充满乐观向上的美好社会。

马济萍在《建构男女平等的反叛传统文化的模式——谈〈镜花缘〉寄寓的社会理念》一文中指出，《镜花缘》以中国历史上唯一的女皇武则天朝代为叙事背景，尽情描写百名才女的胆识贤智、才能技艺，构筑了中国古代文学史上罕见的女性形象群体。书中女性聪明智慧，刚勇尚武，她们走出闺阁，宣战男权，寄寓了作者个人独特的社会理念，建构男女平等的反叛传统文化的模式。

（5）马济萍：《试论〈镜花缘〉与道教"谪仙修道"母题的因缘》

李汝珍号松石道人，多次在小说中自称为"老子的后裔"，显示《镜花缘》与道教有着深刻的联系。学界对《镜花缘》的主题属性存在多种解读，且尚未达成一致意见，这自然揭示了该小说主题内涵的多元性和复杂性。在尝试判断这部小说的主题倾向之前，我们首先应该回溯到其故事的原初形态，因为这可能会让我们窥见主题倾向的一些细微端倪。

《镜花缘》这部作品主要描绘了百花仙子唐闺臣以及其他诸位花仙因过被罚入红尘，经历尘世磨难，并参与了女性科举考试并高中状元，最后完成尘世经历并回归原始的故事。从这一故事的基本结构来看，它显然受到了道教"谪仙修道"这一主题的影响。在道教中，"谪仙修道"是一种常见的神话模式，通常描述的是上界神仙因某种过失或其他原因被贬谪至下界，转世为凡人后，通过经历各种劫难修行，最终返回天庭。正是由于这个故事的原型来源于道教的"谪仙修道"主题，所以在小说中，谪仙的回归与凡人的修行被作为重要主题并得到了突出的表现。

儒道互补的特性一直为人所称道，李汝珍在作品中也表达了这种思想。然而，他笔下的人物坠入虚无的境地只是虚构的形象，而作为现实中的作者，要真正达到虚无的境界却十分困难。事实上，这是不可能实现的，因为现实总会对人的行为产生各种限制。在描述唐敖成仙后的情节中，李汝珍实际上与现实开了个玩笑，他让唐敖藕断丝连，仍然心系唐室，并将女儿易名为唐闺臣。

在幻灭之后，人们常常会走向与虚无相反的极端，即追求琐碎的所谓"务实"。由

四　连云港《镜花缘》研究的特点

于李汝珍的思想中本来就存在一些陈腐观念，因此他只能通过修补现存社会的缺陷来追求精神上的满足。此外，他沉醉于炫耀才学，这在某种程度上也是他难以完全遁入虚无的体现。

李汝珍在作品中展现了儒道互补的特性，但作为现实中的作者，他仍然受到现实的限制。因此，他笔下的人物坠入虚无的境地只是虚构的形象，而作者本人则难以完全达到虚无的境界。

马济萍在《试论〈镜花缘〉与道教"谪仙修道"母题的因缘》一文中指出，李汝珍之所以要将小说定名为《镜花缘》绝非偶然，因为只有镜花水月的空幻无常和转瞬即逝方能传达出作者对命运的嗟叹和感喟。李汝珍将这种无常之叹拓展至芸芸众生，通过对现实的凡俗人生的否弃来诠释道教"谪仙修道"的母题。

（6）李德身：《琐谈〈镜花缘〉与明清六大小说的关系》

明清时期是中国古代小说创作的巅峰，然而到了清中期，这种繁荣气象陡转直下。李汝珍的《镜花缘》这部作品的出现，标志着这一文学浪潮的结束。该书的文笔与《红楼梦》相似，而且更为突出的是，主要人物均为女性，以武则天为首，下辖一百名才女。这确实是一部以女性为主题的作品。

李德身在《琐谈〈镜花缘〉与明清六大小说的关系》一文中指出，李汝珍所著的《镜花缘》是一部具有创新性的杂体小说，其创作过程中大量借鉴并改造了其他文献。从文学发展的继承和创新角度来看，通过详细对照比较，李德身论证了《镜花缘》与明代"四大奇书"以及清代两大顶峰小说之间的关系。特别值得注意的是，《镜花缘》中多次提到《西游记》，这表明李汝珍不仅对该书非常熟悉，而且在创作过程中运用了创新性的艺术手法。

（7）马济萍：《〈镜花缘〉的儒家文化探析》

在历史长河中，儒学在元代遭遇了数十年之久的衰落。但明朝的崛起为程朱理学带来了转机，这一思想在西汉时期也曾盛行。在元代后期，朱熹学派的经书成为科举考试的核心依据，预示着明朝儒家文化的复兴。实际上，这一复兴正是建立在元末崇尚朱学的基础之上。随之而来的是政治措施的整顿，理学思想正式成为官方正统的代名词。

在当时的文学作品中，遵礼教和尚节义的思想倾向得到了充分的展现。我国的四大文学名著《水浒传》和《三国演义》便是在这一时期出现的。这些作品强调了君臣、父子、兄弟之间的道德关系，通过对兄弟、君臣之间忠义的极尽描述，展现了当时儒家道德伦理纲常的深入。其中，《水浒传》中的兄弟、君臣之间的忠诚和义气正是这种思想的体现。

到了明代中后期，儒学思想开始集中体现对自我的认知，并具有为心而论的思想特色。在这个时期,阳明心学应运而生,可以看作是对儒学思想的一次创新性改良和推动。随之产生了一批具有神话演义色彩的文学著作,如吴承恩的《西游记》、许仲琳(一说为陆西星)的神魔小说《封神演义》。这些作品无一不体现了作者主观意识对文学意象的推动作用。这些作品不仅继承了前代文学作品的传统,更融入了作者对现实世界的观察与反思,为明清文学的发展注入了新的活力。

到了明代末期,文学作品则更多地凸显了世俗化、人欲个性化的特征,这与泰州学派的发展密切相关。

自清朝初期开始,文学创作者们开始刻意回避明代文学的浮华和世俗风格,转而追求儒学经典的优雅诗学复兴,这构成了清代中前期文学的主线。随后,这一趋势逐渐演变为政治高压和崇尚科举的社会思潮。在这个背景下,最具代表性的学派是"乾嘉学派",该学派在乾隆和嘉庆年间最为盛行。该学派主张儒家经典越古越真,因此清朝开始盛行八股文,这种文体以严谨的儒学经典风格为基础,同时模仿孔孟的语气形成平仄对仗。

这一趋势导致了社会上盛行的才学炫耀之风,学者们争相引经据典,倾尽毕生精力。在这个背景下,李汝珍的长篇小说《镜花缘》可谓这一时期文学的典型代表。这部小说以儒学经典为背景,通过丰富的想象和独特的艺术手法,展现了作者对儒学经典的独到见解和深刻理解。同时,这部小说也反映了当时的社会风貌和时代精神,为我们提供了了解那个时代的珍贵视角。

马济萍的《〈镜花缘〉的儒家文化探析》一文指出,李汝珍所处的时代,传统的人文精神失落,原有的社会秩序混乱。《镜花缘》的创作宗旨体现了儒家文化的仁智追求,这种追求对作者所生活的封建末世道德沦丧、世风浇薄的丑恶现实进行了有力的批判和反驳。

(8)尚继武:《传统文士人格的末路写照——〈镜花缘〉和〈聊斋志异〉文士形象比较》

在《镜花缘》与《聊斋志异》的比较研究中,学者历来主要关注两者对于女性的描写,因为李汝珍的《镜花缘》和蒲松龄的《聊斋志异》这两部小说,均描写了大量才貌双全的佳人,都是女性的赞歌,表达了作者对女性的尊重。在两位作家的笔下,女性美的展现不仅局限于外貌,而且通过才华、气质、心灵和志向等方面得以充分展现。理想的女性之美不仅在于外貌,更在于其才学和品德的均衡发展。这些女性不再单纯地依赖外貌来取悦他人,而是以才华来彰显自身价值。在两部文学作品中,虽然女性的美貌仍然是重要的元素,但已经不再是主角,而成为才华和品德的陪衬。相对于传统的以美貌为主导的女性形象,这些文学作品中的女性角色更加注重内在的才华和品德,这种美更加真实、深刻和引人注目。

四　连云港《镜花缘》研究的特点

在经典的中国小说中，郎才女貌的概念是一种常见的构造。故事的核心常围绕"女子欣赏男子的才华，男子喜爱女子的美貌"的情节展开。此构造的背后，反映的是在封建社会，男性才学被强烈推崇，因为学识和技能是他们获取社会地位和影响力的关键。对于女性角色，外貌描述被广泛关注，原因在于美貌被视为赏心悦目的特质。尽管美貌与贤德通常被视为中国女性的理想特质，但在传统的文学作品中，对女性才华的描绘并未得到应有的重视。因此，当描述理想的妻子形象时，往往将美貌和美德结合，塑造出美丽且具有良好品德的女性角色，作为男主角的理想配偶。

明清时期见证了传统婚恋观念的突破，从单纯的男性才能与女性美貌的结合，转变为对女性才貌双全的期待。女性不仅拥有美丽的外貌，而且其才学能和男性相媲美，甚至超过男性。《红楼梦》是曹雪芹历经十载精心打造的杰作，其创作背景以及个人经历使他对人世间的富贵荣华保持了一种独特的清醒认识。在《红楼梦》中，他运用丰富的想象力构建了一个超越现世的奇幻世界，其中的人物都是从太虚幻境中诞生，她们的名字都记录在"薄命司"上。曹雪芹对宝黛之间悲剧爱情的感叹"一个是水中月，一个是镜中花"，深刻地描绘了现实与理想之间的差距。

李汝珍的代表作《镜花缘》无疑是从"镜花水月"这一意境中汲取灵感。小说中的一百名才子都是花神所生，他们和花神们共同构筑了一个充满美好理想的乌托邦。然而，这个乌托邦在现实生活中却像"镜花水月"一样无法触及。

在《聊斋志异》中，我们看到了众多才华横溢的女性形象，包括瑞云、温姬、香玉、绛雪、凤仙、惠哥、林四娘等诗人，以及能言善辩的狐女、擅弹琵琶的连锁、能顶门立户的颜氏和细柳，还有精通刺绣的青梅和连城等。这些女性不仅具有人类的美貌，还拥有超越常人的才能，如神医娇娜和能占卜的白秋练等。这些人物形象打破了我们对女性的传统认知，展现了她们在才能和智慧上的独特魅力。

在《镜花缘》这部作品中，作者描述了一百位由花神化身而成的才女。这些女子在琴棋书画以及武术等方面都表现出了卓越的才能，充分展示了她们的才华和技巧。有趣的是，这些才女在转世为凡人后，与《聊斋》中的异类女性截然不同，也与《红楼梦》中的那些娇弱、内敛的女性大相径庭。她们并不羞涩于展示自己的才能，而是果敢地追求与男性平等的地位，凭借自身的聪明才智赢得他人的尊重。

在武则天这位女皇的视角中，这些才女们不仅貌美如花，更难能可贵的是她们个个都拥有丰富的内涵和学识。她们不仅在仪态上展现出娉婷妩媚的风姿，更在言行举止中流露出书卷秀气。尽管她们并非传统意义上的国色天香，但她们却展现出一种独特的儒雅之风，令人心生敬意。

《镜花缘》中的才女们并不仅仅满足于成为"女学士""女博士"等学术成就，她们还有着更远大的志向。她们积极参与科举考试和政治活动，展现出对于国家治理和社会安定的热切关注和理想。这种对于权力和地位的追求，以及她们在各个领域的卓越表现，无疑赋予了这些才女们一种独特的影响力和魅力。

在小说第六十八回，阴若花要回女儿国当太子。她立志要做女贤君，黎红薇、卢紫萱和枝兰音要随她一起前行，因此被封为护卫。卢紫萱说："将来若花姐姐做了国王，我们同心协力，各矢忠诚，或定礼制乐，或兴利剔弊，或除暴安良，或举贤去佞，或敬慎刑名，或留心案牍，辅佐他作一国贤君，自己也落个女名臣的美号，日后史册流芳，岂非千秋佳话？"

由此可见，她们有更高远的政治理想，更有胆略。

《聊斋志异》在一定程度上，继承了才子佳人、郎才女貌的小说模式。故事中的男主人公大多是独自寒窗苦读的穷书生，异类美女会突然出现来陪伴书生。

尽管诸如《镜花缘》中的女性具有卓越的才华和崇高的品德，但她们的才情主要表现在诗词唱和上，未能充分展现出她们的才能。在封建社会，有些女性不甘于将自己的才华埋没于家庭琐事之中，而是选择参加科举考试，甚至女扮男装，以追求功名利禄。例如，《聊斋志异》中的颜氏就是这样一个典型的人物，她为了参加科举考试而不得不隐瞒自己的性别，最终获得功名后却不得不将其让给自己的丈夫。然而，《镜花缘》中的才女则不同，她们并不局限于传统的淑女形象和家庭角色，而是渴望通过科举考试获得官衔，实现光宗耀祖的愿望。这些女性可以自由地参加科举考试，并不像颜氏那样需要隐藏自己的性别或放弃获得的功名，相反，她们满心欢喜地接受封赏，并在庆功宴上自由地与他人谈笑风生。这些女性的形象不仅仅是为了衬托男性英雄的形象，而是展现出封建社会中女性的智慧和勇气以及追求功名的决心。

在《聊斋志异》中，书生们往往依赖于异类女性的帮助来获得金榜题名的成就并过上丰衣足食的生活。这些女性角色通常表现出比男性更为出色的才干和智慧。同样地，《红楼梦》中的女性角色也展现出了超越男性的才干和智慧，这表明传统上女性对男性的依附地位正在发生变化。《镜花缘》中的才女形象进一步转变了这种传统观念，将女性从男性的陪衬转变为具有独立地位的角色。例如，燕紫琼劫囚车救丈夫宋素，突显了她的勇气和胆识；多九公的博学多才则衬托出黎红薇和卢紫萱的才华横溢；林之洋在女儿国的经历也凸显了阴若花的冷静和机智。

李汝珍在《镜花缘》中指出，男性更容易陷入"酒色财气"的诱惑之中，而相比之下，女性则更加坚贞和纯洁。随着历史的发展，《聊斋志异》和《镜花缘》中的才女形象不断升华和丰满，女性的美不再仅仅体现在容貌上，而是拓展到了品德、才学、志向、胆识、智慧等多个方面。这些作品中的女性形象不再只是有文才，而逐渐展现出文韬武略的全面素质，充分显示出作者独特的审美价值观和社会认知观念的超前性。

尚继武独辟蹊径，将《镜花缘》和《聊斋志异》中的文士形象进行了比较分析。

在《传统文士人格的末路写照——〈镜花缘〉和〈聊斋志异〉文士形象比较》一文中，尚继武指出，《镜花缘》和《聊斋志》中的文士在政治理想、人格气度、社会生活和男性特征等方面明显滑坡，从而成为封建社会传统文士人格的末路写照，但是其中也流露出一些新鲜的信息。

（9）李传江：《〈镜花缘〉与海州地域文化》

李汝珍自九岁起随兄长李汝璜迁居海州，此地成为他生活与创作的主要场所。他展现出了过人的聪慧，曾师从知名经学家凌廷堪，专攻音韵学，并早有音韵学著作《李氏音鉴》。他与板浦的才子许乔林、许桂林交往密切，并娶他们的堂姐为妻。尽管李汝珍学识丰富且多才多艺，他却对八股文并无多少兴趣，并未走科举之路。嘉庆六年（1801年），他出任河南县丞，参与治河工作，然而两三年后，他重返海州，在此度过余生的大部分时光。约在道光十年（1830年），李汝珍辞世。海州，这个地方可以说是他的第二故乡，他的大部分作品如《镜花缘》和《受子谱》等都是在海州完成的。

南京师范大学文学院博士生导师陈美林教授仔细研究李汝珍在唐敖游历的海外诸国中的描写，发现这些虚拟的国度实际上是对现实世界的深刻反映。例如，无肠国人的贪婪和悭吝、两面国人谦和与凶残的两面性、毛民国人吝啬的特点以及白民国人外表质朴而内心奢华等描绘，都精准地揭示了封建社会中各种腐败风气和道德败坏的现象。李汝珍通过这些生动形象的描写，对当时的社会弊端进行了深刻的讽刺和批判。

而对于君子国和女儿国的描绘，李汝珍寄托了他对社会改革的理想。君子国中，无论是贵族还是平民，其举止言谈都表现出恭敬有礼的品质，展示了一个理想化的和谐社会。而女儿国则是以女性为中心的社会，强调了女性的才能和智慧并不逊于男性，重新塑造了一个男女平等的社会图景。

总的来说，李汝珍在唐敖的海外游历中，通过虚构的国度揭示了现实世界的诸多弊病，同时也寄托了他对于理想社会的向往和追求。

嘉庆二十二年（1817年），首个《镜花缘》的私刻本在江宁桃红镇面世。在清代，《镜花缘》的版本数量达到了近30个，凸显了其艺术价值被广泛认可。然而，早期版本并未署上李汝珍的姓名。1927年，胡适发表了《镜花缘的印证》，首次提出《镜花缘》的作者应为李汝珍，他曾寓居于板浦。胡适还强调，几千年来，没有一位作者能像李汝珍那样将中国妇女问题描绘得如此深刻且中立。书中关于女儿国的描绘可称为"永垂不朽的文字"，怨而不怒。1930年，鲁迅在《中国小说史略》中赞誉《镜花缘》为一部奇书，可与当时的万宝全书相提并论。

在大部分的生命时光中李汝珍都居住在海州板浦，他的杰出作品《镜花缘》也在此地构思创作。研究指出，李汝珍将海州的地方特色巧妙地融入了《镜花缘》的叙事中。连云港的壮丽海景、秀美山色、独特风物、乡土俚语以及丰富的历史遗迹都在这部作品中留下了深深的印记。

连云港拥有绵长的海岸线,这里的海上交通早至春秋时期就已经蓬勃发展。据传,秦代时带领众多童男童女入海寻求长生不老之药的徐福就是海州赣榆人。因此,我们可以推断出李汝珍在作为重要海滨盐场之一的板浦定居期间,几十年的生活让他对海洋有着深入而熟悉的了解,这使得他在《镜花缘》中描绘那些奇幻的"海上传奇"时能够得心应手。

《镜花缘》第一回中写道:"海岛中有三座名山:一名蓬莱,二名方丈,三名瀛洲。"① 后面还写到了"清光满目,黛色参天"的海外仙境"小蓬莱"。虽然蓬莱、方丈和瀛洲是中国古代神话中的海上仙山,但也有研究者提出,李汝珍笔下的"小蓬莱",原型就是海州名胜云台山。唐代大诗人刘长卿这样吟咏云台山:"烟开秦帝桥,隐隐横残虹。蓬岛如在眼,羽人那可逢。"②(《登东海龙兴寺高顶望海简演公》)苏轼则写道:"郁郁苍梧海上山,蓬莱方丈有无间。"③(《次韵陈海州书怀》)历代诗人将云台山视为"蓬莱",这里塔影山光,溪涧深邃,鸟兽成群,花果飘香,宛如人间仙境。

在《镜花缘》这部作品中,我们仍能观察到海州地区独特的方言和民俗的运用。据学术研究,这部作品中引用海州、灌云等地方言达到了近200条,例如"就饭""出室""三朝""对人心路"等等。更值得注意的是,李汝珍还把海州的非物质文化遗产如"胡滔天"传说和"葛根解酒毒"等传统民俗融入书中。

《镜花缘》不仅仅是一部文学作品,它在某种程度上也是一幅描绘古代海州风俗的画卷。也正因为如此,这部作品与海州地域文化之间的关系一直受到学术界的广泛关注。李传江在其论文《〈镜花缘〉与海州地域文化》中指出,李汝珍由于长期生活在海州,深受云台山美景的影响,因此以该地区为原型构建了一个充满奇幻色彩的海外仙境。他在作品中揭示了海州板浦盐业生产、生活方式与儒商文化以及清后期海州地域的社会弊病。此外,《镜花缘》中的方言俚语和风土人情的描绘也明显体现了海州文化的深刻影响。因此,我们可以说《镜花缘》是一部真实反映海州地域文化的作品。

一、李汝珍的海州情结

正因为对海州的熟悉、眷恋,李汝珍在小说《镜花缘》中多次提到了海州丰富的物产。第五回谈到武太后因想任儿武八思,命兵部送"榴开见子"的石榴花200株交八王爷查收,"此花后来送至东海郡,附近流传,莫不保

---

① [清]李汝珍. 镜花缘[M]. 赵学静, 点注. 北京:华夏出版社, 2017.
② 王启兴. 校编全唐诗:上[M]. 武汉:湖北人民出版社, 2001:1156.
③ [宋]苏轼. 东坡乐府编年笺注[M]. 石声淮, 唐玲玲, 笺注. 武汉:华中师范大学出版社, 1990:70.

护,所以沭阳地方至今仍有异种,并有一株而开五色者。每花一盆,非数十金不可得,真可甲于天下";第二十三回介绍了海州的豆制品,唐敖等三人在淑士国饮酒,酒保端上了四样菜:"一碟盐豆、一碟青豆、一碟豆芽、一碟豆瓣。……酒保答应,又添四样:一碟豆腐干、一碟豆腐皮、一碟酱豆腐、一碟糟豆腐";第九十一回通过紫芝与潘丽春的谈话称赞海州葛藤粉,"葛根最解酒毒,葛粉尤妙……惟有海州云台山所产最佳,冬月土人采根做粉货卖,但往往杂以豆粉,惟向彼处僧道买之,方得其真",当兰言害怕"病酒"之时,秦小春道:"只要有了云台山的葛粉,怕他怎么!"第九十六回酉水阵中,酒保的粉牌上列举了天下55种名酒,其中就有"海州辣黄酒"。如果不是长期生活在海州这个地方,是无法将这些物产写得如此具体的,可以说,李汝珍是一个地道的海州人。

二、海州独特的山海环境与小说中的海外仙境

《镜花缘》全书一百回,第八回到第四十回叙述唐敖、林之洋、多九公的海外游历,第四十三回到第五十四回讲述唐小山海外寻父,全书涉海内容共45回,第四十回之前的海外游历故事历来被公认为全书的精华部分。而这些海外仙山、仙境的描写是与海州独特的山海景观分不开的。

由于这里山峦重叠,在向阳的山谷盆地里,又形成了类似亚热带的小气候区域,气候温暖湿润,存在着一个较为完整的暖温带植物生态系统,生长南方草木,形成了一处具有独特气候、独特生态的区域。

云台山不仅群峰叠嶂、洞幽涧深、激流飞瀑,山上更是常年密林丛生,奇珍异兽、奇花异草遍布山林,并尤多松树、灵芝、海仙花等。不仅如此,海州湾海域还常常出现海市蜃楼,也给修仙之人留下了无尽的遐想,云台山也成了炼丹修仙道教徒们的向往之所。李汝珍正是依托于这样一种仙境,创作了这部"主题倾向、人物形象、情节结构都是道教的"仙道小说《镜花缘》。

…………

"小蓬莱"神仙境地的描述,大多数学者相信它是以云台山为背景而创造的。现今云台山上有两处"小蓬莱"石刻,一处在花果山"照海亭"东,一处在东磊延福观大殿后的石壁上。这两处石刻是否刻于《镜花缘》之前尚待确定,但自唐代以来,许多诗人都将云台山当作蓬莱山描写,其中包括著名诗人刘长卿和苏东坡。刘长卿《登东海龙兴寺高顶望海简演公》:"烟开秦帝桥,隐隐横残虹。蓬莱如在眼,羽人那可逢。"苏轼《次韵陈海州书怀》:"郁郁苍梧海上山,蓬莱方丈有无间。旧闻草木皆仙药,欲弃妻孥守市阛。"由此来看,海州云台山很有可能在唐宋时候已经被认为是"小蓬莱"了,李汝珍

《镜花缘》中的一些景物也以海州"小蓬莱"的山海景观为蓝本。而在延福观的东南方,有一块巨大镜石,约2米宽、3米高,石面平滑如镜。《镜花缘》结尾处有一副对联:"镜光能照真才子,花样全翻旧稗官。"李汝珍受这块镜石的影响,把天上人间的交界处写为小蓬莱,以镜花水月贯穿全书并作为书名。

三、海州板浦的盐业生产生活方式与儒商文化

海州自古拥据山海之利,《史记》已经记载了这里"有海盐之饶",出土的简牍资料也表明了西汉时期海州地域就曾设立过盐铁官,可见盐业经济在海州历史悠久。据《宋史·食货志》记载,"海州板浦、惠泽、洛要三场,岁鬻盐四十七万七千余担。……东南盐利,视天下为最厚……视去盐道里远近而上下其估,利有至十倍者",因此"江、淮间虽衣冠士人,狃于厚利,或以贩盐为事",也因为交通便利,海州逐渐成为盐业商人的主要集散地之一,以海州为中心的淮盐在人们的日常生活中扮演着越来越重要的角色,以至于"虔州运路险远,淮盐至者不能多,人苦淡食"。明朝时期,淮盐优质可口的特性使得淮盐供不应求,据《明史》记载,"淮盐惟纳米麦,浙盐兼收豌豆、青稞。因淮盐直贵,商多趋之"。除了盐以外,如此众多的商人拥居海州的另一个重要原因是茶。来海州经商的盐商,往往也兼作茶叶生意,"茶之为利甚博,商贾转致于西北,利尝至数倍……初,商人以盐为急,趋者甚众,及禁江、淮盐,又增用茶……京师若须海州茶者,入见缗五十五千……陕西须海州茶者,纳物实直五十二千……河北次边、次东缘边次边,皆不得射海州茶","海州、荆南茶善而易售,商人愿得之,故入钱之数厚于他州"。

四、海州社会俗弊与小说揭示的社会不良风气

清乾隆二十年(1755年),海州板浦设立盐运分司后,边远的板浦小镇很快成为盐务、漕运、河工集中之地,并发展成苏北三大盐运内港码头之一。而李汝珍来海州之时,正是板浦盐业最盛、文人荟萃之时,当时小小的板浦竟然有垣商133家。马路旁商店林立,盐河上舟楫穿梭。这些垣商既是盐滩的所有者,掌握盐的生产,又有仓储运销经营权,常常对盐民、船工等劳动者盘剥克扣,称得上是名副其实的奸商。不仅如此,垣商们均住城镇,并有各自的商号,有的以自己的名字为商号,有的另取吉祥的文字,如郑享嘉、江春元、吉公泰、大有晋、同仁泰、太和,等等。他们从盐业生产经营中获取暴利,富比王侯,过着花天酒地的奢侈生活,凡饮食、衣服、车马、玩好,莫不斗奇争巧,极为奢侈。垣、运两商及一些富家子弟,更是声色犬马,竞尚奢丽,筵宴不绝。

四 连云港《镜花缘》研究的特点

海州板浦富商们的这种生活作风直接影响了当地的社会风气。海州曾有"穿海州、吃板浦、南城古财主"的顺口溜,板浦也有"当裤子,吃黄鱼"、"宁可舍掉二亩地,也要看大戏"等俗谚。除此以外,海州地域至今还流行着结婚算命、下葬选风水、求运卜卦等迷信活动,诸如婚丧嫁娶等大摆席宴的行为更是屡见不鲜,尤其是子女初生时的十二朝、满月、百日、周岁等,皆需宴请亲友,并以豪侈为荣……在这10种社会俗弊中,李汝珍批评最多的是奢侈浪费现象,如选风水、生子、宴客、尚奢华等,而浪费现象最严重的是宴客吃喝。①

(10) 孟宪浦:《〈镜花缘〉叙事时间初论》

自从20世纪80年代以来,运用叙事学理论阐释中国古代小说的诸多论文不断涌现,这引起了研究者的广泛关注。《镜花缘》的叙事领域也逐渐受到研究者的深入研究。在《镜花缘》的叙事学研究中,部分期刊及硕博论文中反复出现结构特征、时空叙事、叙事模式等关键词。

例如,刘莲英的论文《论〈镜花缘〉"奇不入幻"的叙事选择》以"百花齐放、海外游历、酒色财气阵"的情节构成作为主要论点,通过考证的方法回顾和总结了中国古典小说传统中"奇不入幻"的形式。

敦玉林的论文《〈镜花缘〉中的"定数"观念及其叙事方法》则从另一个角度对中国古代小说中"定数"观念的表达形式进行了考察,深入探寻了它如何在文本结构和叙事方法上得到体现和发挥功用。

此外,虽然至今尚未有专门针对《镜花缘》叙事学的研究专著及论文,但王平的著作《中国古代小说叙事研究》(河北人民出版社,2001年)、高小康的著作《中国古代叙事观念与意识形态》(北京大学出版社,2005年)、石昌渝的著作《中国小说源流论》(生活·读书·新知三联书店,2015年)等叙事学相关著作为《镜花缘》的研究提供了理论依据。这些研究成果对于深入探讨《镜花缘》的叙事学特征具有重要的参考价值。

在孟宪浦的学术论文《〈镜花缘〉叙事时间初论》中,他精细剖析了《镜花缘》这部作品,指出其显著的特点是作者对于时间的自觉意识。作者李汝珍以一种独特的"错时"手法来构建整个叙事结构,这种手法表现了他的深思熟虑和精湛的叙事技巧。他通过对各种叙事时序的巧妙运用,以及对叙事时距的灵活处理,成功地将读者带入一个既独特又引人入胜的叙事世界。这些发现不仅展示了李汝珍高超的叙事能力,同

---

① 李传江.《镜花缘》与海州地域文化[J]. 连云港师范高等专科学校学报,2010,27(2):21-26.

时也揭示了他的叙事策略的深远影响。

《镜花缘》是一部明显具有时间自觉意识的作品。从作品的整体结构来看，《镜花缘》一书的全部情节内容的关节点是一次"违时"——用百果仙子的话说，就是"逞艳于非时之候，献媚于世主之前，致令时序颠倒"。残冬时节，武则天赏雪心欢，见庭前腊梅开花，醉中忽发奇想，趁着酒兴，下了一道"明朝游上苑，火速报春知。花须连夜发，莫待晓风催"的御旨，命百花齐放。虽然"时值隆冬，概令群花齐放，未免时序颠倒"，但皇皇圣谕，不可违误。在天时与人主之间，在自然法则与权力意志面前，众花仙子无法请示不在洞府的百花仙子，纷纷选择了后者，赶往人间，竞相开放，由此展开了百花遭谪的故事情节，进入了两次海外游历的叙述机制和百女聚会逞才的叙述场景。李汝珍在第一回开头明示，这部小说"其中奇奇幻幻，悉由群芳被谪以发其端"。而实际上，深层原因却是由时间的违逆造成的。时间在《镜花缘》的叙事结构中占有着极其重要的地位，它统摄全篇，以一种特殊的方式遮蔽着作者真正的创作意图。①

(11) 买艳霞：《从儿童文学角度看〈镜花缘〉的奇异世界》

《镜花缘》这部作品，通过唐敖、林之洋等人物的眼睛和心灵，揭示了一个充满奇妙现象与别样情感的世界。这个世界中的各种奇特现象与我们的现实经验形成鲜明对比，进一步强调了作者对于理想世界的强烈诉求。其引人入胜的故事情节和深入人心的人物形象，让人在品味故事的同时，也能对现实生活有所反思。

君子国的人们的行为规范和价值观念与我们截然不同。在市场交易中，买家认为价格过低，而卖家则认为货真价实。这种相互矛盾的感受和判断，反映了作者对理想社会的设想，即人们在互动中应遵循的道德规范和行为准则。

在描述大人国时，每个人脚下的云彩成为一种象征。五彩云被视为最佳，而黑云则代表最差。这些不同颜色的云彩暗示了人们的道德品质和个性特征。这一描述为读者提供了一个独特的视角，去理解和观察社会中人与人的差异。

对劳民国人的描绘，则让我们体验到了一个朴素而单纯的社会。人们整日劳作，无暇他顾，仅食用水果和蔬菜，却拥有较长的寿命。这种生活方式和价值观念的转变，展示了作者对人类生活和道德观念的不同理解。

白民国中的人们，外表洁净，举止优雅。然而，他们光鲜的外表下却隐藏着败絮般的内心。这种内外不一的描绘，揭示了我们对社会表象和内在价值的辩证思考。

---

① 孟宪浦.《镜花缘》叙事时间初论[J]. 连云港师范高等专科学校学报，2010，27 (2)：11-16.

淑士国的一年四季都有荠菜和酸梅可食,人们饮用酸酒,这些食物和饮品的特点反映出这个国家的文化习俗和社会风貌。然而,淑士国人的酸腐气息以及他们用狼心和狗肺填补穿胸的特异行为,都进一步突显了这个国家的奇特风貌和作者对理想社会的讽刺与批评。

豕喙国的人们由于经常说谎,所以长着一张猪嘴。这一描述既富于想象力又充满讽刺意味。它向我们展示了说谎的恶果,并提醒我们要保持诚实守信的品质。

女儿国的社会分工与我们的现实世界截然相反。在那里,男女的角色颠倒过来,女性下田种地,男性在家从事绣花等家务活动。更令人惊奇的是,男性还裹着脚。这种颠覆传统的描绘方式,不仅引发我们对性别角色和社会分工的思考,也让我们重新审视社会中的传统观念和性别刻板印象。

总的来说,《镜花缘》这部作品通过奇妙的景象、鲜明的对比以及丰富的象征手法,为我们展示了一个充满想象力的世界。它不仅让我们领略到了一个不同于现实世界的奇妙景象,也引发了我们对现实社会中诸多问题的深入思考。

在《从儿童文学角度看〈镜花缘〉的奇异世界》一文中,买艳霞指出,李汝珍在创作初期,并未将这部以讽刺和批判现实社会为主题的小说与现代意义上的儿童文学进行有机结合。此外,从这部作品所处的时代背景来看,现代意义上的儿童文学还未发展到足够成熟、自觉的阶段。然而,值得一提的是,这部作品问世后却受到了历代儿童读者的深切喜爱,这主要源于其独特的儿童文学价值。

  儿童天性纯洁,不谙世事,对未知世界的一切都充满无限的好奇与幻想。别林斯基深有感触地说:"童年时期,幻想乃是儿童心灵的主要本领和力量,乃是心灵的杠杆,是儿童的精神世界和存在于他们自身之外的现实世界之间的首要媒介。孩子们不需要什么辩证法的结论和证据,不需要逻辑上的首尾一致,他需要的是形象、色彩和声响。儿童不喜爱抽象的概念……他们是多么强烈地追求一切富有幻想性的东西。"《镜花缘》中风波四起的海外游历、光怪陆离的奇情奇景,正可以满足儿童强烈的好奇心和丰富的幻想力。对于儿童而言,这个迷人的奇异世界里的植物、动物、人物都具有非同寻常的特点,真是无奇不有,魅力非凡。从这一角度出发,我们就不难理解《镜花缘》缘何会深深吸引一代又一代儿童读者了。[①]

---

① 买艳霞. 从儿童文学角度看《镜花缘》的奇异世界 [J]. 连云港师范高等专科学校学报,2012,29 (3):15-17.

(12) 徐伟：《幻想与现实的交融——浅析〈格列佛游记〉与〈镜花缘〉的荒诞手法》

自从 1726 年首次出版以来，《格列佛游记》一直在读者中受到广泛的欢迎和持续的追捧，其经久不衰的魅力一直延续至今。时至今日，仍有大量的读者热爱并阅读这本充满奇幻色彩的小说。这种持久不衰的吸引力促使我们去深入探究其背后的 18 世纪英国社会背景。

在海洋上，英国的霸权之路与荷兰、西班牙等国家展开了一系列大大小小的战役。然而，随着工业革命的完成，新航路的不断开辟以及狂热的殖民活动，英国最终在这些竞争中最具优势，取得了最大的利益。

《镜花缘》被赋予"中国版《格列佛游记》"的称号，其问世时间大约在嘉庆和道光年间，即 19 世纪初到中前期。在此期间，中国逐渐摆脱了最初的闭关锁国状态，开始用觉醒的目光去探寻外部世界。中国人的守土精神开始出现裂痕，但封建统治者仍然高度警惕并极力维持其统治的稳定。在这种情况下，人们产生了对新的出路和解脱方式的迫切追求。

在《格列佛游记》这部作品中，主人公格列佛通过自身经历，探索了小人国、大人国、飞岛、巫人岛、慧骃国等众多奇妙的地方，与各种奇特的人打交道，这些独特的经历不仅重塑了他对世界的认知，而且也激发了他对许多问题的思考。这种叙事方式与《镜花缘》中的游历叙事极为相似，两部作品都通过游历的视角展现了一个充满奇幻色彩的异域世界。

《格列佛游记》更倾向于对社会现象进行深度反思以及探讨人性。作者以人性的光辉与黑暗为切入点，借助格列佛的视角揭示出人性的多面性。在小人国中，作者通过描绘小人国国王的荒谬行为，暴露了人类社会中的权力欲望、虚伪以及互相倾轧等负面特质。而在慧骃国中，作者则通过慧骃人的高尚品质，推崇诚实、仁慈和善良等美德。

相比之下，《镜花缘》则以更为温婉和含蓄的手法来表达个人与社会的关系。这部作品在描绘异域风土人情的同时，也借主人公唐敖的游历经历表达了儒家"学而优则仕"和道家"无欲无为"等思想。作品中女性角色的重要性及其所代表的意识觉醒，从侧面反映出作者对女性地位的关注与肯定。这种表现手法体现了作者对当时社会现象的敏锐观察力和深刻思考。

《格列佛游记》和《镜花缘》虽然表现手法各有千秋，但都通过游历叙事展现了丰富多彩的异域世界，并引发了读者对社会现象和人性的深入思考。这两部作品无疑为读者提供了一种独特的视角，让我们重新审视自己和周围的世界。

在《幻想与现实的交融——浅析〈格列佛游记〉与〈镜花缘〉的荒诞手法》一文

中,徐伟深入探讨了两部杰出小说的内在联系与差异。她指出,这两部作品都以游记形式描绘了作者虚构的奇特人物和情节,运用幻想的讽刺手法对当时社会进行了独特的揭示。这些充满想象力的描述,以现实为基础,却以更为集中的方式凸显了现实中的各种矛盾。

徐伟进一步提出,这两部作品的创作手法有相似之处,这与两位作者的背景和经历有密切关联。他们所处的时代和社会环境相似,这在一定程度上影响了他们的写作手法。这些相似性和联系为研究这两部作品提供了一个新的视角,使我们对这两部小说的理解更为深入。

> 两部小说都采用魔幻式等超现实的手法,具体而灵活地描绘出海外异地的奇异特征,创造了一个个光怪陆离的梦幻世界,营造出一种荒诞的氛围,为人物活动、情节展开提供了自由灵活的舞台和背景。①

(13) 周希全:《〈镜花缘〉语言研究述评》

《镜花缘》作为一部连云港本土的文学经典,汲取了海属地区大量的方言词汇,运用简洁易懂、生动贴切的语言,呈现出鲜明的地方文化特征。海州方言在镜花缘的研究中占据了重要的地位。随着研究的不断深入,学者们除了关注镜花缘中的海州方言之外,还将研究拓展到了镜花缘的词汇、修辞和语言结构等方面。

根据周希全在《〈镜花缘〉语言研究述评》一文中的指出,学者们对镜花缘语言的研究始于20世纪90年代,主要关注的是文本中的海州方言的语言特色。进入21世纪后,研究的主力军转向了高校研究生,研究焦点也转向了镜花缘的词汇、语法和修辞等方面。他们的研究重点放在了部分虚词的用法和句式的发展演变规律上。

一、《镜花缘》语言研究的进展

(一) 20世纪:《镜花缘》语言研究的起步期

汪龙麟指出,20世纪的《镜花缘》研究有两个主题:一是着眼于李汝珍生平的研究,其中以李汝珍是否为《镜花缘》作者的争论最受学界关注;二是着眼于《镜花缘》文本的研究,这在不同时期又各有侧重。晚清、"民国"时期,学界着力探讨《镜花缘》中的女权思想;20世纪50—60年代,学界试图对《镜花缘》的糟粕与精华予以区分;1977年后,无论是《镜花缘》的思想还是其艺术均获得了深度研究。此外,比较研究和其他种种批

---

① 徐伟. 幻想与现实的交融:浅析《格列佛游记》与《镜花缘》的荒诞手法 [J]. 连云港师范高等专科学校学报,2013,30 (1):6-8.

评新视角的介入给《镜花缘》研究带来了新气象。直至20世纪末，《镜花缘》的语言研究才受到学界的关注，但是相关研究成果并不多。20世纪90年代，关于《镜花缘》语言研究的论文仅有4篇。其中，1篇是关于海州方言的专论，1篇是对小说中海州方言两条注释的商榷，1篇涉及海州方言的研究，1篇是对小说的詈骂语言的探讨。这一阶段论文数量虽然少，但是都发表在中文核心期刊上，有一定的学术分量。这一时期，研究焦点是小说中的海州方言。

（二）21世纪：《镜花缘》语言研究的爆发期

21世纪以来，有关《镜花缘》语言研究的论文有32篇（期刊论文15篇、硕士论文17篇），研究内容比较广泛，包括词类研究、句式研究、修辞研究、音韵（韵律）研究、方言及语言艺术研究，以及其他相关内容的研究。总体来看，这一阶段的研究具有以下特点：词汇、语法越来越受到研究者的重视；有关词类和句式研究的成果数量呈增长趋势；硕士论文更多选择词类、句式、修辞进行专项探究；海州方言研究依然有人关注。这一时期，研究者大多采用结合例释进行阐述的研究方法，重复使用的词条较多，没有突破性成果出现。

二、《镜花缘》语言研究的内容

（一）海州方言

作为一部连云港本土文学名著，《镜花缘》吸收了海属地区大量方言词汇，语言通俗生动、贴切自然，具有鲜明的地域文化特色。海州方言成为《镜花缘》语言研究的重要内容之一，代表性的研究成果是张训的《〈镜花缘〉海、灌方言浅释》。《〈镜花缘〉海、灌方言浅释》是笔者所见的最早研究《镜花缘》海州方言的专论，也是第一篇专门就《镜花缘》的语言展开研究的论文。张训对《镜花缘》中出现的海州方言进行了梳理，分门别类地列举出了"促寿、对人心路、坑死人、斗趣、生灾害病、顶针绪麻、出室、起根发由、条陈、参差、破腹、馋虫、憨头郎儿增福延寿、业已、三朝、开脸、口面、挑河、洼曲、壁回、收、单、巴"等23个词条并结合例句做了解释，并结合海州、灌云地区常用的方言例句进行说明，为读者读懂文本提供了帮助。遗憾的是，张训在《镜花缘》近200条的海州方言词条中只选择了20余条进行诠释，涉及面较窄。夏兴仁与张训在同期刊物上发表的《〈镜花缘〉的时代精神和地方特色》一文，论及小说中人物对话使用的海州方言100多条，并列举了具体例子，但是没有做进一步阐释。比如，不在用餐时间吃东西叫"打尖"，挖河叫"挑河"，欺人叫"讹人"，吵架叫"斗嘴",开玩笑叫"斗趣",形容人笨叫"鲁钝",诋毁他人叫"嚼蛆"。张可对张友鹤校注本《镜花缘》中"敢""顶针绪麻"两个词语的注解提出了不同意见。他根据《现代汉语词典》《辞源》的解释,以《镜花缘》中的例句为依据,并结合海州方言的语用习惯对这两个词语做了较为全面而合理的解释。顾海芳在张训研究的基础上,增加了"就便""歇宿""灰星子"三个词条并做了解述。谢丹指出,《镜花缘》有200多处用了海州、灌云一带的方言,这些方言土语运用得十分生动、贴切、精当,富有表现力,至今仍在海灌地区沿用。美中不足的是,谢丹所举的示例没有超出张训所举示例的范围。《镜花缘》海州方言研究的成果表明,学界对小说使用的海州方言词条的数量统计结果基本一致,大约有200条,但是没有人对这些词条进行全面的梳理和做穷尽式的诠释。

(二)语言特色

研究《镜花缘》语言特色的代表性成果有许利英的《〈镜花缘〉的詈骂语言艺术》、何婉萍的《从方言俗语看〈镜花缘〉的语言特色》等。许利英将《镜花缘》的詈骂语言分为两类:一类是李汝珍针对不合理的社会现象提出的批评,激愤之所向,嬉笑怒骂;另一类是小说人物为了泄愤的詈骂语和出于嬉戏的笑骂语。她还概括了詈骂语的特点:(1)詈骂由小说人物之间的具体矛盾引起,骂是人物解决矛盾、宣泄情感的方式;(2)骂话出自小说不同人物之口,言语风格不相同,体现了不同人物性格的某方面的特征;(3)骂者的气急败坏与周围的喜剧气氛形成强烈反差。总的来看,许利英的文章从多角度分析了詈骂语在文本中的作用,以及詈骂语言的多种修辞手段,较好地把握了《镜花缘》语言表达的艺术特色,使读者感受到了人物性格的喜剧性。①

(14)尚继武:《〈镜花缘〉讽刺艺术论析》

在明清文学中,存在着大量涉及神魔、鬼怪的小说,其中具有代表性的作品包括《封神演义》和《聊斋志异》等。这一时期,志怪玄幻小说之所以得以盛行,与当时的政治、经济和文化因素密不可分。在明末清初时期,这类小说主要承载了对科举制度对人才的摧残和埋没的批判,揭示了官场黑暗,以及吏治腐败给百姓带来的深重灾难。同时,这些作品也针对世道人心之浅薄、道德伦理之沦丧进行了揭示和谴责,并大力歌颂基于爱情的自由婚姻等价值观。

《镜花缘》这部小说在艺术手法上大量运用了讽刺手法,这与它所产生的时代背

---

① 周希全.《镜花缘》语言研究述评[J].连云港师范高等专科学校学报,2019,36(1):10-14.

景息息相关。小说的情节围绕武则天因醉酒下令百花在严冬绽放,从而触怒了天帝,导致众神被贬下凡间成为百名才女,而百花仙子则降生于岭南唐敖家,名为小山。唐敖因科举受阻,与妻兄林之洋出游海外,见识了各种奇特的风俗。唐小山思念父亲心切,出海寻亲,回国后正逢武则天开设女科,百名才女被录取,众花神得以重聚人间。

李汝珍的《镜花缘》并非仅仅止步于描绘各国的"异文化",而是通过细腻的笔触,揭示了社会现实中的"异"。这些"异"体现在诸多方面,例如作者对女儿国的描绘,对现实世界中"男尊女卑"现象的反驳。在书中,女儿国的男子主内,女子治理外务,尤其是林之洋被迫入宫缠足的情节,作者以细腻的笔触揭示了封建社会对妇女的残忍对待。

《镜花缘》这部作品通过多种方式对当时社会进行了讽刺,尤其是对裹脚、穿耳等传统习俗的讽刺。李汝珍在运用夸张、影射等传统讽刺手法的同时,还创造性地运用了错位、讲笑话等技巧,形成了富有幽默性、奇幻性和现实性的独特讽刺风格。这种风格旨在教育和感化读者,达到"正人心,厚风俗"的目的。

两面国的描绘在书中呈现出明显的讽刺风格。唐敖与林之洋在游记中碰到了一个名叫两面国的地方,这个地方的人民拥有两张面孔,前面是和善慈善的笑容,背后则是狰狞可怖的恶脸。这种虚伪狡诈的现象在这个国度中表现得淋漓尽致,时时引发人们的恐惧和不安。可以肯定的是,作者创造这个虚构的地方,必然是受到现实世界中类似人性的启示。

正如中国古代的《增广贤文》中所说,画虎画皮难画骨,知人知面不知心。在现实世界中,这种双面人的存在并不罕见。他们当面一套,背后一套,不仅在官场中普遍存在,甚至在日常生活中也是如此。有人将这种行为解读为处事圆滑的表现,然而,这实际上是人性的黑暗面。

社会需要更多说真话的人,只有这样,社会才能发现自身的弊端并采取措施进行改正。李汝珍通过描绘两面国等故事,揭示了现实的荒诞之处,并暗示了对理想社会的向往和期望。

《镜花缘》在讽刺结构上,巧妙地将海外诸国作为现实社会的缩影,每个国家都针对特定的社会现象进行尖刻的讽刺。随着故事中主角的游历历程,这些国家以独特的方式串联在一起,形成了一个完整的社会讽刺图景。这种独特的讽刺结构使得作品更加生动有趣,同时也有利于读者更好地理解并接受作者的创作意图。

尚继武在《〈镜花缘〉讽刺艺术论析》一文中明确指出,《镜花缘》虽然具有强烈的讽刺性和深刻的讽刺意义,但并不被普遍认为是讽刺小说。然而,这部作品确实运用了多种讽刺手法,如讥讽、客观描述、形象映射以及巧妙的修辞等。这些讽刺手法展现出了独特的艺术风格，表现为恣肆跳宕的讽刺笔法、庄谐并举的审美风格以及冷热共生的讽刺气质。这些精彩的讽刺手法赋予了《镜花缘》独特的幽默轻松特质，使其在清代才学小说中独树一帜。

《镜花缘》"虽以游戏为事，却暗寓劝善之意，不外'风人之旨'"。其中"风人"之"风"，即《诗大序》所谓"上以风化下，下以风刺上"之"风"，可以训为"讽"。郑玄解释为"风化、风刺，皆谓譬喻不斥言也"。《镜花缘》的讽刺艺术一直是学界研究的重要主题。早在20世纪初，鲁迅、郑振铎等人就对《镜花缘》的讽刺艺术做了评价。鲁迅指出，《镜花缘》"于社会制度，亦有不平，每涉事端，以寓理想"。郑振铎则称《镜花缘》是"一部反对封建制度、讽刺性很强的小说"。此后，学者们沿其流而扩其波澜，将《镜花缘》归入讽刺小说。齐裕焜、陈惠琴认为，《镜花缘》属于寓言式讽刺小说；金鑫荣将《镜花缘》归入幻异寓言类讽刺小说；李奇林则称《镜花缘》是"游记体讽刺小说的杰作"。从小说实情来看，称《镜花缘》"讽刺性强"自是允当，但是将它称为讽刺小说则值得商榷。笔者以为起码有两个问题值得斟酌：其一，当下认定的《镜花缘》的"讽刺"内容是否真正属于讽刺性内容，或者相关文本是否使用了讽刺手法；其二，讽刺内容在《镜花缘》中所占的分量有多大，与小说主题的关联度有多高。只有解决好这两个问题，才能进一步探讨《镜花缘》的文体类属、讽刺手法和讽刺艺术。因为只有准确判定《镜花缘》的讽刺内容及其所占的分量，才能深化对《镜花缘》文体属性的认知，才能为探讨其讽刺艺术提供坚实的文本基础。①

(15) 李传江：《东游西走：〈镜花缘〉与〈西游记〉游历叙事空间比较》

明清时期的章回小说中，对异域的游历描述颇为丰富。这些小说经常借鉴前代文人的游历经验，展现出明清文人对时代、社会和人生的独特思考。《镜花缘》与《西游记》作为此时期的杰出代表，通过对比这两部作品与其他游历小说，我们可以发现他们在游历背景、文人心态及叙事艺术方面存在的异同。这一研究将进一步揭示明清背景下异域游历类型小说的普遍特征，从而深化我们对这一文学现象的理解。

从历时性的角度来看，游历活动包含了历代游历的记载以及游历创作和社会之间的相互影响。作为一种文化现象，异域游历反映了不同时代的社会风貌和人文心理的

---

① 尚继武.《镜花缘》讽刺艺术论析［J］.连云港师范高等专科学校学报，2019，36（1）：1-9.

差异；同时，明清文人对异域风景和异俗生活的想象也继承并发展了古代典籍中对异域的记载。

明清章回小说中的异域游历元素，其推动力量具有多维性。这些力量既包括深层次的宗教修行，也包括对国家声望的宣扬，甚至是个体自我认同的追求。这些元素共同折射出小说作者对现实人生的独特理解以及他们所处的思想精神状态。同时，这些小说中的异域描写真实反映了这一时期文人的典型思想和文化心态。

值得注意的是，作品中的现实元素与作者所构建的理想世界形成鲜明的对比，这种对比凸显出作家们对当时社会进行的文化审视和批判。这种审视和批判，无疑为我们理解和评价这一时期的文化提供了宝贵的视角。

在以《镜花缘》和《西游记》为代表游历小说的特殊领域中，叙事艺术展现出独特的典型特性。在情节构造上，这些小说运用了预设情节的模式，各个故事环节表现出相对的独立性，但同时又形成前后连贯的关联，为异域游历的描绘注入了鲜明的魔幻色彩，深化了异域体验的独特和陌生感。在小说对时空的构建方面，自然环境的描绘、叙事时间的变换以及多维度的立体空间都被用来展现时空的流动性。此外，"游者"和"叙述者"视角的变换也实现了叙事视角的灵活转换。

李传江在《东游西走：〈镜花缘〉与〈西游记〉游历叙事空间比较》一文中详细探讨了《镜花缘》和《西游记》两部经典小说中游历叙事空间结构的艺术特色。他指出，这两部作品在前四十回的游历叙事空间建构上呈现出鲜明的对比。在《镜花缘》中，主角唐敖因科举失意后，无意间踏上了海上之旅，而这种叙事空间构建更强调的是一种机缘巧合下的游历和探索。然而，在《西游记》中，唐僧师徒则是为了完成西天取经的任务而踏上陆路之旅，这种叙事空间构建更强调的是一种目标明确的历练和修行。

此外，李传江还发现这两部小说的结局也存在巨大差异。在《镜花缘》中，唐敖通过服食仙药仙草最终成仙，而《西游记》中，孙悟空等人则通过斩妖除魔被封为佛。这种结局设定上的差异，反映了两种不同的宗教思想体系和价值取向。

值得注意的是，尽管这两部小说都采用了大致相同的游历叙事空间结构艺术，但由于宗教思想体系的差异，它们在具体表现上有所不同。因此，我们不能忽视这些差异的存在，而应该更加深入地研究和理解这两部经典作品中的游历叙事空间结构艺术。

> 小说作品无论是情节、环境还是人物要素，都必然依存于既定的叙事空间，只是创作意图与人物行动目的不同，叙事空间的转换也会有所侧重。一些具有宏大历史背景的长篇叙事小说，叙事时间空间化是常见的叙事形式，

作者"往往通过空间转移显示时间的流动,使看似无时间性的叙述获得了前后相递的顺序",《镜花缘》和《西游记》亦是如此。这两部小说叙事空间尤其是游历情节的空间设置,使得读者不断深入其构建的空间艺术世界,不同的是两部小说的游历叙事空间设置是作者有意为之的相反场景。《镜花缘》以贬抑武周王朝、宣扬殊方异域文化为中心,其游历叙事是失意文人的无意经商,唐敖等人从海边出发,乘船由海路向东而行,历经奇遇后抛家弃子、了道成仙;《西游记》以弘扬李唐王朝中土正统文化为中心,其游历叙事反映的是僧人有意求经,唐僧师徒一行从内陆出发,乘马由陆路向西,历经磨难终得真经后返回大唐。①

(16)尚继武、李传江:《"中和为道":〈镜花缘〉写人论事的隐性尺度》

李汝珍在其思想中提出了一种引人注目的理念,即"善恶一体"。这一理念深化了我们对人性复杂性的理解,启示我们个体如何通过自身塑造和决定自己的本性。人们出生时普遍携带了混杂的基因,善良与邪恶的特质交织在一起。然而,个体若倾向于善良,就更能培养出善良的品质;反之,如果个体一心追求邪恶,就更容易养成恶习。但善恶并非固定不变,而是随着个体的内在平衡和理智调整,邪恶的特质也有可能转化为善良。这一理念的提出为我们提供了一个独特的视角,并呼吁我们进一步探讨如何平衡内在的善恶成分,以及如何将潜在的邪恶转化为善良。

在唐敖等人的旅程中,他们偶然抵达了名为两面国的奇特国度。这个国家的独特之处在于,其每个公民都拥有两张面孔,一张面向前方,另一张则背对后方。前一张面孔传递出善良与热情的信号,而后一张面孔则显露出阴险与狡诈的特征。两面国人在日常生活中总是展现出亲切友好的面貌,然而唐敖在不经意间揭露了他们真实性格的另一面。

这个事件引人深思,让我们意识到善恶并存可能存在于每个人的内心深处。然而,这并不意味着我们无法识别善恶。我们需要时刻提醒自己要"修身修心修善",以保持我们内心的善良。然而,虽然两面国人的善恶区分可以通过他们的外在表现来进行判断,但深入每个人的内心深处,善恶的区分就变得异常困难。

这种情况促使我们对善良的本质进行深入思考,并时刻审视我们的行为和思想,以确保我们的内心始终保持纯洁。同时,"善恶一体"的理念和禅理在两面国得到了直观的体现。

正是这种兼容善恶的理念,使李汝珍在创作《镜花缘》过程中,对善恶的把握上

---

① 李传江.东游西走:《镜花缘》与《西游记》游历叙事空间比较[J].连云港师范高等专科学校学报,2019,36(2):1-6.

持有中和的尺度。尚继武、李传江在《"中和为道":〈镜花缘〉写人论事的隐性尺度》一文指出,李汝珍在《镜花缘》中展示出独特的审美观和道德观,他并未试图消解善恶间的冲突,而是让善与恶、美与丑并存共生。他的创作思维以儒家的中和观念为主导,强调平衡与和谐的重要性,这成为他塑造人物和讲述事件时所遵循的评价尺度。这种"中和为道"的创作理念,使他的作品独具魅力与深度。

> 李汝珍以小说为"庋学问文章之具",带着文人自赏、自娱自乐的心态创作《镜花缘》。他笔下塑造的人物和叙述的事件往往在善恶美丑等方面形成鲜明对比,具有崇德扬善、推尊忠孝、褒美贬丑的文化意蕴,体现了以儒家伦理为主导的价值取向,但是与其他揭示善恶美丑对立的古代小说的叙事思维有明显差异。一般来说,古代小说叙述善与恶、美与丑的对立冲突,往往以提出化解乃至消除对立冲突之法为目的。而李汝珍在披露善恶美丑的对立冲突之后,并不刻意寻求化解的方法和途径,使得《镜花缘》中的善与恶、美与丑往往处于并存共生的状态。《镜花缘》这种无可无不可的叙事倾向,在某种程度上削弱了善与恶、是与非之间的"绝对化"冲突,具有包容宽厚、自然平和的叙事特色。①

(17) 叶川:《"吃一吓"结构源考、发展与消亡——从〈镜花缘〉"吃一吓"结构谈起》

稀有研究集中于探究《镜花缘》的语言特征,实际上,该小说以其独特的语言形式展现了明清小说的地方性创作。作者使用官话进行创作,但在其文本中亦明显存在一些海州方言和北京方言的痕迹。有趣的是,一些被认定为北京方言的词汇,在江淮作家的作品里频繁出现,并且在现代仍然在江淮地区被广泛使用。这引发了一种可能性,即北京方言中的一部分词汇可能源于江淮方言。此外,《镜花缘》中的一般疑问句主要以具有江淮地方特色的句式为主。这一现象至少表明,这种具有江淮特色的句式在当时已不再被视为明显的方言,而是被广泛接纳并运用在小说创作中,这或许揭示了话本小说创作的一种独特语言传统。

在《镜花缘》这部作品之中,关于虚词以及"把"字句的使用,与现代汉语进行比较,可以发现大部分虚词的用法已经与现代汉语相当一致,然而仍有某些差异存在。特别的是,这些虚词在语法功能上的分工并不十分明确。同时,"把"字句在结构和语义关系上所呈现出的复杂性,较之现代汉语更为突出。

《镜花缘》是一部具有显著特色的文学作品,其独特之处在于成功地将江淮方言元

---

① 尚继武,李传江."中和为道":《镜花缘》写人论事的隐性尺度[J].连云港师范高等专科学校学报,2022,39(1):32-38.

四　连云港《镜花缘》研究的特点

素糅合在北京官话之中，从而塑造出一种别具一格的语言风格。该作品的语言运用，深层次地反映了当时社会的语言习俗，同时也为我们研究古代语言的发展以及演变提供了珍贵的资源。

叶川在《"吃一吓"结构源考、发展与消亡——从〈镜花缘〉"吃一吓"结构谈起》一文中深入探讨了"吃一吓"的表达方式。在该表达方式中，"吓"被视为一个动词，含义为惊吓。通过详尽的文献考据，作者揭示出"吃一吓"这个结构的起源可追溯至明朝时期，并从那时起被广泛运用。在明清及民国时期的文本中，这个结构频繁地出现，鲜明地表达了惊吓的语义。

然而，随着时间的推移，这个结构逐渐失去了它的主导地位，被其他具有相同或类似语义的动词性结构所替代，例如"吃一惊"和"吓一跳"。这些新的结构在表达惊吓的含意上与"吃一吓"有着相似的功效，但更为现代和常见。在这种更替的过程中，"吃一吓"结构的运用逐渐减少，直至完全被社会淘汰。如今，在现代汉语中已基本不再使用"吃一吓"这一表达。

这一研究不仅深入探讨了"吃一吓"结构的源起、发展和消亡，也进一步揭示了语言随着社会发展而不断变化的现象。这一现象在诸多现代汉语表达中都有所体现，而"吃一吓"结构的变迁正是这一现象的典型例证。

> 通过语料分析发现，"吓"在历史上语义泛化明显，有很强的语法化特征。一方面，"吓"引申出语气词、叹词等虚词用法，另一方面，"吓"在"大怒"义的基础上，又引申出其他三种意义，其一就是"恐吓"义。如：
>
> （3）"是故横人日夜务以秦权恐吓诸侯，以求割地。"（西汉《战国策》）
>
> 该例中的"恐吓"是一个联合式复合动词，说明在西汉时期，"恐吓"义已经产生，且延续至今。同时，"吓"在"恐吓"义基础上，随着时代的发展，意义和用法仍继续发生变化。
>
> 据曹芳宇（2010）研究："唐五代的动量词系统……借用量词的借用范围由名词扩展到了动词……产生了同源动量词这一重要的动量词分类。"这里的同源动量词也叫同形动量词，同源异用。到北宋时期，"吓"这个动词也产生了借作量词的用法，起初就是在动词"恐吓"义基础上以同形动量词身份出现，如：
>
> （4）"但直说他，则恐未必便从，故且将去吓他一吓。"（北宋《朱子语类》）
>
> 该例中的"吓他一吓"结构，前一个"吓"是动词"吓唬"义，后一个"吓"则是借用前一个动词"吓"而产生的同形动量词。这是我们检索到的最

早一例包含同形动量词的动词性结构,之后,这类结构出现得越来越多,使用很频繁,历经千年,一直延续至今。如:

(5)"那刘官人一来有了几分酒,二来怪他开得门迟了,且戏言吓他一吓。"(明《醒世恒言》)

(6)"众人坐了席,张大人一者被龙瑞人吓了一吓,二者自己印缓失去,如要查不到,非但前程丢去,而且连身家都不保,所以心中踌躇忧急,那里还咽得下酒菜?"(清《续济公传》)

(7)"武宗想起昨夜的事,知道定是张旺主谋,便要吓他一吓。"(民国《武宗逸史》)

以上几例中的同形动量词并不能凸显动词"吓"的任何特征,其功能主要是与数词"一"组合起来单纯计数。在明清乃至民国时期,"吓"作同形动量词使用很普遍。

到了明朝,"吃一吓"这类动词性结构开始形成,表示[+惊吓]义,"吓"依然还是借用动词来作动量词。如:

(8)海里面大小水神都吃他一吓,吵闹一场。(明《三宝太监西洋记》)

这是我们检索到的最早一例"吃他一吓",说明"吃一吓"类结构至少在明朝万历廿六年(1598年)已经形成。

到了清中期,"吃一吓"结构发展很快,使用很频繁,小说《镜花缘》中"吓"作动量词的"吃一吓"结构至少有14例,均表示[+惊吓]义,下面选几例分析:

(9)林之洋忽然把头抱住,乱跳起来,口内只说:"震死俺了!"二人都吃一吓,问其所以。(清《镜花缘》)

(10)忽听一人在桌上一拍道:"真好!"众人都吃一吓,连忙看时,却是纪沉鱼在那里出神。(清《镜花缘》)

(11)唐、多二人不觉吃了一吓,意欲退转,奈舍不得灯谜。(清《镜花缘》)

(12)我在那里吃了一吓,也不敢停留,一直赶到十里墩才把衣服烘干。(清《镜花缘》)

(13)话说那群水怪把小山拖下海去,林之洋这一吓非同小可,连忙上船,只见婉如、若花、乳母,都放声恸哭。(清《镜花缘》)

(14)外面鸦雀无闻,不但并无炮声,连报喜的也不见了。众人这一吓非同小可。(清《镜花缘》)

(15)林之洋连日上山辛苦,又吃这一吓,竟自浑身发烧,卧床不起,足

四　连云港《镜花缘》研究的特点

足病到次年三月回到岭南，还未大好。(清《镜花缘》)

《镜花缘》中出现较多的"吃一吓"结构，反映了动量词"吓"以及"吃一吓"结构在清朝的广泛运用，也表明《镜花缘》中的"吃一吓"类结构在汉语发展史上具有较大的汉语史价值。①

2. 连云港《镜花缘》研究主要学术著作评析

(1)《镜花缘研究小辑》

连云港市《镜花缘》研究会编写的《镜花缘研究小辑》，是目前可见的最早的《镜花缘》研究论文汇编。《镜花缘研究小辑》共三册。

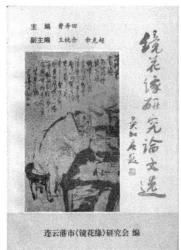

(2) 彭云的《海州乡谭》

《海州乡谭》一书以连云港市的历史变迁、自然景观、人文风情、诗词传说等为主题，汇集了一系列散文作品。这些散文数目近百篇，被分为六个主题："往事沧桑""文采风流""明山秀水""珍奇异物""村头野语"和"新浦旧话"。每个主题前都配有一篇散文诗式的题记，为读者提供了丰富的阅读体验。

彭云的这部散文集不仅让读者了解到古海州和新连云港市的历史、地理、政治、军事、文学和民俗等方面的知识，还以极富感染力的文字激发了读者对这片土地的热爱和向往。此外，《海州乡谭》也展示了彭云提倡开放交流的思想，与《镜花缘》的主题思想产生了共鸣。

《海州乡谭》中描写的各种风俗民俗传统，为学者研究《镜花缘》提供了非常有益

---

① 叶川."吃一吓"结构源考、发展与消亡：从《镜花缘》"吃一吓"结构谈起[J].新余学院学报，2022，27(6)：85-91.

的参考。这些散文作品相互关联,共同构成了以古海州为轴心的海赣沭灌人文历史沧海桑田的沿革轨迹与风土民情次第嬗变的艺术画廊。通过这些作品的描绘,彭云使读者能够更深入地了解和感受海州的历史文化底蕴。

(3) 李时人的《李汝珍及其〈镜花缘〉》

李时人教授,1949年出生于辽宁锦州,后随父母迁居连云港。曾任上海师范大学文学研究所所长和教授,同时也是中国古代文学专业的博士研究生导师。他的学术生涯始于1968年从海州中学毕业后,在徐州师范学院中文系担任古代文学专业教师,并于1989年加入上海师范大学。他在学术领域的杰出贡献得到了广泛认可,于1992年晋升为教授,1995年被批准为博士研究生导师。

在深入探究李汝珍的生平事迹、师友交游和学术渊源的基础上,李时人教授的著作提供了对小说《镜花缘》观念倾向和美学风貌的全面分析。该书详细剖析了《镜花缘》的美学特征及其形成原因,同时揭示了这部作品中蕴含的各种学问技艺。通过对李汝珍及其作品的综合研究,本书不仅深化了对这位文学家的理解,也为研究中国古代文学提供了新的视角。这部由春风文艺出版社于1999年1月出版的著作,以严谨的学术态度和丰富的研究资料,为我们呈现了一个全面的李汝珍及其作品《镜花缘》的世界。全书共计6.4万字,不仅是对李汝珍及其作品的深入研究,也是对中国古代文学的重要贡献。

四 连云港《镜花缘》研究的特点

> 提高当前大学生以及全体青年的文化素质,是我们面临的重要任务。提高之道多端,而最重要者则是帮助他们认真了解中国古典文化和文学的全貌。但让他们钻研每一部原著,是不切实际的,这就是难题之所在。
>
> 现在这一部"插图本中国文学小丛书"的出版,可以说是解决了这个难题,作者多半是著名的专家,学有素养。以大专家写小书籍,得心应手,游刃有余,再辅之以插图,更能提高读者的阅读兴趣,众美集中于一书之内,可谓顺乎人心,应乎潮流之盛举,必能受到广大读者的欢迎,可预卜也。
>
> 1998.10.18 季羡林

> 一言山重须铭记
> 民族菁华是国魂
> 录旧句题中国文学小丛书
> 九六叟
> 钟敬文

> 厚积薄发 深入浅出
> 即小见大 以故为新
> 题插图本古代文学小丛书
> 八十六叟
> 程千帆

（4）李明友的《李汝珍师友年谱》

《李汝珍师友年谱》共包括李汝珍及其师凌廷堪,友吴振勃、许乔林、许桂林等五位谱主。在学术领域,对于李汝珍及其师友的年谱研究具有重要意义。在凌廷堪等五位谱主的年谱中,除了记录他们的活动和著述外,还对他们的亲朋师生、海州地区的官员和文人学士以及当时的重要事件进行了适当的记载。在编写年谱时,李明友先生注重文字的简明扼要,引文的引用尽量简洁并明确标注了出处,以便于读者检索。

李明友先生于1998年开始着手收集有关李汝珍及其师友的资料,这些资料包括他们的著作、与他们有关的人的著作中涉及他们的资料以及当时的社会

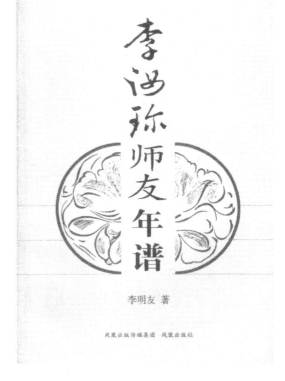

经济与历史文化资料。然而,由于历史原因,这些资料的数量极少且往往被隐藏起来,不易被发现。因此,收集这些资料的过程非常困难。

自从2006年底开始,李明友承担了《李汝珍师友年谱》的编写工作。经过四个春秋的辛勤努力,经历了三次大规模的修订和十余次小的调整,这部年谱从初稿的50多万字精简到30多万字。这20万字的削减主要集中在三个方面。首先,李明友在初稿

中对五位谱主诗文中提到的地名、遗址及人物进行了详尽的考证和注释,还为他们撰写了简介。然而,在改定稿中,这些注释和简介只保留了针对古海州范围内的地名和遗址,以及生活在清代的人物。其他所有内容都予以删除。其次,初稿中完整收录了五位谱主及其相关者的许多诗词和文章。然而,在改定稿中,李明友引用了谱文所需的相关部分,而很少全文照录。最后,初稿对海州乃至全国发生的重大时事收录较多,但改定稿中只保留了一小部分,大部分内容都被删除。这种削减主要是为了避免书稿过于冗长,让读者难以阅读到底;同时也为了不过分强调非重点内容,避免喧宾夺主。尽管年老体弱,市文联原副主席、市《镜花缘》研究会的创始人彭云还是审阅了书稿内容,并为本书撰写了序言。

（5）徐习军、于洋的《海州有部〈镜花缘〉》

《海州有部〈镜花缘〉》得到连云港市海州区人民政府文化项目资助,由江苏凤凰文艺出版社于 2022 年 12 月精心出版,全书 35 万多字,大 16 开本 416 页,以博大精深的海州文化为背景,以独特的视角,将《镜花缘》与海州文化相互关联。

海州,博大精深的文化源地,自古以来就拥有丰富多彩的文化遗产,《镜花缘》则是其重要组成部分。徐永斌和彭云先生分别为江苏省社科院文学研究所所长和地方历史文化名家、著名作家,他们在序言中高度评价了这部作品。江苏省作协副主席张文宝先生也在跋中对此书赞不绝口。

本书主要探讨《镜花缘》与海州文化之间的联系,并着重于文本以外的历史文化资料文献研究。作者通过详尽的文献梳理,深入探讨了《镜花缘》的背景地、成书背景及其与海州文化的复杂关系。这些研究不仅有助于深化对《镜花缘》的理解,同时也揭示了海州文化的丰富内涵和独特魅力。

这部作品为《镜花缘》研究提供了新的视角和方法,充分展示了海州文化的独特魅力和丰富内涵。

四 连云港《镜花缘》研究的特点

（6）姚祥麟的《板浦春秋》

在《板浦春秋》这部作品中，姚祥麟对板浦古镇的历史、文化、人文和民俗进行了翔实的挖掘，使其成为当代研究板浦的重要参考资料。借助这部作品，我们可以从今日的海州小镇板浦，通过"历史隧道"深入探究其更为悠久和深远的历史。这使我们得以在悠久的历史长河中发现一朵镜花水月般的光华，引导我们的目光聚焦在《镜花缘》这部奇特的作品上。

板浦镇是一个拥有超过2 000年历史的文明古镇，其近代淮盐经济中心地位的崛起使得这个小镇由古朴恬静转变为繁华一时，成为水城盐都。这个地方孕育出了一代又一代的英才豪杰，涌现出数百位有名的人物，形成了人文相依的繁荣景象，同时也创造出独特而灿烂的本土文化。板浦地灵人杰，拥有丰厚的文化底蕴，自古以来吸引了众多才子名流。吴承恩、袁枚、阮元、魏源等中国文学史上的著名人物都曾在板浦游学或居住过。经学大师凌廷堪就出生于板浦。而一代文坛巨匠李汝珍在板浦生活了三十多年，并在此完成了古典名著《镜花缘》。清朝中叶的"海州才子二许"（许乔林、许桂林），"板浦名士二吴"（吴振勃、吴振勤），"中正才子二乔"（乔绍侨、乔绍傅），"东辛学者二程"（程立达、程立中）都是才华横溢、著作等身，在古海州地区颇有声名威望的风流人杰。

在《板浦春秋》一书中，作者姚祥麟对板浦地区历史文化的核心进行了深入探讨。板浦地处于具有显著区位优势和交通便捷的地区，其文化繁荣，人才辈出，留下了丰富的历史遗迹，吸引了商贾云集。此外，该地区还拥有诸如"镜花缘"文化、精英文化、淮盐文化、醋文化、美食文化、"五大宫调"文化、民间传说乡土文化、书院学堂教育文化、群众文体技艺文化以及革命传统红色文化等丰富多样的历史文化。这些独特的文化元素构成了板浦历史文化的内核，使该地区被誉为"苏北文明之脉，淮盐滩晒之源，海属文化之魂"。

板浦不仅在地理位置上具有重要性，被赋予"全国重点镇""江苏百家名镇"的称号，更是连云港市最具历史文化特色的乡镇。在众多乡镇中，板浦以其独特的历史文化底蕴脱颖而出，成为连云港市不可或缺的一部分。

3. 连云港编写的《镜花缘》校本教材评析

除了论文和专著，连云港市还一直注重《镜花缘》文化的普及教育，比如连云港师范高等专科学校的许卫全不仅自己编辑了高校的《镜花缘》校本教材，还指导连云港市苏光小学编辑了小学版的《镜花缘》校本教材。

2018年江苏人民出版社出版了中学生课外经典作品阅读系列，作为统编语文教材配套名著阅读丛书，其中就有许卫全校注的《镜花缘》（导读版）。

（1）许卫全校注的《镜花缘》（导读版）

对于中学生来说，阅读《镜花缘》这部作品不仅可以提高语文素养，还可以拓展文化视野，加深对古代中国的认识。许卫全校注的《镜花缘》（导读版），为中学生阅读这部经典作品提供了有力的支持和引导。

许卫全校注《镜花缘》（导读版）的价值首先体现在对原著的理解上。在导读版中，许卫全对原著的情节、人物、思想等方面进行了深入的分析和解读，帮助中学生更好地理解这部古代小说的内涵。同时，该版本对原著中出现的历史人物、事件、文化现象等进行了适当注释，提供了与原著相关的文学知识、背景资料等，为中学生阅读提供了便利。

《镜花缘》（导读版）对于学习、传承中华文化具有重要意义。它不仅可以帮助中学生更好地理解和欣赏这部经典名著，还可以提高他们的文化素质，拓展他们的视野。积极推广这部导读版，可以让更多的人受益于它所提供的丰富内容和深入解读。

四 连云港《镜花缘》研究的特点

（2）许卫全编写的《镜花缘》（高校版）校本教材

许卫全长期在连云港师范高等专科学校开设《镜花缘》选修课程，并编写了《镜花缘》（高校版）校本教材。在教学过程中，许老师采取了多种教学手段，如课堂讲授、小组讨论和作业等。课堂讲授主要介绍《镜花缘》的背景、作者生平和作品梗概；小组讨论则引导学生深入分析小说的主题、人物性格和社会意义；作业则要求学生写关于《镜花缘》的评论文章，以巩固所学知识。

通过选修课程的学习，学生们对《镜花缘》有了更深入的认识和理解，取得了比较显著的学习成果。学生们不仅能准确概括小说的主题思想，还能对小说中的人物形象和社会现象进行批判性分析。此外，学生们还学到了如何运用文学理论进行分析和评价文学作品，提高了自身的文学素养和审美能力。

以下选摘内容为连云港师专许卫全编写的《镜花缘》（高校版）校本教材。

《镜花缘》导读
（高校校本教材）

课程开设思路：

1. 适用对象：文学院语文教育专业学生。
2. 开课时间：二年级下学期或三年级上学期。
3. 讲授方式：分专题介绍；学术与鉴赏并重。
4. 教学课时：16学时，1学分。
5. 考核方式：课堂讨论、论文写作。

第一章 基本信息

一、作者

李汝珍，字松石，号松石道人，大约出生于乾隆二十八年（1763年），卒于道光十年（1830年），直隶大兴（今北京市大兴区）人。大概在他十九岁时，跟随其任职板浦盐官的哥哥李汝璜来到海州（今江苏省连云港市），并长期寓居在此，活动于淮南、淮北一带。继娶海州许氏家族女子为妻，又拜名儒凌廷堪为师，专研学问。他性格豪爽随和，喜欢结交朋友；兴趣广泛，学识博杂，尤其对音韵学有着较为深入的研究，著有《音鉴》一书；此外，还留下辑录的《受子谱》（围棋谱）一书。

李汝珍是时代的叛逆者。他不屑于求取功名必需的八股文，故科举无成，只在河南做过短期的治理河道的县丞。他怀抱人生理想，憧憬新的生活，但一生落魄，结局凄凉。

关于李汝珍创作《镜花缘》的起止时间，历来说法不一。可以肯定的是，他为这部小说的完成付出了极大的心血，并且在他生前小说已经刊刻印行。他在《镜花缘》卷末谈到其创作心境，"读了些'四库'奇书，享了些半生清福，心有余闲，涉笔成趣，每于长夏余冬，灯前月夕，以文为戏，年复一年，编出这《镜花缘》一百回"，他为此而"消磨了十数多年层层心血"（《镜花缘》第一百回）。如此创作态度，在中国小说史上也可说罕见。"根据现有资料，以十数多年的层层心血来'以文为戏'，除李汝珍以外，我国还没有第二位这样的小说家"（章培恒、骆玉明主编《中国文学史新著》，第二版，下卷，P485）。

二、版本

《镜花缘》最重要的本子，当为第一次刊刻于清代嘉庆二十二年（1817年）或二十三年（1818年）的苏州原刻本；其次是道光十二年（1832年）行世的芥子园重刻本。而在这不长的十多年间，就在不同地区被刊刻了六次（《中国通俗小说总目提要》），后又多次被翻刻、翻印，这也从侧面说明了这部作品的艺术价值。

第二章　《镜花缘》故事梗概及思想价值

一、故事梗概

《镜花缘》一百回的内容可以分为前后两大部分。前五十回写女皇武则天寒冬饮酒赏雪，乘醉下诏令百花齐放，当时总管百花的百花仙子不在洞府，众花神不敢违抗诏令，只得按期开放，因此百花仙子同其他九十九位花神都被贬下凡尘。百花仙子托生为岭南秀才唐敖之女唐小山。小山十几岁时，唐敖因仕途不利，产生隐遁之志，遂抛妻别子，跟随从事海外贸易的妻兄林之洋出海游历。林之洋船上有一舵工多九公，为人老成，满腹才学，与唐敖相谈甚欢。他们一路经历海外的君子国、大人国、黑齿国、白民国、淑士国、两面国、女儿国等三十余个国家，见识许多奇风异俗、奇人异事、奇花异草。唐敖服食了几种仙草，并且结识了其实由花神转世的十二位才貌双全的少女；后功德圆满，入小蓬莱修道。女儿唐小山得知此消息，去海外寻父，在小蓬莱得到父亲的一封信札，并看到泣红亭中碑上刻有一百位花神降生人世后的名姓，乃遵父嘱改名唐闺臣，并回国参加武则天下诏举行的女性科举考试。

后五十回，写武则天大开女试，唐闺臣和她的亲戚朋友（包括海外十二"名花"）前去应试，均被录取。被录取的一百名才女聚在一起，饮酒赋诗，论学谈艺，高高兴兴地玩了十天，尽欢而散。阴若花回女儿国做了国王，陪伴同行的黎红薇、卢紫萱、枝兰音三位才女均被封为护卫大臣；唐闺臣与另一位才女颜紫绡第二次出海寻父，入小蓬莱不返；徐敬业、骆宾王等人的后代起兵讨伐武则天，章兰英等数十位才女因夫妻、姻亲关系投入军中，其中部分才女或殁于阵前，或投缳殉节；最后，忠于李唐王朝的军队在神仙帮助下，打败了武氏军队，唐中宗复位，尊武则天为"大圣皇帝"，武则天下诏再开女科，命前科才女重赴"红文宴"。

二、思想价值

小说内容庞杂，涉猎广泛。其思想价值，主要体现在三个方面。

一是对女权的肯定和张扬。关于这一点，胡适有过明确的论述："李汝珍所见的是几千年来忽略了的妇女问题。他是中国最早提出这个妇女问题的人，他的《镜花缘》是一部讨论妇女问题的小说。"（胡适《〈镜花缘〉的引论》）且不论胡适的主张在今天看来是否有点偏颇，但就小说在充分肯定女子的社会地位、批判男尊女卑和女子无才便是德的封建观念方面而言，这样的评价应该是可以成立的。例如：黑齿国的亭亭和红红，小小年纪竟把天朝大贤、满腹才学的多九公问得"抓耳搔腮""满面青红，恨无地缝可钻"；颜紫绡为女中剑侠，飞檐走壁，神出鬼没；枝兰音、林婉如精通音韵；米兰芬俨然就是位数学家；等等。至于作者理想中以女性为中心的"女儿国"，更是对女性地位和权利作了无限的夸大和肯定。

二是讽刺世情，寄托理想。鲁迅认为小说作者"于社会制度，亦有不平，每设事端，以寓理想"（鲁迅《中国小说史略》）。例如：小说以辛辣而幽默的文笔，嘲讽"白民国"那些装腔作势而又金玉其外、败絮其中的乡村学究，居然将《孟子》的"幼吾幼，以及人之幼"读作"切吾切，以反人之切"；而这样的不学无术之辈，又视钱如命，唯利是图，小说以内外对照的手法揭露这些假斯文的酸腐气，淋漓尽致地讽刺了儒林的丑态。又如，写无肠国的"富家"把人的粪便收集起来，"以备仆婢下顿之用"，且让下人"吃而再吃"；对剥削者的鄙吝刻薄嘴脸，刻画得入木三分。同理，小说借想象中"君子国"的"惟善为宝""好让不争"，表达作者对"礼乐之邦"的向往，否定专横跋扈、贪赃枉法的封建官场和尔虞我诈的现实社会，寄托其社会理想。

三是眼光向外的开放意识。这种开放意识，一方面和小说故事背景唐代社会比较吻合，因为唐代是一个多元文化融合、对外交流频繁的社会，且航海业颇为发达；另一方面也和李汝珍所处的时代人们对海的了解更加深入、更加向往有关。李汝珍本人曾有过随做盐商的妻兄漂洋出海的经历，又借鉴《山海经》《博物志》等古籍的记载，描写了海外诸国，向读者展示了一个光怪陆离的艺术世界，令人耳目一新。这既表现了自觉克服种族偏见、主动发现吸取海外民族优点和长处的博大胸襟，又充满着积极从事经济文化交流且为人类造福的民族自信。尽管这样的写法也来自现实世界的折射和幻化，但这种想象和探索的精神实属难能可贵。小说这样的描写，正反映了中华民族勤劳勇敢且追求自由和平的民族个性。

第三章 《镜花缘》人物形象

作为一部小说，自然离不开对人物的描写、刻画。《镜花缘》虽然在这方面成就不是十分突出，但也给我们贡献了若干颇具特色的人物形象。

唐敖是小说前半部叙述海外游历的主人公之一，是一位不得志的文人。他年过半百，赋闲在家，自觉仕途无望，便决定跟随做海外贸易的妻兄到海外看看。一路走来，他渐渐看淡了世事，悟透了人生，最终入小蓬莱修道。这是封建社会失意文人的典型。他满腹经纶，踌躇满志，希望一展宏图；但现实却给了他重重一击，于是选择避世作为最终的出路。而他在留给女儿信中的嘱托，则又反映出其一贯的忠君意识。可以说，唐敖正是作者李汝珍的自况。

林之洋是小说塑造的一个妙趣横生的人物。他在淑士国售卖货物，因为顾客是学堂孩童，所以只能贱卖，几乎没有盈利；但他也没有过多埋怨，反而在学堂假充斯文，闹出了笑话。他在女儿国时被国王看中，要他做王妃，并逼迫他缠脚，可谓洋相百出，令人捧腹。作为从事海外贸易的商人，他精明能干，又世俗市侩，且性格中又有热情、仗义的一面，令人过目不忘。

多九公是小说塑造的又一个市民阶层的典型。他满腹才学，老成持重，见多识广，诙谐善谈。在前往海外诸国的旅程中，他与唐敖相谈甚欢。但有时也恃才自负，如他在黑齿国与红红、亭亭论学，最后弄得狼狈不堪，败下阵来。他可以说是贯穿整部小说的人物，虽然后来正面的描写很少，但其活动痕迹草蛇灰线，依然可见；作为一个富有生活阅历和人生经验的人物，他一直以正直的长者形象示人，也赢得了读者由衷的喜爱和敬佩。

唐小山是唐敖的女儿，是小说中一个较为重要的女性形象。她知书明理，有主见，又带有一定的叛逆思想。当她知道自己父亲滞留小蓬莱不归时，就萌发了寻找的念头，并最终在舅舅林之洋帮助下完成了这一计划；当她看到父亲留给她的书信并要求她改名唐闺臣参加朝廷女试时，她又顺从地接受并如愿以偿。这无疑是她忠孝意识的展示。在参加女试被录取后，她和其他才女欢聚一堂，时时有礼有节，处处得体大方，表现出一种良好的个人素养；

回到岭南家中，她就悄悄谋划第二次去小蓬莱寻找父亲，并做好了不归的心理准备，最后与颜紫绡同入道山。这无疑是其性格中叛逆的映照。

第四章　《镜花缘》的艺术成就

作为一部受人关注的文学作品，《镜花缘》的艺术特点同样不容忽视。

第一，风趣幽默。这种特点一直贯穿在整部小说之中，无论是前半部唐敖等人海外诸国的游历，还是后半部唐闺臣等百位才女的欢聚，欢声笑语始终不断。就一百回文本结构而言，写唐敖、多九公等人在海外的游历用了三十三回，交代唐小山海外寻父的过程用了十回，而写百位才女的十日欢聚又花去二十五回。应该说，无论是前二者所描写的唐敖父女的奇特见闻遭遇，还是后者所铺排的才女们的游艺活动及谈论学问，它们共同的特点就是追求趣味性。即使小说用了七回所涉及的政治问题——即由武则天"尊崇武氏弟兄，荼毒唐家子孙"引发的统治集团内部的矛盾与斗争，也往往会有追求趣味性的倾向。小说最后叙述忠于李唐王朝的人与武氏弟兄的战争，也是如此；第九十九回章荙被困青钱阵更是一个突出的例子。

第二，想象新奇。文学的本质就是想象和虚构，《镜花缘》将这一特点发挥到了极致。虽然小说所写海外诸国光怪陆离的景象大都出自《山海经》《博物志》等古代典籍，但古籍所载多为片言只语，简单零碎。而李汝珍以此为引子，加以大胆的想象和发挥，构筑出一个又一个瑰玮诙诡的艺术世界，使读者犹如进入一座充满幻想的迷宫，获得艺术审美的极大满足。如关于君子国的描写，《山海经·海外东经》只有寥寥四十字，说君子国人"衣冠带剑，食兽，使二大虎在旁。其人好让不争"。作者撷取"其人好让不争"一句生发开去，娓娓道来，最终敷衍成万余字的"礼乐之邦"君子国的故事，借以抒发个人的郁愤和社会理想。小说结尾写到武氏弟兄摆下"酒""气""色""财"四个战阵，同样充满奇特的想象。

第三，炫耀才学。李汝珍在小说第二十三回，借林之洋插科打诨，说明本书的写作即有炫弄才学、涉笔成趣之意。因此在小说中作者往往掊取前人典籍，杂取旁收，无论诸子百家、琴棋书画、星相医卜、音韵算法，还是马吊双陆、蹴球射鹄、投壶斗草、灯谜酒令，无不毕备，且样样精通，所以鲁迅称其为"学术之汇流，文艺之列肆"（鲁迅《中国小说史略》）。这正是当时文化风尚的真实反映。其中一部分描写，带有游戏味道，妙语连珠，饶有情趣，读来令人解颐；也有一部分描写，则有敷衍之疑，堆垛材料，卖弄学问，阅之未免乏味。尤其是后半部才女欢会的二十五回文字描写，这种特点更为明显。这或许和作者通过炫学追求个人心理的满足有关，但难免遗憾。这一类作品被后人称为杂家小说或才学小说。

（3）苏光小学编写的小学版《镜花缘》校本教材

《镜花缘》作为一部经典的中国古代小说，以女性角色为主角，讲述了一群女子在奇幻的世界中展开的冒险和探索。这部小说涉及了许多主题，如女性地位、命运、人性、社会制度等，具有深刻的思想内涵和艺术价值。

连云港师范高等专科学校许卫全在指导编写苏光小学《镜花缘》校本教材的过程中，注重发掘这部小说中贴合学生认知的思想内涵和艺术价值，让小说中优秀的思想得到更好的传承和发扬。通过学习本教材，学生可以更加深入地了解《镜花缘》的故事情节、人物形象、文化背景等内容，提高文化素养和审美水平。

许卫全在指导编写苏光小学《镜花缘》校本教材的过程中注重通过校本教材的编写促进教师专业素养的提高。在编写过程中，教师需要对《镜花缘》进行深入研究和分析，探讨小说的思想内涵和艺术价值，思考如何将其融入教材中，帮助学生更好地理解和掌握相关知识。这一过程不仅可以提高教师的专业素养，还可以促进教师教育思想和教育观念的更新和转变。

同时，许卫全在指导编写教材的过程中，还注重促进学校与社区、家庭之间的联系和合作。通过教材的编写和实施，让学校与社区、家庭之间建立起紧密的联系，共同推动学生的成长和发展。这种联系和合作还可以促进学校与社区、家庭之间的资源共享和文化交流，推动地方文化的传承和发展。

从许卫全为苏光小学《镜花缘》校本教材所作的序言中，不难看出他对于小学编写《镜花缘》校本教材的重视，以及在编写过程中给予的倾心指导与帮助。

写在前面的话（代序）

许卫全

从学校毕业到连云港工作没有多久，我就认识了灌云，也知道了板浦，还听到了"灌板杨"这样的关于当地教育水平的评价，颇有点"三国鼎立"的意思。当然，今非昔比，在改革开放的新形势下，一切都变化太快。而对于板浦，我总有一分挥之不去的淡淡情愫。

大约三十年前，一个初冬的上午，我接受灌云当地朋友的邀请，第一次走进板浦镇。在此之前，只是从有关材料或书籍中了解到它的历史和现在，或者还从"汪恕有"滴醋和板浦凉粉获得了对它更感性的印象。

四　连云港《镜花缘》研究的特点

在我这个南方人的眼中，板浦的格局和故乡小镇粉墙黛瓦的风情自然是不同的，而我更看重的则是它的历史厚重之感。

朋友第一时间带我去了李汝珍纪念馆。他知道，这是我最想去的地方。从此，我便与这里结下了不解之缘。

三年前，文学院的几位老师一起去板浦苏光中心小学看望正在那里参加教育实习的学生，也是我第一次走进板浦镇这所各方资源汇集的优质学校。正是在这里，我了解到了学校的校园文化建设，也从此与苏光结下了不解之缘。

苏光中心小学历史悠久，人文底蕴深厚，"苏光"就是该校走出的一位杰出校友、革命烈士。长期以来，历代苏光小学的领导、师生，十分关注校园文化的培育、浇灌，通过不断的探索、实践，逐渐形成了以清代才学小说《镜花缘》为依托的校本课程，体现了该校的人文情怀，可谓得天时、地利、人和之便。

《镜花缘》所蕴含的内容丰富驳杂，如何萃取有价值也适合小学生课外阅读的有益成分，从而培养他们的健康情操，塑造他们的良好人格，这也是苏光中心小学历任领导一直以来思考和实践的重要课题，并将它放到了校本教材建设这一高度。

现在呈现在我们面前的两本薄薄的读物，看似简单，其实未必。校本教材如何编写，一直是个争论不休的话题，也没有定论。在我看来，这本来就不必有什么条条框框，只要能够因地制宜，给学生带来健康正确的引导、培养他们的文化自信即可。苏光中心小学与李汝珍纪念馆一墙之隔，而后者也是江苏省爱国主义教育基地之一，经常有各类活动在此展开，苏光的师生也往往参与其中。这种得天独厚的便利条件，自然是学校开展人文教育的最好载体。于是，在学校领导的有力支持下，通过部分教师的不懈努力，完成了这两本学习要求有所区别的校本教材（二年级、四年级），并将开始试用，这应该是一件令人欢欣鼓舞的事情，也预示着苏光中心小学的校园文化建设跨至一个新的更高的平台。

我们有理由相信，通过这样的素质教育实践活动，苏光中心小学的办学理念将更加明确，师生的人文情怀将更加宏阔，学校的发展前景将更加辉煌。

许卫全
2020 年 9 月 26 日

连云港师专许卫全指导编写的苏光小学《镜花缘》校本教材（二年级）摘录如下。

《镜花缘》校本教材（小学二年级）

孝悌篇 1 念亲情孝女伤怀

话说唐小山执意要舅舅林之洋带她去海外寻找父亲。

林之洋对唐小山说："去年我同你父亲正月起身，今年六月才回来，足足走了五百四十天。今同外甥女前去，就算沿途顺风顺水，各国不去耽搁，单绕那座门户山，也需绕它几个月，明年六月怎能赶回？前日我得知考才女这信息，也想教我家女儿婉如随着外甥女一同去考考，倘若碰个才女，也能替我家祖上增光。那知外甥女一定要我一同到海外寻亲，看来我这封君做不成，官帽也戴不成了。依我看来：如今有这女子考试，也是千载难逢的，外甥女何不暂停一年，把才女考过再去寻亲？如果中了才女，替你父母挣顶官帽，难道不好吗？"

小山落泪说道："我如果参加考试，这个才女也未必轮到我身上。即使有希望，一旦中了，挣得官帽回来，又让谁来戴呢？若把父亲丢在脑后，只顾考试，就算中才女，也免不了'不孝'二字。既是不孝，就如同衣冠禽兽，要那才女又有何用？"说着不觉流下泪来。兰音听了暗暗点头，说道："姐姐此话，实是有理，应该寻找父亲要紧。"

【阅读提示】

本故事节选自《镜花缘》第四十三回"因游戏仙猿露意　念劬劳孝女伤怀"，说的是唐小山得知父亲滞留在海外奇山小蓬莱后，宁愿放弃参加千载难逢的女子科考，也要去海外寻找父亲的感人事例。因为在唐小山的眼中，任何的高官厚禄都不及亲情重要，做人应以孝当先。

【拓展探究】

1. 在唐小山的眼中，为人不孝，如同衣冠禽兽，你赞同吗？为什么？

2. 如果你是唐小山，会放弃千载难逢参加国家选拔人才的机会，而去寻找流落海外的父亲吗？

（编写者魏善春）

谐趣篇 2 好吃懒做戴高帽

话说多九公三人过了结胸国。林之洋问："结胸国的人为什么胸前都高起一块？"多九公说："只因为他们好吃懒做。每天吃了就睡，睡了又吃，饮食

四 连云港《镜花缘》研究的特点

不能消化,所以胸前都高起一块,祖祖辈辈都这样。"林之洋问:"九公能把这病治好吗?"多九公说:"如果请我医治,也不需要服药,只需要把他懒筋抽了,再把馋虫去了,包他是个好人。"又走了几日,到了翼民国。只见这里的人身体五尺长,头也是五尺长;一张鸟嘴,两个红眼,一头白发,背上有两个翅膀;浑身碧绿,就像披着树叶一样。林之洋问:"他们个个身体五尺长,头也是五尺长。他们这头为什么都这么长啊?"多九公说:"老夫听说这地方的人最喜欢奉承,北边俗语叫作'爱戴高帽子'。今天也戴,明天也戴,满头都是高帽子,慢慢地把头弄长了。这是戴高帽子戴出来的啊。"

【阅读提示】

《镜花缘》第二十七回描写了这样的故事。结胸国人胸前都高起一块,只因为他们生性过懒,而且好吃,也就是好吃懒做。每天吃了就睡,睡了又吃,饮食不能消化,渐渐变成积痞,所以胸前高起一块,时间长了,就成了非常顽固的疾病,代代都这样。翼民国的人个个身体五尺长,头也是五尺长。这是因为他们最喜欢奉承,爱戴高帽子,今天也戴,明天也戴,满头都是高帽子,所以渐渐把头弄长了,这是戴高帽子戴出来的。作者用轻快、诙谐的笔调对封建社会的种种丑态进行辛辣的嘲讽。

【拓展探究】

1. 结胸国的人为什么胸前都高起一块?这种病可以治疗吗?怎样治疗呢?

2. 翼民国的人身体和头有多长?为什么都那么长呢?

(编写者杨善露)

和谐篇 1 劳民永寿和智佳短年图

唐敖、林之洋和多九公三人出游海外,来到了劳民国。他们看到劳民国所有人都"躁扰不定",任何时候身体都举止浮躁、坐立不安。不过,这里的人虽然日日夜夜都忙忙碌碌,但是只是劳动筋骨,并不操心,因此身体都很健康,普遍长寿。

后来,他们又来到智佳国。智佳国所有人都热衷于钻研学问技艺,百般学问,无一不精。但是他们整天只顾埋头钻研学问,忽视锻炼身体。再加上智佳国人民都争强好胜,为了出人头地而用尽心思,耗费心血。因此智佳国人不到三十岁就鬓发全白,以至于三四十岁的智佳国人被唐敖他们当作是老翁。

【阅读提示】

　　虽然劳民国人民因整日身体操劳忙碌而长寿，但是他们只是庸庸碌碌地过完一生，因为他们智力水平低下，文化水平太低。智佳国人民文化水平特别高，百般学问，无一不精。但是他们整天只顾埋头钻研学问，忽视体育锻炼，因此普遍短寿。劳民国人民和智佳国人民都走了极端，只顾发展某一方面，导致身心不能全面地、和谐地发展。

　　二十一世纪的教育是全方面的教育，要促进学生的德智体美劳等全面发展，这样才能确保学生身心全面地、和谐地发展。

【拓展探究】

　　同学们，我们现在学习的各个课程中，只有语文和数学是考试要考的，其他的课程——音乐、美术、体育等，重要吗？为什么？

（编写者孙华）

剧本改编2《镜花缘》海外奇国——女儿国奇遇记

地点：海外奇国之一——女儿国

（女主外，男主内。女子的穿着打扮和行为方式都与男子无异，而真正的男子，则打扮成女子模样，从行为到心理完全女性化，被人们称为"女人"。）

人物介绍：

林之洋：唐朝岭南商人，常出海做些生意。

女儿国国王：女子统治国家，掌管国家大权。

女儿国内使：朝中百官也是女子。

宫娥（两名）：由男子充当。

幕启

（内幕独白）：《西游记》中的女儿国给人们留下了很深的印象，无独有偶，在另一部长篇神话小说《镜花缘》中，同样也描写了女儿国，不过《镜花缘》中的女儿国和《西游记》中的女儿国完全不同，完全颠覆了我们的想象。请看林之洋在女儿国被招为"王妃"的一段奇遇。

林之洋：挑着一担货物来到女儿国的国舅府面前，叫卖"卖胭脂喽、卖香粉喽……"。

内史：请问大嫂：胭脂每担多少钱？香粉每担多少钱？头油每担多少钱？

（林之洋把价一一说了）

内史：大嫂，担内各物，我们国主各种多少不等，都要买些。价钱问来问去，恐有讹错，必须面讲，才好交易。所以命你进内。

林之洋：好吧，你家主人出手如此大方，价钱好说。（跟着内使走进内殿。见了国王，深深打了一躬，站在一旁）

国王：（端坐在大殿之上，众宫娥分立两旁。国王拿着货单，一面问话一面细细打量林之洋，脸露喜悦之色）先将货单存下，摆酒饭招待中原妇人。

众宫娥：（不多时，跑上楼来都口呼）贺喜娘娘，你已被我们国王纳为王妃。（嗑头叩喜。随后又有宫娥捧珠宝首饰之类，七手八脚，把林之洋内外衣服换了，且戴上首饰）

白须宫娥：（手拿针线，走到床前跪下道）禀娘娘，你既已是王妃，我们奉命穿耳。（早有两个宫娥上来，紧紧扶住。那白须宫娥上前，先把右耳用指将那穿针之处碾了几碾，顿时一针穿过）

林之洋：（大叫一声）疼死我了！（往后一仰，幸亏宫娥扶住）

白须宫娥：再扎左耳（又把左耳用手碾了几碾，也是一针穿过）

林之洋：疼死我了！疼死我了！……（只疼的喊叫连声。两耳穿过，用些铅粉涂上，揉了几揉，戴了一副八宝金环）（白须宫娥把事办毕退回）

黑须宫人：（手拿一匹白布，也向床前跑来）禀娘娘，奉命缠足。（又上来两个宫娥，都跪在地下，扶住"金莲"，把绫袜脱去）

（那黑须宫娥取了一个矮凳，坐在下面，将白绫从中撕开，先把林之洋右足放在自己膝盖上，用些白矾洒在脚缝内，将五个脚趾紧紧靠在一处，又将脚面用力曲作弯弓一般，即用白绫缠裹）

林之洋：（不觉一阵心酸，放声大哭道）害苦我了！（两足缠过，众宫娥草草做了一双软底大红鞋替他穿上。林之洋哭了多时）

林之洋：（无计可施，只得央及众人道）奉求诸位老兄替俺在国王面前方便一声，我本有妇之夫，怎作王妃？我的两只大脚，就如游学秀才，多年已经放荡惯了，怎能把它拘束？只求早早放我出去。

众宫娥道：刚才国主业已吩咐，将足缠好，就请娘娘进宫。此时谁敢乱言！送娘娘进宫。

幕落

（编写者魏善春）

除了指导苏光小学编写二年级的《镜花缘》校本教材，许卫全还指导苏光小学编写了四年级的《镜花缘》校本教材。许卫全认为，不同年级学生的认知能力存在差异。二年级学生处于初级的认知阶段，对事物的理解往往较为表面和直观，而四年级学生则已经具备了一定的抽象思维和逻辑思考能力。因此，编写针对不同年级的《镜花缘》校本教材，能够更好地适应学生的认知发展水平，提高教材的针对性和有效性。注重"学"与"做"是编写《镜花缘》校本教材的重要理念。教材应该不仅传递知识，更应该让学生通过实践和体验掌握知识。在编写教材时，注重让学生通过活动、游戏等方式亲身体验《镜花缘》中的情节和人物，同时结合相关知识的学习，促进学生的理解和记忆，培养学生的探究精神和创新能力。比如在校本教材编写过程中，苏光小学的老师分别编写了适合二年级学生和四年级学生的话剧，让学生通过话剧排练、演出，进一步融入《镜花缘》的故事之中，更好地体会《镜花缘》的艺术魅力。这种互动性和探究性不仅有助于培养学生的合作精神和沟通能力，还能够提高学生的思维水平和自主学习能力。

连云港师专许卫全指导编写的苏光小学《镜花缘》校本教材（四年级）摘录如下。

《镜花缘》校本教材（四年级）

孝悌篇1 廉锦枫取参孝母

话说林之洋的船刚准备停船靠岸，忽听有人喊叫救命。唐敖连忙出舱，原来岸旁停着一只极大渔船，就命水手将船靠拢渔船的旁边。多九公、林之洋也都过来。只见渔船上站着一个少年女子，浑身湿透，生得齿白唇红，极其美貌。旁边站着渔翁夫妇。三人看了，不知发生了什么事。唐敖说道："请教渔翁这个女子是你何人？为何把她捆绑在船上？"

渔翁回答说："不瞒三位客人，我从数百里外打鱼到此，吃了许多辛苦，花了许多路费，今天打鱼却网到这个女子，若将她放去，我们只好喝西北风了。"唐敖向女子道："你是哪里人？为何这样打扮？是失足落水，还是有意轻生？快把实情讲来，以便我设法救你。"女子听了，满眼垂泪说道："小女子就是本地君子国人，家住水仙村。今年十四岁，年幼就读了些诗书。父亲廉礼，曾任上大夫之职。三年前，因兵变死于异乡。家道从此败落，我和母亲流亡至此。母亲良氏，身体虚弱，服药即吐，只有以海参煮食，才能稍舒服些。为了能让母亲每日有海参吃，我反复练习水性，最终能在水中呆上一天。得了这一技能，我就入海取参，母亲的病也慢慢好转。今天我又来下海取参，不想被这位渔翁网到了。"

女子说着，不觉放声痛哭。唐敖听罢，安慰她说："女子且慢悲伤。刚才你说幼读诗书，自然该会写字了？"女子听了，连连点头。唐敖命水手把纸笔

四 连云港《镜花缘》研究的特点

取来,送至女子面前说:"小姐请把姓名写来我看。"女子提笔在手,略想一想,匆匆写了几行字。水手拿来,唐敖接过,原来是首七言绝句:不是波臣暂水居,竟同涸鲋困行车。愿开一面仁人网,可念儿鱼是孝鱼。诗后写着"君子国廉锦枫"。唐敖看罢,说道:"刚才我因此女话语过于离奇,所以教她写几个字,试她可真读书,谁知她不假思索,举笔成文。可见她取参孝顺母亲,并非虚言。真可算得才德兼全!"因向渔翁说道:"渔翁,你究竟须得几贯钱方肯放这位小姐?"渔翁回答道:"多也不要。只要百两银子,也就够了。"唐敖进舱,即取一百两银子,付给渔翁。渔翁把银收过,这才解去草绳。廉锦枫让唐敖等她片刻,她纵身跳入海中,寻找到一个大蚌,她刺蚌取得一颗硕大的珍珠,献给唐敖感谢救命之恩。大家进舱,锦枫拜了吕氏,并与婉如见礼,彼此一见如故,十分亲爱。

——《镜花缘》第十三回

【阅读提示】

本故事改写自《镜花缘》第十三回"美人入海遭罗网 儒士登山失路途"。说的是廉锦枫生长在君子国,因母亲身体虚弱思食海参,练就了一身好水性,于是潜海捞参,孝奉老母;不幸被青丘国渔人网得,捆绑于船头,竟要将她典卖出去。幸遇来自大唐的读书人唐敖,唐敖问明缘由,听其不幸遭遇后,当即出银赎救。廉锦枫重返大海,刺蚌取珠,回报救命恩人。

【探究学习】

1. 廉锦枫为医母病只能下海取参,练就了一身水性,被称为"东方美人鱼",你认为她是一个怎样的人?

2. 廉锦枫写的七言绝句:"不是波臣暂水居,竟同涸鲋困行车。愿开一面仁人网,可念儿鱼是孝鱼。"联系上下文你能理解其意思吗?

(编写者魏善春)

习俗篇2 八月十五闹元宵

话说这天到了智佳国,正是中秋佳节,众水手都要饮酒过节,把船早早停泊。唐敖因此处风景语言与君子国相仿,约了多、林二人要看此地过节是何光景。

不多时,进了城,只听炮竹声喧,市中摆列许多花灯,有买有卖的,人声喧哗,极其热闹。林之洋道:"看这花灯,倒像俺们元宵节了。"多九公道:"却也奇怪!"于是找人访问。原来此处风俗,因正月太冷,过年无趣,不如八月天高气爽，不冷不热，正好过年，因此把八月初一日改为元旦，中秋改为上元。此时正是元宵佳节，所以热闹。

路上遇到一个学馆里看花灯猜灯谜的。三人进去看看，主人是个老者，屋里到处是灯谜。唐敖道："请教九公，前在途中所见眼生手掌之上，是何国名？"多九公道："那是深目国。"唐敖听了，因高声问道："请教主人，'分明眼底人千里'，打个国名，可是'深目'？"老者道："老丈猜的正是。"就把奖品送来了。旁边看的人齐声赞道："以'千里'刻画'深'字，真是绝好心思！做的也好，猜的也好！"林之洋道："请问九公，俺听有人把女儿叫作'千金'，想来'千金'就是女儿了？"多九公连连点头。林之洋道："如果这样，他那壁上贴着一条'千金之子'，打个国名，是'女儿国'了？俺去问他一声。"谁知林之洋说话声音甚大，那个老者久已听见，连忙答道："小哥猜的正是。"这个地方花灯彻夜不绝，三人游了一夜，才回船歇息。

——《镜花缘》第三十一回

【阅读提示】

本故事改写自《镜花缘》第三十一回"谈字母妙语指迷团　看花灯戏言猜哑谜"。说的是智佳国风俗与别国不同，八月秋高气爽，不冷不热，正好过年过节，于是就把八月一日改成元旦，八月十五中秋节改为元宵节。大家看花灯猜灯谜，彻夜不眠。

【探究学习】

1. 智佳国元宵节是什么时候？为什么要定在这一天？
2. 智佳国人元宵节有什么活动？有何意义？

（编写者许尤娟）

和谐篇1　小山与叔叔唱和图

唐敏是唐敖的弟弟，唐小山是唐敖的女儿，因此唐敏是唐小山的叔叔。唐小山天资聪颖，从四五岁就开始读书，过目不忘。再加上父亲和叔叔的教导，小小年纪就饱读诗书，精通文理。

有一年唐敖又去赴试。一天晚上，皓月当空，唐小山和叔叔坐在屋檐下交谈。小山问："我爹去赶考很多次了。叔叔也是秀才，为什么不去应试？"唐敏说："我功名之心比较淡薄，而且去了也未必考中。不如在家以教书为业，倒觉得自在。"小山又问："请问叔叔：当今考试，应该是男有男科，女有女科。不知女科几年一考？"唐敏笑着说："侄女怎么突然说起'女科'？我

四　连云港《镜花缘》研究的特点

只知道医书上有'女科'；至于考试有什么女科，我不知道了。如今虽然太后当了皇帝，但是朝中没有女臣。莫非侄女也要学你爹去登科做官？"小山说："侄女并非要去做官。因为想当今既然是女皇帝，应该有女秀才、女官员了。如果我读书却不能应考，倒还不如跟着母亲、婶婶学习针线活。"

两天后，小山果然去学针线活，但是她很快就觉得无趣，于是仍旧读书。饱读诗书的小山和叔叔研讨学问，唐敏竟然常常被难住，因此小山获得了才女之名。

——《镜花缘》第七回

【阅读提示】

本故事改写自《镜花缘》第七回"小才女月下论文科　老书生梦中闻善果"。

人际关系是人与人之间心理上的关系和心理上的距离，是人们长期交往的结果，亲戚关系也是一种重要的人际关系。和谐的亲戚关系，引起愉快的体验，让人心情舒畅；和谐的亲戚关系，让家族内部友好亲善、互帮互助；和谐的亲戚关系，让一个家族繁荣昌盛，兴旺发达。

【探究学习】

唐敏和唐小山的对话，各自表现了他们的什么样的思想性格？

建议再添加一题，最好能联系现实。

（编写者孙华）

小话剧

唐敖认义女，兰音作螟蛉

（第三十——三十一回）

时间：唐朝武则天时代的某一天。

地点：歧舌国海岸边。

人物介绍：

唐敖：中了探花后，因和起兵讨武的徐敬业有牵连被武则天降为秀才，看破红尘，泛舟出游海外。

林之洋：唐敖妻子的哥哥。

多九公：虽是舵手，其实是老书生，知道很多海外奇事，博学多识。

枝钟：歧舌国翻译。

枝兰音：枝钟的女儿。

第一幕

旁白：唐敖、林之洋和多九公等人出游海外诸国，来到了歧舌国后，多九公凭着曾经学的医术治好了国王的世子骨断筋折之伤，这一切都被名字叫枝钟的通使看在眼里。治好了病，唐、多等人准备离开歧舌国，这时，枝钟来了。

幕启

（唐敖、林之洋、多九公在船上，枝钟在岸上）

枝钟：（向三人挥手）诸位大贤，请等一等，先不要开船！

多九公：请问何事？

枝钟：（向三人鞠躬）我有个女儿，名叫枝兰音，今年十四岁。自从幼年患了肚腹膨胀之病，服药无数，至今没有治好。最近病情加重，所以我请求各位大贤帮小女看病。小女乘轿子而来，现在在等候。真诚感谢诸位大贤！

多九公：原来是这样，快请她过来。

（枝钟离开，不一会儿，枝钟搀扶着枝兰音进了船舱）

枝兰音：（向众人作揖）小女拜见各位大贤，还望各位大贤救我性命。

（多九公到枝兰音面前仔细观察并把脉）

多九公：（无奈地说）恕在下无能，在下真搞不懂这是何病症。

枝钟：大贤客气了，我们感激您还来不及。

唐敖：我虽然不会医术，但是我祖上恰好有专治小儿肚腹膨胀的秘方。令爱得此病，是几岁时患的？

枝钟：五六岁时患此病，至今已经七八年了。

唐敖：既然是五六岁时染病，那么一定是因为幼年停食不化，日久变为虫积，以致膨胀。很多医生不知此病，往往误用克食消导之药，徒伤脾胃，于病无益。今日幸遇小弟，也是令爱病要痊愈了。我家祖传秘方，只用雷丸、使君子二味，不过五六剂，虫下即愈。（说罢，提笔开方）

唐敖：（把药方递给枝钟）用雷丸五钱同苍术二钱煮熟，将苍术去了，只用雷丸去皮炒干，使君子去壳用肉五钱炒干，共研细末，分作六次服用。吃饭时服用，每日二次。

枝钟：（接过药方，十分欢喜，然后鞠躬致谢）谢谢大贤，看样子小女的病有救了，多谢多谢！（对枝兰音说）女儿，你的病终于有救了！

枝兰音：（喜悦地说）感谢大贤的救命之恩！

唐敖：有了药方，你们赶紧回去抓药吧。令爱的病拖延得太久了，得抓紧时间医治。

枝钟：（向三人作揖）多谢诸位大贤，在下告辞了。

（枝钟和枝兰音辞别而去）

幕落

第二幕

幕启

（唐敖、林之洋和多九公去岸上卖双头鸟。回到船上，正要开船，突然枝钟带着枝兰音直接走入船舱，枝钟脸上满是泪痕）

枝钟：（和枝兰音一起向唐敖下拜）求大贤救我父女两人的性命！

唐敖：（受到很大惊吓）二位请起！为何行此大礼？

枝钟：（和枝兰音一起起身）小女此前因为此病痛苦不堪，但是我束手无策，无法救治。幸亏大贤赐给我们秘方，我们觉得这个病从此一定能治愈。但是雷丸、使君子我们这儿没有，用千金都买不到。我因此惊慌，特意带着小女赶来。所幸大贤尚未开船，这真是绝处逢生。恳求大贤，将此药赐两服，或另赐妙方。如果病治愈，我们一定会用千金奉谢，决不食言。

唐敖：（无奈地说）如果我有这两种药，早就奉送，不过数十文钱就能买到，哪里需要千金相赠。但是我身边没有带这两种药。至于开其他药方，这对我来说是不可能做到的，因为我本来就不会医术。

（枝钟听了，默默无言，只是发愣。枝兰音听见唐敖别无良方，开始放声恸哭，十分悲伤）

多九公：（和蔼地说）枝小姐不要悲伤，你的病不是不治之症。好好修养，还是有希望治愈的。

（枝兰音慢慢停止恸哭）

枝钟：既然大贤也没有办法，那么我们便告辞了。感谢大贤的倾心相助，您的大恩大德，我们一定牢记于心。兰音，向大贤拜谢，我们回去了。

枝兰音：（又开始放声恸哭，向唐敖下拜）敢问大贤，您还有别的方法吗？如今只有您能够救我性命。此趟回家，没有药，我的命也就快没了。

唐敖：（慌忙扶起她）对不起，我也没有别的方法。你的病虽然难治，但是不至于让你失去性命。回去好好修养，将来还是有希望治愈的。

（枝兰音仍然啼哭，因为身体虚弱，突然晕倒）

枝钟：（慌忙扶起枝兰音，扶她坐在椅子上）女儿，女儿，你怎么了？！

枝兰音：（眼睛慢慢睁开，断断续续、语气微弱地说）父亲……我心慌气短……胸口难受……

枝钟：（抹去脸上的泪水，突然向唐敖下拜）大贤在上。我听古人说：

"救人一命，胜造七级浮屠。"我父女两人性命皆在大贤之手，只要大贤肯发慈心，我父女就可活下来了。

唐敖：（急忙挽起枝钟，满脸惊讶）您的话我没有听明白，请您说明白。如果我能做到，就绝对不会袖手旁观！

枝钟：（起身，语气沉痛地说）我今年已经六十岁了，妻子几年前去世，只有这个女儿。自从她患病，我费尽心力带她接受治疗，从无效果。今天遇到大贤，虽然给了秘方，但是没有药；失去这个机会，以后哪有痊愈的可能？我认为如果大贤能不嫌弃她出身卑微，认她作义女，把她带到天朝治病，那么她的性命还是有救的。如果大贤不肯带去，此地既少良医，又无妙药，多则一年，少则半载，也就命归泉路。小女是我的掌上明珠，如果她去世，我也没法活了！（说完，开始放声大哭）

（枝兰音在旁，更是号啕不止，众人无不怜悯，多九公连声叹息）

林之洋：（对唐敖说）妹夫一直最喜欢做好事，如今这样现成好事，你若不答应，我替你答应了。（转身对枝钟说）如果你舍得令爱让我妹夫带去，我们就替你带去，把病治好后再送她回来。

枝兰音：（向枝钟流着泪说）母亲既已去世，父亲又没有别的儿女，女儿哪里能离您远去？现在虽然生病，不能侍奉父亲，但是父女能得团聚。一旦远离，何时才能回来团聚？

枝钟：（严肃地说）女儿，如果你不去天朝治病，治疗继续被耽误，我哪里能放心的下？父女远别，虽然无奈，但是倘若你的病好了，寄我一封信，我就心安了。以此看来，远别不但不是下策，还能保全我们两人性命。你今远去，虽不能在家侍奉，从此我能多活几年，也就是你尽孝了。你在船上，又有大贤令甥女作伴，我更放心。待到成年，还望大贤帮小女完成婚配。我主意已定，不必犹豫，现在就拜大贤为父。

（枝钟随即携枝兰音向唐敖叩拜，认为义父，并拜多、林等人）

唐敖：（边还礼边说）您把令爱的婚姻大事也委托于我，我甚为惶恐，担心效劳不周。我回天朝之后，一定会抓紧时间给她治病。以后令爱的婚姻大事我也会尽心尽力去办，不会让您担心。

枝钟：（双手捧着银盘，弯腰送到唐敖面前）这是白银一千，其中五百，是献给大贤的。其余五百，是小女的治病和婚嫁费用。至于衣服首饰，我已经全部备好，不须大贤费心。

（几个仆人抬了几只皮箱上船）

唐敖：既然令爱衣饰等物品已经准备好了，自然就要一同带去。您给的银子，在下不敢领取。

枝钟：（诚恳地说）我没有别的儿女，要这些钱财也没有什么用。而且家有良田，足以自给自足。还是希望大贤带去，我才能心安。

多九公：既然通使大人多赠银两，唐兄不如权且收下。将来小姐婚嫁，尽其所有，多置办妆奁，岂不更妙？

（唐敖连连点头，随即让来的仆人将银装入箱内，抬进后舱）

枝兰音：（流着泪说）父亲大人请您放心，我一定会好好治病，好好生活。以后我一定会回来看望您。

枝钟：（紧握住枝兰音的手）女儿，唐大人是如此善良正直的一个人，让你认唐大人作义父，我是完全放心的。你以后也要听话，尽量不要给大家添麻烦。你也不要担心我，你去天朝治病，我才心安。

林之洋：通使大人哪里的话，枝小姐哪里会给我们添麻烦。

枝兰音：（流着泪说）父亲，我听您的话，请您放心吧。

枝钟：（擦干眼泪，语气平静）兰音，不要伤悲。将来你的病治好了，我们见面的机会多得很。你也要学会照顾好自己，不要想家，和大家好好相处。我回去了。（转身离去）

枝兰音：（语气哽咽）父亲……您慢走……（目送枝钟离去）

幕落

（编写者朱阳）

许卫全曾在论文《〈镜花缘〉文化资源开发摭谈》中着重提到了开发《镜花缘》校本教材的重要性与意义。

> 据了解，在东南亚一些国家，尤其是华人集中的城市，《镜花缘》是他们进行文化启蒙的教材。他们怎么操作暂且可以不去讨论，但这种做法首先值得我们深思。作为《镜花缘》发源地的连云港，是否可以做一些更加实在的事情呢？比如通过对小说文本的合理改编，使之成为当地小学、中学的辅助读物（校本教材），借此培养当地民众的乡土文化意识，增强民众的自豪感，让大家在不知不觉中感受《镜花缘》这部名著的艺术魅力，从而起到扩大其影响力的作用。几年前也曾经有学校邀请当地学者给学生做过有关文学名著与地方文化关系的一些讲座，但没有长效的规划和目标，所以影响力十分有限。笔者曾做过调查，问卷对象是在校的大学生，结果能够准确回答出《镜花缘》与连云港关系等相关问题的学生几乎没有，虽然这些学生大多不是连云港籍学生，但本地学生也不少，且这些被调查对象应该说是具有一定文化

水准，他们尚且如此，何况普通市民？所以，在学校开展类似的阅读教育活动大有必要，也能取得较好的学习效果。

从自己编写高校版的《镜花缘》校本教材，并指导苏光中心小学编写小学版的《镜花缘》校本教材，可以看出许卫全对于《镜花缘》文化社会普及教育的重视程度，以及对于推广《镜花缘》文化所作出的努力。

五

连云港《镜花缘》研究的贡献

（一）拓展与深化了《镜花缘》的研究领域

连云港市的《镜花缘》研究，涉及《镜花缘》的女性关怀、方言词汇、女性形象、荒诞手法、讽刺艺术、叙事功能、写人论、男女平等、儒家文化、伦理思想、社会理念、形象比较、茶文化、海州风物、研究述评、反叛传统，及与中外小说的比较研究等。经过多年的持续努力与不断开拓，连云港市拓展与深化了《镜花缘》研究的多个学术领域。

1. 对《镜花缘》实证研究的拓展与深化

实证研究在学术研究中具有极其重要的地位，充分体现了研究者的基本功。《镜花缘》这部作品吸引了诸多学者的关注，围绕其作者、版本及其传播进行了长期的研究。自 20 世纪 20 年代起，孙佳讯等杰出学者通过严谨的文献考据，对李汝珍的生平事迹和《镜花缘》的创作过程进行了深入探究。

孙佳讯利用《海州志·职官表》等史料，明确提出李汝珍的哥哥李汝璜于乾隆四十七年（1782年）接任板浦盐课司大使。他与弟弟李汝琮随哥哥定居于板浦。此外，孙佳讯还根据许乔林的诗集《弆榆山房诗略》中的《送李松石县丞汝珍之官河南》一诗，纠正了胡适关于李汝珍"不曾到河南做官"的说法，并考证出李汝珍在乾隆四十七年至嘉庆六年（1782—1801年）期间一直在板浦附近，而在嘉庆六年（1801年），他确实曾前往河南担任治水县丞。

孙佳讯还对李汝珍创作《镜花缘》的时间进行了深入探究。他推翻了胡适所谓的李汝珍在晚年创作《镜花缘》的说法，而是考证出在嘉庆六年（1801年），也就是1801年李汝珍赴豫做官的同时，其兄李汝璜再度被调任为淮南草埝场盐课司大使。嘉庆八年（1803年），李汝珍从河南返回后，携妻带儿到淮南与兄长相聚，并继续从事《镜花缘》的创作。在此期间，他结识了后来为他评书的疏庵老人。

孙佳讯先生凭借其深厚的学术功底和持之以恒的研究努力，长期在《镜花缘》研究的实证领域深耕。他的《〈镜花缘〉公案辨疑》《谈大村有无李汝珍墓》等作品在学界中堪称典范，充分展示了他在实证研究方面的卓越才能和深厚造诣。这些研究不仅深化了我们对《镜花缘》这部经典作品的理解，同时也为整个文学研究领域提供了宝贵的学术资源。

继孙佳讯之后，李明友在《镜花缘》的实证研究领域颇有建树，他对李汝珍在古海州即今江苏灌云一带的交游情况作了较为细致的勾勒，比如考证了李汝珍与吴振勃的交游。

吴振勃，字赞堂，海州板浦人，祖籍安徽歙县。从记载清代科举名录的《朐海黉序录》中查不到其考中生员的资料，可知他只是一布衣。许乔林在《海州吴大先生传》中云："（振勃）与同怀弟振勷友爱胚挚，虽屡空自如常，欣欣然相对有愉色也。"嘉庆二十年（1815年）夏，吴振勷离家去凤阳谋生，吴振勃作诗为之送行："骨肉凋零感不休，那堪南浦送行舟。全家聚处知何日，一弟依人更远游。志业未能偿宿昔，诗书自分老穷愁。月华峰下征尘歇，早报平安觅便邮。"可见兄弟感情之深厚。

李汝珍与吴振勃的交游缘于他们对音韵学的共同爱好，在《李氏音鉴》第三十三问中，李汝珍谈到自凌廷堪赴宁国府教授任后，在音韵学方面得以相切磋者的名单中就有吴振勃，并称之为"皆精通韵学者"，《李氏音鉴》第二十九问收录了吴振勃的《行香子》字母词一首，卷首还将其列入参订者名单。由于吴振勃一生大部分时间生活在板浦，因此和李汝珍交往的机会也就比较多。李汝珍也很赏识吴振勃的才学，许乔林在《海州吴大先生传》中称："先生之学一于求已，而早岁已见赏于凌、焦两先生，中年尤见称于唐陶山、李松石诸先生。"嘉庆八年四月，正在板浦坐馆的吴振勃应李汝珍之请，为其画作《意钓图》题诗："领得烟波趣有余，青衰黄箬暂相于。投竿好拟任公子，谁钓溪头尺半鱼。树色山光总绝尘，白苹风裹水鳞鳞。披图振触情多少，我亦频年结网人。"

嘉庆十年（1805年）二月，吴振勃受李汝珍之托，将《李氏音鉴》的初稿本《音学臆说》誊录一过，并作"识语"。还赋《青玉案》字母词一阕，以表示对李汝珍撰写《音学臆说》的钦佩。在"识语"中，称李汝珍为"聘斋世伯"，落款处自称"世愚侄吴振勃拜识"。①

---

① 李明友. 李汝珍生平若干事迹考辨［J］. 连云港师范高等专科学校学报，2010，27（03）：7-11.

五 连云港《镜花缘》研究的贡献

李明友对李汝珍与陈云的交游考证同样体现出不凡的学术考证能力。

> 陈云（1766—1829），本姓万，字远雯，祖籍江苏吴江，祖父流寓顺天宛平，遂入宛平籍。乾隆五十八年（癸丑，1793 年）进士及第，以第二名授职编修，散馆改部，任吏部主事，嘉庆六年（1801 年）升任吏部员外郎，十年十月赴南河查办要工，遂留工督办闸坝各项工程。十二年十二月任安徽太平府知府。十九年以疾去官，侨寓杭州。道光五年（1825 年）再任太平府知府。九年调庐州府，未及任，病卒。官民立木主祀之。
>
> 李汝珍与陈云是何时相识的，无史料记载。《音学臆说》嘉庆十年的抄本和嘉庆十五年镌刻的《李氏音鉴》卷首，均载有"参订者：顺天陈云（远雯）"。陈云既然参与校订《音学臆说》，则一定详细地看过书稿，和作者李汝珍也应该有过深入的交流。《清代官员履历档案全编》有陈云的履历："陈云，顺天府人，年四十二岁，由进士授职编修，散馆改部，掣签吏部主事，嘉庆六年题补本部员外郎，十年十月内前赴南河查办要工，遂留工督办闸坝各项工程，始终奋勉，即著以知府补用。十二年十二月内奏补安徽太平府知府。"由此可知，陈云自乾隆五十八年中进士，三年学习结束后分发吏部，至嘉庆十年十月赴南河查办要工，其间一直在京师吏部供职。因此，李汝珍和陈云相识并请其帮助校订《音学臆说》书稿，只能是在北京。①

2011 年，李明友先生的《李汝珍师友年谱》一书正式出版，这部专著的学术价值得到了广泛认可。该书的出版，不仅体现了李明友先生在《镜花缘》实证领域的深厚积累，更是近年来李汝珍及《镜花缘》研究的重要成果之一。

在撰写该书的过程中，李明友先生付出了极大的努力。他不仅查阅了清代乾、嘉、道、咸时期众多文人学者的著作和诗文集，还广泛参阅了有关史籍、地方志、档案资料等文献，并认真吸取了学术界有关李汝珍、凌廷堪等人的最新研究成果。

该书的研究方法具有很高的学术价值。通过对文献资料的深入挖掘和系统整理，李明友先生对李汝珍的师承关系、交友圈以及其学术思想等方面进行了全面深入的分析和研究。同时，他还对《镜花缘》这部古典小说进行了深入研究，探讨了该作品所反映的社会现象、文化内涵以及艺术特色等方面的内容。

该书的出版不仅推动了李汝珍及《镜花缘》研究的深入发展，也为学术界提供了重要的参考和借鉴。同时，该书的出版也为清代乾、嘉、道、咸时期的历史研究提供了有益的资料和线索，有助于推动清代历史研究的进一步发展。

---

① 李明友. 李汝珍生平若干事迹考辨［J］. 连云港师范高等专科学校学报，2010，27（03）：7-11.

在本书中，作者引用了大量的文献和著作，共计240多种。他投入了大量的时间和精力，对五位谱主的交游及其作品写作时间进行了详细考证。此外，他还考证出250余名在五位谱主作品中只知其姓或只知其字号的人物，以及这些人物的亲戚与交游者的确切名讳。

为了更好地呈现这些人物，作者为与五位谱主有交往或有关系的人物共计500余人分别撰写了小传或简介。此外，他还对文献及有关论著中所载的五位谱主的生平事迹中存在的讹误进行了辨证。

在以五位谱主的活动、著述及相关事实为主线的基础上，作者还将五位谱主的亲朋师生、当时在海州任职的官员以及当时海州地区文人学士的有关事迹以及重要时事酌情载入相关年份。这种全面的记述方式使得本书不仅限于五位谱主的生平事迹，更拓展到了与之相关的人物和时代背景。

李明友从已见资料出发进行分析论证，力求还原事实真相。这种严谨的学术态度和扎实的考据实践，使得本书较之此前相关论述无疑前进了一大步，实属难能可贵。

连云港师范高等专科学校的杨静老师及江苏省作协会员徐习军专门撰写了论文《〈李汝珍师友年谱〉特色简析》来探讨李明友的这部著作。现将该论文的部分内容摘录于此，以便更好地呈现李明友这部著作的特色。

《李汝珍师友年谱》特色简析

杨静，徐习军

二、关于《李汝珍师友年谱》的文本特色

（一）选题具有挑战性

师友合谱在学界虽有，但是将海属地区5位文化古人合谱，这还是唯一的。彭云先生在序言中说，这是在全国乃至全世界的"一份迄今为止较为完善的师友年谱"。既是"唯一"的就具有"首创"意味，首创必然具有挑战性。《年谱》的5位谱主——凌廷堪、李汝珍、许乔林、许桂林、吴振勃，他们所留下的文献不多见，关于他们的生平、交游、成果等事迹资料很少，除了地方志书和他们的作品外很难查询。因此说，从《年谱》选题开始就注定了李明友要接受更多的挑战。

（二）研究模式具有创新性

《年谱》梳理了自从1757年（一说1755年，编者注）凌廷堪出生到1852年许乔林逝世，前后96年，这近百年的历史也正是板浦作为乾嘉学派重镇的百年

文化史、百年学术史。就这，比起其他名人年谱只写一个人的一生，确实有其更深层次的文化学术含量。而《年谱》中，按照每一年度时间顺序逐年延展叙述，无一间断，这不仅具有创新性，更是年谱研究成果中所不多见的。

《年谱》浸透着李明友学术研究的艰辛与创新，如果说，艰难耙梳、考订历史文献，厘清年谱各位谱主每一年的史料，已经是艰苦的研究的话，那么，在年谱中每一年的"按"的撰写，就是十分难能可贵的了。《年谱》中"按"的体量达到全书的一半以上，这全是李明友心血的结晶。

（三）文献资料梳理考据具有科学性

李明友在《年谱》整理研究过程中，十余年时间先后搜集资料千余册，仅在《年谱》中引用的就多达240多册。如此庞大的古文献资料的耙梳，需要巨大的耐性与毅力，且古代文献的运用必须经过解读、考订，这足以反映李明友的文献功底之扎实。文献资料之周详、梳理之精细、考据之准确颇具科学性，他在对古文献的梳理、考据过程中还廓清了学界诸多方家研究过程中的疑讹。

例如，针对有的文章称"凌廷堪初游扬州，有缘受业于江慎修和著名考据家戴震（东原）"，李明友在大量的资料间耙梳，反复考订，发现事实上江慎修去世时凌廷堪仅六岁，来扬州受业之说显然是一个错讹。

他还从《戴东原先生事略状》中证实，戴震与凌廷堪根本就无缘见面，何来受业？原来凌氏自己所撰的说得很清楚："东原先生卒后之六年，廷堪始游京师，洗马大兴翁覃溪先生授以戴氏遗书，读而好之。又数年，廷堪同县程君易田复为言先生为学之始末，深惜与先生并世而不获接先生之席也。"因此，凌廷堪自认为是戴震的"私淑弟子"。这，纠正了学界的一大疑讹。

关于李汝珍的妻子是何人，并无史料记载。由于许桂林曾经在文章中称李汝珍为"姊夫"，因此不仅学界，就是本地学者也大多认为李汝珍的妻子是"二许"的族姐，有人还"考证"出名叫许胜，字慧仙，"是才子二许之堂姐、李汝珍的续弦夫人"。事实上"二许"并无亲姐姐，李明友根据许乔林道光十年选编的《朐海诗存》第十五卷中收录的"许胜"的诗所附其小传："许胜，字慧仙，朱增茂室。"以及许乔林所说："余编《朐海诗存》，凡见在者不入。《闺秀》一卷既脱稿，而兄女慧仙一夕卒。录其遗诗，以泪和墨。呜呼！二十年荆布，一霎昙花。"从而判定：许胜是许乔林的堂侄女而不是堂姐，许胜的丈夫是朱增茂而不是李汝珍。许胜卒于道光十一年，年仅20岁，则生年应为嘉庆十七年。她出生的这一年，李汝珍已经50岁了。

类似的廓清学界存疑和错讹之处还有很多,因此说,在《年谱》中的文献资料引用与校订具有科学性。

三、关于《李汝珍师友年谱》的价值蠡测

价值之一,是廓清了《镜花缘》研究过程中的种种疑讹,这为校正《镜花缘》和李汝珍研究方向打下了坚实的基础。由于《镜花缘》研究资料匮乏,一些学者在研究中缺少依据的望文生义,对一些史料凭自己的猜想就轻率下结论,结果出现错讹,见诸报刊后又被后来者相互转引,导致以讹传讹,这无疑给《镜花缘》研究制造了重重雾幛。李明友在《年谱》中校订了大量《镜花缘》研究中的疑讹,其贡献功莫大焉。

价值之二,是《年谱》的应用价值,《年谱》是学界不可多得的基础性成果和学术研究最为珍贵的基础性史料,也是古典文学研究生难得的学习教材。不仅为《镜花缘》研究,也为乾嘉学派和扬州学派研究创设了一种好的境遇。因为《年谱》的五位谱主皆是乾嘉学派、扬州学派的重量级人物。

价值之三,是它的文化学术传承价值,《年谱》不仅具有传承文化的功能,也是展示连云港学术水准的一个标杆。任何一个民族、一个地方,之所以能自立于世,必有其能自立的灵魂,这个灵魂就是文化。文化是需要发展的,文化发展是必须传承的,文化传承中学者、文化人是传承的第一要素,对文化精神的归总、辑纳、梳理、提炼和升华,必须有赖于一批乡邦文化人的建树。[①]

2. 对《镜花缘》与海州地域文化研究的拓展与深化

《镜花缘》与海州地域文化间的深刻联系已得到了广泛的探讨。在各类研究中,孙佳讯在《〈镜花缘〉公案辨疑》中明确指出了小蓬莱这一重要场景是以云台山为背景进行描绘的。经过孙佳讯的考证,我们了解到李汝珍有一位做盐商的舅兄,其所著的《案头随录》一书多次记述了李汝珍随这位舅兄出海漂洋,二人在海上谈天说地,分享怪事奇闻,并讨论如何编书。此外,《案头随录》还详细记录了李汝珍对大海环抱、雄伟幽深的云台山的深深喜爱,他游玩时欣赏塔影山光,观看悬崖飞瀑,流连忘返,甚至在心中默念:"死后愿卜佳城于此!"这些发现为我们揭示了《镜花缘》与海州地域文化间的密切关系,并为我们理解这部经典作品提供了新的视角。

在论文《〈镜花缘〉与海州地域文化》中,李传江对于《镜花缘》与海州地域文化

---

① 杨静,徐习军.《李汝珍师友年谱》特色简析[J].淮海工学院学报(社会科学版),2011,9(12):92-93.

的关系进行了深入全面的探究。李传江从李汝珍的海州情结、海州独特的山海环境与小说中的海外仙境、海州板浦的盐业生产生活方式与儒商文化、海州社会俗弊与小说揭示的社会弊端等角度探究了《镜花缘》与海州地域文化的关系,指出李汝珍所接触的海州板浦盐业生产、生活方式与儒商文化以及清后期海州地域的社会俗弊成为《镜花缘》一书揭示的主题。不仅如此,《镜花缘》中的风土人情、方言俚语也带有海州文化的显著烙印,因此《镜花缘》可以说是一部地地道道的海属文化小说。

许卫全、王传高从《镜花缘》如何创造性地与连云港区域文化对接,并成就真正意义上的文化产业角度,探究了《镜花缘》文化资源的开发利用。两位学者认为《镜花缘》《水浒传》《儒林外史》《三国演义》等古典小说名著和连云港都有着或多或少的关联,可以将这些资源整合到一起,使之成为一条展示文学名著与区域文化关系的长廊。两位学者从"研究者、策划者及决策者的包容心理""利用一切现代媒介,宣传连云港与《镜花缘》的关系""努力经营城市文化氛围,打造城市文化名片""云台山文化主题公园的开发建设""打造板浦古镇,展示《镜花缘》民俗文化""摄制《镜花缘》电视剧,打造海上旅游线路""召开相关学术会议,积极开展对外交流"等角度,探讨了将《镜花缘》文化产业开发的思路。

1. 研究者、策划者及决策者的包容心理

在过去的地方文化资源开发中,由于策划者及决策者的盲目性、狭隘性,加之财力上的捉襟见肘,对文化产业的开发认识有限、力度不够,且总是将目光停留在《西游记》和花果山的打造上。这本来是一件无可厚非的事,但在开发过程中喜欢作简单的比附和穿凿,将学术研究和文化产业开发混为一谈,且粗制滥造,以致事与愿违。"西游记宫"的遭遇就是一个典型的例子。事实上,如果多宽容一点,不要太急于求成,也许能把文化产业的经营做得更加到位一点,也更能够博得社会和经济的双重效益。

《镜花缘》《水浒传》《儒林外史》《三国演义》等古典小说名著和连云港都有着或多或少的关联,为什么不能将这些资源整合到一起,使之成为一条展示文学名著与区域文化关系的长廊?当然,要做好这些工作,光有想法还不行,还得实实在在地做些工作,才能真正把想法落到实处,有专门的人才进行策划,也就是要有文化创意,否则仍然是一种低水平的操作,难得正果。这其实在某种程度上也对城市经营者提出了一个更高的要求,怎样用一种宽容的心态来处置这些文化遗产,并真正做到继承、发扬,而不是借着开发的名目,随意张贴文化标签,闹出许多匪夷所思的笑话。

2. 利用一切现代媒介，宣传连云港与《镜花缘》的关系

据了解，在东南亚一些国家，尤其是华人集中的城市，《镜花缘》是他们进行文化启蒙的教材。他们怎么操作暂且可以不去讨论，但这种做法首先值得我们深思。作为《镜花缘》发源地的连云港，是否可以做一些更加实在的事情呢？比如通过对小说文本的合理改编，使之成为当地小学、中学的辅助读物（校本教材），借此培养当地民众的乡土文化意识，增强民众的自豪感，让大家在不知不觉中感受《镜花缘》这部名著的艺术魅力，从而起到扩大其影响力的作用。几年前也曾经有学校邀请当地学者给学生做过有关文学名著与地方文化关系的一些讲座，但没有长效的规划和目标，所以影响力十分有限。笔者曾做过调查，问卷对象是在校的大学生，结果能够准确回答出《镜花缘》与连云港关系等相关问题的学生几乎没有，虽然这些学生大多不是连云港籍学生，但本地学生也不少，且这些被调查对象应该说是具有一定文化水准的，他们尚且如此，何况普通市民？所以，在学校开展类似的阅读教育活动大有必要，也能取得较好的学习效果。

报纸、广播和电视等相关媒介，是宣传《镜花缘》文化的有效载体。只要策划得体，运作精当，同样能够事半功倍。长期以来，连云港市各种媒体对区域文化的宣传没有整体的策划，虽然有一些栏目，但还远远不够，也缺少应有的品位。其实，对地方文化的开发宣传不失为一条提升媒体文化品位的最有效途径，也是确立自己特色的最有效办法。这种开发和宣传不是单纯的说教，可以融入或渗透到一些娱乐类的节目（栏目）之中，采取活泼多样的形式。不久前，连云港人民广播电台做了一档《明清小说和连云港》的节目，笔者也曾应邀给他们录过一段很短的谈话，说的就是《镜花缘》，虽然主要是为了参加有关比赛而制作的，受众或许有限，但这种思路很好，因为这正是其优势所在。如果电视台能够精心策划，将有关《镜花缘》的内容通过各种节目形式传播开来，影响力就更大了。这不仅是对当地居民的一种普及教育，也是对所有外来朋友的一次良好展示，是连云港市对外形象宣传的又一重要窗口。记得以前曾有过类似的节目，但同样没有能够坚持下来，也没有形成一个产品系列，所以给人的印象不深，宣传也没有取得应有的效果。

信息时代，网络的影响不言而喻。借助网络平台，有计划、有步骤地宣传《镜花缘》及相关文化，是又一重要的也是可行的途径。但要做好这方面的工作，必须有一定的物质保障、资金投入、技术支持和人才支撑，在连云港成为江苏沿海开发重点的当下，更有理由把这一工作做好。

3. 努力经营城市文化氛围，打造城市文化名片

连云港人一直致力于打造《西游记》文化特色，《镜花缘》的文化高地同样值得用心构筑。其实，这两部名著有很多相通之处，没有必要把它们人为地割裂开来。正是这种多样化的文化融合，才形成了连云港文化的包容和丰富多彩，而这正是海洋文明的基本特点。可以在城市道路、新建居民小区、城市重要的或标志性建筑物的命名及色彩的配置方面因地制宜，努力体现出《镜花缘》的故事情节或文化特色。

连云港的城市雕塑太少，仅有的几处塑像，也引发了众多争议。当然，有不同看法也比较正常，因为雕塑不同于一般艺术品。但如果市民对《镜花缘》这部名著了然于心，那么在城市雕塑设计过程中适当突出这样的文化，又有什么不可以呢？

前不久，连云港市从国外引进的大型主题乐园——环球嘉年华正式建成对外开放了，这似乎又给市民增加了一个休闲娱乐的场所，也给东部城区增加了一道新的风景。然而乐园经营的情况并不乐观。这里原因较为复杂，但有一条也许不太为大家所关注：就是缺少文化特色，它只是一个大杂烩，表面热闹有余，实则内涵不足。进入21世纪，人们休闲娱乐的方式多了，信息渠道也畅通了，最主要的是期望值更高了，大家不再满足于简单地凑热闹，而是越来越注重消费行为本身的文化特点。这正是现代人进步、健康的消费心理。

在这样的消费需求面前，我们应该认真反思，我们一心一意想打造的地方文化特色和城市文化名片，能够在环球嘉年华那里找到吗？

4. 云台山文化主题公园的开发建设

钟灵毓秀的云台山，孕育了生于斯、长于斯的一代又一代的连云港人，也催生了两部在中国小说史上具有重要地位的古典小说名著——《西游记》和《镜花缘》。一座名山和两部名著，这在全国恐怕也是不多见的了。如果能够结合花果山已有的开发成果，将云台山中有一定规模和特点的景区重新打造（比如东磊、渔湾及朝阳娘娘庙等），调整各自为政的格局，整合成为一个大的旅游同盟，就可以收到更好的效果。不论从单纯的旅游线路安排看，还是从景点整合所带来的经济效益看，都有着可以预见的市场前景。当然，最终要提炼的是云台山自然景观和两部文学名著自身的文化内涵通过糅合而体现出的一种人文气息，这种气息应该弥漫在整个云台山和连云港这座城市的整个空间。

长期以来，连云港对云台山主峰花果山投入了大量的资金进行开发，而忽略了其他景点建设，使花果山"一枝独秀"。近年来，渔湾声名鹊起，但

东磊似乎仍然处于沉寂之中,并且三个主要景区各自独立,不相关联,使云台山本来有限的旅游资源显得更为窘迫。笔者曾多次做过口头调查,主要是针对外地游客,特别是一些旅游经验丰富、见多识广的游客,询问他们来连云港游览花果山的感受,结果将近80%的游客表示了不同程度的不满。虽然说众口难调,但作为一个国家4A级景区留给游客这样的说辞也是值得反躬自问的。究其原因,笔者认为有一点很重要,那就是花果山尽管是连云港着力打造的景区,但多年的开发建设一直在低水平上徘徊,而且还煞有其事地添设了一些莫名其妙的小景点,恰恰破坏了原有的充满宗教文化特点的氛围。而且从总体看,整个景区内容也比较单一,可浏览的景点不多,再加上景区旅游服务设施不够完善、部分管理和服务人员素质不高,这些都是难以激发游客兴致的重要因素。既然没什么可看,那只有打道回府。本来旅游链上相当重要的一环——购物、餐饮、消费,因游客不愿在旅游目的地逗留而难以实现,这不能不说是一件非常遗憾的事。

如果将云台山的相关景区(点)串连成线,那么旅行社在安排时可以重新设置线路,并可以适度拉长旅程,让游客在各景区(点)的游览中体验不同的感受。其中花果山仍然以《西游记》为主要背景,东磊则可以《镜花缘》为新的体验,渔湾以享受纯粹的山幽水深的自然风光为特色,朝阳娘娘庙可以东海孝妇故事的有关资料展示作为吸引游客的一个亮点。而在花果山与东磊之间,可以考虑建设一个类似于《西游记》和《镜花缘》都涉及的"女儿国"景点。只要开发得当,善于经营,这将会成为云台山风景区颇为引人的新的亮点。其实,在国内已经有了好几个有关《镜花缘》的主题公园,虽然规模也不算大,名声也不够响,但由连云港来经营这样的文化型主题公园才是名正言顺、最有意义的。

在这样的一个整合过程中,还需要做很多事情,包括资金的投入、道路的修筑以及缆车的架设等。不过只要论证明晰,规划合理,这样的整合还是充满商机的。

5. 打造板浦古镇,展示《镜花缘》民俗文化

历史古镇(含古旧街区)是一个地区历史文化沿革发展的见证。它既表现为外在的物质形态,更有着看不见的丰富内涵,而这种内涵正是一个地区悠久历史文化传统的深厚积淀,也就是我们指称的民俗文化。它往往为生于斯、长于斯的民众所熟悉、接受并在潜移默化中传承着,同时又成为凝聚人心的一种动力、一种向心力,实际上它成了当地民众栖息的精神家园。一旦失去这种代代相传的传统,文化的地域特色就会黯然无光。所以,保护这类

古镇也就成了一种共识、一种普遍的心理认同。

板浦是中国历史文化名镇,李汝珍在这里生活了多年。板浦有着较为丰富的人文资源,是当年淮盐南运的主要集散中心,曾经繁盛一时,且有"食板浦,穿海州"的民谚。当下的板浦,依然保留着一份古朴、一种从容,似乎正在向人们默默地展示着曾经有过的荣耀。每到春天,善后河两岸盛开的桃花沁人心脾,与清澈的河水相映成趣,这些都与《镜花缘》中的有关描写形成了映衬。连云港完全可以通过对板浦民俗文化的挖掘整理,并借助李汝珍纪念馆的宣传效应,打造一个具有明显区域文化特点的旅游新区,从而更好地为地方经济建设和文化建设服务。

6. 摄制《镜花缘》电视剧,打造海上旅游线路

策划摄制《镜花缘》电视剧,这个工程可能很大,制作成本也很高,但可以做个精编的剧本,不必求大求全。若干年前,连云港电视台曾拍摄过一部以介绍东海水晶为内容的多集电视剧《水晶缘》,编创演职人员大多是本地人,且有不少是业余的,但艺术效果很好,社会反响也不错。现在科技发展日新月异,影视制作的技术手段也日臻完善,可以寻求愿意合作的制作单位(当然能够自己独立制作最好),在确保合作各方相关利益的基础上,拍摄《镜花缘》精编版本,以此宣传连云港,进一步扩大连云港的对外知名度、美誉度,从而更好地为连云港的改革开放服务。

《镜花缘》的前半部分主要讲述了海外游历的故事,光怪陆离,引人入胜。这给我们一个启发:是否可以打造一条海上旅游之路,让游客体验海上航行的种种乐趣呢?现在,以连云港为重点的江苏沿海开发正如火如荼地进行,这是一个千载难逢的机遇,应该主动寻找一切可能出现的商机并尽可能将它们变成现实。初步考虑,可以和盐城、南通两市联手打造一条海上旅游观光之路,沿途可以泊船上岸,品味各地美食,参观游览景点或乡村景色,例如徐圩片区大开发的壮观场景、淮盐文化的实物展览(制盐工艺流程等)、麋鹿保护区、大丰草垛场、施耐庵纪念馆等,通过三市相关部门的合作,打造一条海上旅游的黄金线路。这样的航行虽然不会有《镜花缘》所写的那种刺激和神奇,但对于一般游客或有特殊爱好的人群而言,在一定程度上也能满足其探求新奇和追求刺激的心理。游览过程中,可以穿插播放《镜花缘》电视剧,让游客们尽可能地感受海上航行所带来的种种乐趣。[①]

---

① 王传高,许卫全.《镜花缘》文化资源开发摭谈[J]. 连云港师范高等专科学校学报,2010,27(1):7-11.

闫茂华对海州地区的风物与《镜花缘》中的茶文化进行了深入研究。据其指出，海州地区拥有悠久的历史和深厚的文化底蕴，山海景观壮丽，风土人情浓郁。这些独特的自然与人文风貌为李汝珍创作《镜花缘》提供了丰富的素材。

在探究《镜花缘》中的茶文化表现时，闫茂华还结合了盐文化与茶文化的关联，并深入分析了李汝珍在该作品中展现茶文化的原因。这一研究视角不仅拓宽了我们对《镜花缘》这部经典作品的理解，也为我们理解李汝珍笔下的茶文化及其与地域文化的相互影响提供了新的视角。

《镜花缘》第七十九回中写道："成氏夫人因宝云的奶公才从南边带来两瓶云雾茶，命人送来给诸位才女各烹一盏。盏内俱现云雾之状。众人看了，莫不称奇。"这里写到的云雾茶就是海州的特产茶叶，产自云台山。闫茂华考证了云雾茶的名称变迁，指出云雾茶的名字经历"海州茶—东海茶—云雾茶—连云港云雾茶"地理标志茗茶的嬗变。

3. 对《镜花缘》与中外小说比较研究的拓展与深化

在比较文学领域，对《镜花缘》的研究一直备受关注，主要研究方向为将其与《聊斋志异》《西游记》《格列佛游记》《金瓶梅》和《红楼梦》等经典小说进行对比分析。李德身所著的《琐谈〈镜花缘〉与明清六大小说的关系》一文，从文学发展的继承和创新角度出发，通过确凿翔实的对照比较，阐述了《镜花缘》与明代的"四大奇书"以及清代两大顶峰小说之间的密切联系。特别值得注意的是，《镜花缘》中多次提及《西游记》，而且作者李汝珍在创作过程中巧妙地融入了自己的独创性艺术追求，显示了他对这部经典小说深刻的理解和熟知程度。

在《镜花缘》与《聊斋志异》的比较研究领域，尚继武卓有建树。他在名为《传统文士人格的末路写照——〈镜花缘〉和〈聊斋志异〉文士形象比较》的学术论文中，明确地提出《镜花缘》和《聊斋志异》中的文士在政治理想、人格气度、社会生活和男性特征等方面出现了明显的衰退现象，这种衰退现象可以视为封建社会传统文士人格的末路写照。这一论点对于深入理解这两部文学作品以及研究中国封建社会文士的人格演变具有重要意义。

尚继武从"政治理想的变异""'内圣外王'悬置化""人格重心的转移：道德砥砺边缘化""文士风范的退隐：社会生活世俗化""男子性格特征的矮化：'巾帼不让须眉'"等方面将《镜花缘》与《聊斋志异》中的文士形象进行了比较，指出两部小说作者的敏锐性在于，不是从理想的人格去塑造文士形象，而是从现实的视野去反映生活，带着较大的勇气、锐利的目光看待并描绘出了儒家圣贤人格理想没落和新变的一面。

在论文《〈聊斋志异〉〈镜花缘〉女性形象异同论》中，尚继武指出尽管这些女性形象具有容貌美丽和才华横溢等共性，但她们是在男性文化视角下构建的虚构存在。

五 连云港《镜花缘》研究的贡献

同时,这些女性群体也表现出了若干显著的区别,主要体现在以家庭为中心和以女子科举为目标、女性的世俗性和雅士化、个性的丰富性与性格的群体性等。这些差异主要源自两部作品的外部和内部社会文化环境、作者对女性的心理体验以及作者的创作观念和审美情趣等方面的微妙差异。

这些差异的形成,既与两部文学作品的外部社会文化背景有关,也与作家的个人心理体验、创作观念和审美情趣等内部因素紧密相连。具体来说,外部社会文化背景包括当时的社会制度、价值观念和人文环境等;而作家的个人心理体验、创作观念和审美情趣等则涉及他们的个人经历、思想观念和艺术风格等方面。这些因素共同作用,使得两部文学作品中的女性形象产生了微妙而独特的差异。

尚继武还提出了非常富有启发性的观点:

> 如果将《聊斋志异》《镜花缘》与《金瓶梅》《红楼梦》等作品按照创作时间关联起来,能够把握明代中叶以来小说对女性形象的刻画形成的很有意味的衍变轨迹:小说表现重心从展现女性生命欲望逐渐迁移到对女子的生命情怀与才干品性并重,进而转为关注女性的命运遭际和主体意识;美学特色由浮艳俚俗逐渐演变为雅俗并存、庄谐互融;对女性的态度由带有猥亵色彩的鄙视,一变为带有男性臆想和美质欣赏的双重心态,进而变为对女性人生价值的尊重。蒲李以对女子富有个性的艺术表现丰富了这一衍变的内涵与深度。①

《格列佛游记》和《镜花缘》都是杰出的游记体小说,徐伟将荒诞手法作为比较两部小说的抓手,在论文《幻想与现实的交融——浅析〈格列佛游记〉与〈镜花缘〉的荒诞手法》中将这两部小说做了比较研究。徐伟从虚幻的国度、异化的人物、离奇的情节三个方面比较了两部小说中荒诞手法的运用,进而从经济因素、政治因素、文化因素三个方面比较了两部小说荒诞风格的形成因素。徐伟指出两部小说的作者通过大胆、丰富的想象,虚构怪诞的人物和情节,以幻想讽刺的手法刻画了当时的社会现实。他们描绘的幻想世界是以现实为基础,在幻想世界中更为集中地突出现实的矛盾。两位作者相似的生活经历及时代背景,是促成他们采用类似写作手法的原因所在。

李传江在论文《东游西走:〈镜花缘〉与〈西游记〉游历叙事空间比较》中,以游历叙事空间作为纽带,将《镜花缘》与《西游记》进行了比较研究。李传江指出,《镜花缘》前四十回不同国度的游历叙事空间与《西游记》相关情节安排形成了鲜明对比。前者是科考失意文人无意经商的海路游历,后者是唐僧师徒一行有意取经的陆路见闻;前者以唐敖服食仙药仙草、了道成仙为结局,后者以孙悟空等斩妖除魔、西天封佛而

---

① 尚继武.《聊斋志异》《镜花缘》女性形象异同论[J].明清小说研究,2014(4):106-116.

收尾;前者以贬抑武周王朝和宣扬殊方异域文化为中心,后者以褒扬李唐王朝中土正统文化为主旨。两部小说大体一致的游历叙事空间结构艺术与"寻求"母题有关,只是因为二者借以表现的宗教思想体系不同,才有了有意为之的差异。在该篇论文中,李传江将《镜花缘》与《西游记》的游历叙事进行了细致的分析比较,现将其在论文中所作的比较表格摘录如下。

表1　《镜花缘》人物游历涉及的异域和奇遇

回次	异域和奇遇	特征
第八回	当康	逢盛世露其形,主天下太平
	精卫	飞腾,啄石填海
第九回	木禾	高五丈,大五围
	清肠稻	宽五寸,长一尺;人食后满口清香,精神陡长,一年不思食
	肉芝	食之可延年益寿,了道成仙
	祝余	离土即枯,可疗饥
	蹑空草	吹之可长三尺,人食之能立空中
	刀味核	味随刀变,人食之可成地仙
	朱草	人食之入圣超凡
	不孝鸟	其形如人,长毛双头,通灵性,能修真悟道
	果然	其性最义,最爱其类
第十回	飞涎鸟	其形如鼠,有涎如胶,能粘鸟为食
第十一至十二回	君子国	好让不争
第十三至十五回	大人国	民风淳厚,人略长一二尺,以足云黑色为耻
	劳民国	身体摇摆,浮躁不安,长寿
	聂耳国	耳垂至腰,无寿享古稀之人
	无肠国	背人而食,仆婢饭粪莫辨
	犬封国	人身狗头,除了吃喝一无所能,有眼无珠,不识好人
	鬼国	以夜作昼,颠倒阴阳
	元股国	戴笠披肩,下身鱼皮裤,腿脚黑如锅底
	毛民国	全身长毛,生性吝啬
	芷鱼	香如蘼芜
	何罗鱼	音如犬吠
	飞鱼	食之可医痔、能成仙
	大鱼	背如山峰
	人鱼	上身如人,下身鱼形,腹有四只长足

五 连云港《镜花缘》研究的贡献

续表

回次	异域和奇遇	特征
第十六至二十回	毗骞国	面、颈、身皆长三尺，寿享长年
	无继国	不生育，无子嗣，无男女之分，死后一百二十年活转
	深目国	面上无目，手生一只大眼
	黑齿国	通身如墨，朱唇红眉红衣，男女不交言，以才学为贵
	靖人国	身长八九寸，寡情诡诈，说反话，三五成群
	蚕人	以桑为食能吐丝
	跂踵国	身长宽各八尺，赤发蓬头，两脚厚长，一步三摇，斯斯文文
	长人国	个子极高，仿佛悬于半空中，晃晃荡荡
	凤凰与鹡鸰	祥瑞
	细鸟	形如大蝇，状如鹦鹉，声如洪钟
	反舌	能效百鸟之鸣
	九头鸟	其形如鹅，九尾十颈，逆毛凶恶
	鸧鸟	又名天狗、水狗、鱼狗，白颈红嘴，通身青翠，声如狗吠
第二十一至二十四回	狻猊与麒麟	恶与善
	鹦勺	赤眼红嘴，尾勺如斗
	跂踵	浑身碧绿，猪尾长足，现则国大疫
	白民国	无论老少均貌美异常，儒者打扮，喜欢装腔作势，学问不通
	药兽	能衔草药治病
	淑士国	儒巾素服，举止斯文，满口"之乎者也"，陈酸迂腐，十分吝啬
第二十五回	两面国	两张脸一前一后，一善良一阴险；以貌取人，虚伪狡诈
第二十六回	穿胸国	行为不正，心歪一边，胸有大洞
	厌火国	形貌像猕猴，皮肤黝黑，口能喷火，行动迟缓
	寿麻国	国有大暑，人正立无影
	秋蓁	败毒止痛
第二十七回	结胸国	好吃懒做，饮食不能消化，胸前高出一块
	长臂国	臂长于身，约两丈
	翼民国	头身各长五尺，鸟嘴红眼白发，浑身碧绿，卵生，有翼飞不能远，喜奉承
	豕喙国	好扯谎，猪嘴，以糟糠为食；各人语音不同
	伯虑国	怕睡觉，终年昏沉愁眉，年未弱冠而须发斑白
	巫咸国	种桑树为柴，种木棉作衣

续表

回次	异域和奇遇	特征
第二十八至三十七回	歧舌国	舌尖分叉如剪刀，通音律，能学鸟语
	智佳国	精天文、勾股、奇巧，好胜短寿
	女儿国	男子着女装治内事，女子着男装治外事；男子缠足，诸事简朴
第三十八回	轩辕国	人面蛇身，蛇尾盘交头上；衣冠言谈如天朝，处处有凤凰
	青鸾	其形如凤，象征祥和
第三十九回	不死国	邱山上有不死树，食之可长生；饮赤泉也可不老

表2 《西游记》游历所经异国和所遇精怪

国域和地名	精怪（人）名	逢难（事件）
大唐长安：双叉岭	寅将军、熊山君、特处士	逢虎、落坑
两界山：五行山、蛇盘山鹰愁洞	孙悟空、白龙马	收徒、换马
西番哈咇国：观音禅院、黑风山黑风洞	金池长老；熊罴、凌虚子、白衣秀士	火烧、丢袈裟
乌斯藏国：福陵山云栈洞、浮屠山、黄风岭黄风洞、流沙河	猪八戒；乌巢禅师；黄风怪、虎先锋；沙悟净	收徒、降黄风怪
西牛贺洲：万寿山五庄观、白虎岭	镇元大仙、白骨夫人	设法复活人参果树、三打白骨精
宝象国：碗子山波月洞、平顶山莲花洞、压龙山压龙洞	黄袍怪、金角大王、银角大王、九尾狐狸	黑松林失散、宝象国捎书、金銮殿变虎、平顶山逢魔、莲花洞高悬
乌鸡国：宝林寺、钻头号山枯松涧火云洞、衡阳峪黑水河神府	青毛狮子精、井龙王；圣婴大王红孩儿；鼍龙	乌鸡国救主、红孩儿摄唐僧、黑水河沉没
车迟国：三清观、通天河、陈家庄救生寺、金兜山兜金洞	虎力大仙、鹿力大仙、羊力大仙；灵感大王、老白鼋；一秤金、陈关保；独角兕大王	斗法三大仙、身落天河、降鱼精、斗独角怪
西梁女儿国：王宫、解阳山破儿洞、毒敌山琵琶洞、火焰山、积雷山摩云洞	国主、如意真仙、蝎子精、铁扇公主、牛魔王、玉面狐狸	怀孕留婚、琵琶洞受苦、真假猕猴相斗、路阻火焰山、求取芭蕉扇、收服牛魔王
祭赛国：乱石山碧波潭、荆棘岭木仙庵、小西天小雷音寺、七绝山	九头虫、十八公等树怪、黄眉老佛、红鳞大蟒	知赛城扫塔、取宝救僧、荆棘岭摄唐僧、小雷音遇难、蟒精作怪

续表

国域和地名	精怪（人）名	逢难（事件）
朱紫国：麒麟山獬豸洞、盘丝岭盘丝洞、黄花观	赛太岁、玉面狐春娇；蜘蛛精；蜈蚣精	朱紫国行医、降妖救王后、盘丝洞迷情、多目怪遭伤
狮驼国：狮驼洞	青狮、白象、大鹏	路阻狮驼、城中遇灾、请佛收魔
比丘国：柳林坡清华洞	白鹿、白面狐狸	斗道救子、辨认真邪
贫婆国：陷空山无底洞	金鼻白毛老鼠精	无底洞遭困
灭法国：王宫	国王	行程受阻
玉华府：折岳连环洞、凤仙郡普济寺、豹头山虎口洞、九曲盘桓洞	南山大王，铁背苍狼怪；上官郡侯；黄狮精；九头狮	隐雾山遇魔、凤仙郡求雨、失落兵器、竹节山遭难
金平府：青龙山玄英洞	犀牛精辟寒大王、辟暑大王、辟尘大王	玄英洞受苦
天竺国：百脚山、铜台府地灵县、凌云渡、大雷音寺	玉兔、寇员外、接引佛祖、如来佛祖	天竺招婚、铜台府监禁、凌云渡脱胎
车迟国：通天河	老龟	通天河沉经
大唐：长安望经楼	唐太宗	君臣聚首

通过比较分析，李传江指出两部小说游历叙事的异同点。

正因为拥有相同的"寻求"母题，《镜花缘》与《西游记》在有关游历情节叙事空间安排的结构艺术上总体是一致的，都基于人物在不同国度的游历冒险，只不过二者所要表现的宗教思想体系不同，所以其游历指向、交通方式、经历国度、人物奇遇等才有了有意为之的差异。从游历叙事空间的"花样"来看，成书于清后期的《镜花缘》"全翻"了明中叶的《西游记》，这也是两部涉海小说与海州地域文化关系密切的有力证据之一。①

4. 对《镜花缘》表现手法研究的拓展与深化

《镜花缘》这部作品展现出了对时间问题的深刻自觉。在孟宪浦的论文《〈镜花缘〉叙事时间初论》中，他精细地指出，李汝珍采取了复杂的"错时"结构来安排整个故事的发展。通过精心构建的叙事初始状态，以及熟练运用各种不同的叙事时间顺序，李汝珍灵活地处理了叙事的时间间隔，这无疑显示了他高超的叙事技巧和策略。

---

① 李传江. 东游西走：《镜花缘》与《西游记》游历叙事空间比较 [J]. 连云港师范高等专科学校学报，2019，36（2）：1-6.

在论文中,孟宪浦借鉴了当代叙事学的相关理论,选择叙事时间作为独特的视角,以此来揭示这部小说独特的创作密码和叙事风格。他的分析提供了新的学术视角,帮助我们更深入地理解《镜花缘》这部古典小说的独特之处和重要性。

叙事时间的任意处置,凸显出文学的虚构性。文学世界是作家对现实的模仿或反映,同时也是作家想象与虚构的产物。文学虚构有两种基本功能:一是重演,一是超越。前者指按照生活原有的样子去塑造形象、叙述故事,重新演绎人的现实际遇,获取生存的体验和生命的感觉。后者指脱离现实世界的樊篱,越出生活的界域,天马行空般地宣泄着生命不可遏制的原始冲动。与重演功能相比,文学虚构的超越性是文学之所以存在的更充分的理由,因为它更符合人类生存的本质:人不仅仅存在,人生存。海德格尔认为,人作为一种存在者,其"本质"在于"它去存在",故用"生存"这个术语特别来称呼作为人的这种存在者的存在。这意味着人本质上是一种不断超越的存在者。由此我们可以认为,虚构是文学真正的价值和永恒的魅力所在。《镜花缘》是一部文人自觉虚构的小说,渗透着李汝珍超越现实的生存渴望。从叙事时间入手,而不是从真实性等传统批评原则出发研究《镜花缘》,更能体现文学虚构的超越功能,揭示李汝珍的创作意图。①

辜美高在对《镜花缘》结构的研究中注意到了《镜花缘》复仇悲剧式的隐性结构与西方文艺复兴时期复仇悲剧结构的异同点,提出《镜花缘》的情节结构是属于复仇悲剧的文类,跟西方文艺复兴时期复仇悲剧结构相类。不过,在《镜花缘》中,悲剧元素被巧妙地淡化,而武则天和中宗最终达成了"和解"。这部作品主要描绘了武则天与受到镇压并支持中宗的"保皇党"之间的斗争,武则天最终在时局的压力下,将皇位归还给了中宗。辜美高指出,小说中"女儿国"的情节,以一种微妙的方式与全书的主线相互平行;而"女儿国"的故事,并没有因为林之洋的离开而结束,它持续发展,直至全书结束,形成了一条与主线相互呼应的副线。

此外,辜美高在文中还对李汝珍的创作意图进行了深入探讨,指出其创作意图可能会对小说的结构产生一定的影响。他对于学界普遍认为的李汝珍炫才的意图提出了疑问,并认为在完成《镜花缘》之前,李汝珍已经发表了《受子谱》《李氏音鉴》等专门著作,并获得了相应的学术声誉,因此没有必要再通过小说来炫耀自己的才华。

在此基础上,辜美高进一步提出,李汝珍可能希望通过讲述批判武则天的故事,来普及自己在子部学识方面的专长,并试图创新小说的形式。因此,在小说创作过程

---

① 孟宪浦.《镜花缘》叙事时间初论[J]. 连云港师范高等专科学校学报,2010,27(2):11-16.

五 连云港《镜花缘》研究的贡献

中,对于素材的剪裁和取舍,他具有一定的主动性。这一观点为深入理解李汝珍的创作意图和小说结构提供了新的视角。

> 因此,我们可读到长长三十多回的海外诸国的故事,那些故事的时间跨度至少是好几年的岁月;我们也读到仅仅十日的宴饮,却占了小说几十回,篇幅有点不成比例。此外作者的亦庄亦谐创作风格,也多少影响章节局部的结构,例如后半部,在阐述学识的过程中,由于生怕叙述太过枯燥,每回穿插一两个短短的笑话,作者严格控制,最多三个笑话,以作为调剂,对于整体的结构,也不会起什么变化,就略而不论了。①

《镜花缘》具有明显的讽刺色彩,尚继武在其论文《〈镜花缘〉讽刺艺术论析》中,对《镜花缘》的讽刺属性进行了全面的剖析,进一步从四个方面——语带机锋、客观描述、形象影射和巧用修辞,深入探究了该小说的讽刺技法。

尚继武精细地分析了恣肆跳宕的讽刺笔法,以及庄谐并存的审美风格,进一步揭示了冷热共生的讽刺气质。通过这种层次丰富的探究,他明确指出,《镜花缘》的讽刺批判锋芒直指社会弊端、人情世态和人性弱点。

李汝珍通过独特的讽刺手法,以锐利的批判精神展示了丰富多彩的社会弊端,对当时的社会结构、人性和价值观念进行了深入的剖析和批评。尚继武的论文为我们提供了一个全新的视角,使我们能够理解和欣赏《镜花缘》这部经典小说中,李汝珍如何以讽刺为武器,以文字为媒介,表达出他对社会现象和人性的深刻见解。

《镜花缘》的讽刺艺术不仅揭示了社会和人性的病态,也展现了李汝珍深厚的社会责任感和他对理想社会的构想。这部小说及其讽刺艺术,无疑为我们提供了一个理解那个时代社会现象、人情世态和人性弱点的独特视角,同时也为我们在现代社会中理解和解决类似的问题提供了深刻的启示。

> 虽然各讽刺手法的功能强弱不一,讽刺效果各有差异,但是丝毫不影响《镜花缘》焕发出独特的艺术光彩。《镜花缘》虽然称不上是一部讽刺小说,甚至也称不上是一部具有很高讽刺艺术成就的章回小说,但是仍然具有独特的讽刺艺术魅力。讽刺手法的精彩运用,使得《镜花缘》独具轻松幽默的特质,在清代才学小说中独树一帜。②

在论文《〈镜花缘〉反讽技巧与构建论析》中,尚继武和李传江对《镜花缘》中的

---

① 辜美高. 试论《镜花缘》的隐性悲剧结构格局——重读《镜花缘》有感 [J]. 连云港师范高等专科学校学报,2013,30 (2):1-5.
② 尚继武.《镜花缘》讽刺艺术论析 [J]. 连云港师范高等专科学校学报,2019,36 (1):1-9.

讽刺艺术做了更进一步的分析。两位学者从言辞语句的反讽表达、情境反差的反讽表达、假托"命运"的反讽表达、自我矛盾的反讽表达四个方面探究了《镜花缘》中的反讽技巧，指出《镜花缘》之所以被认为具有"绰约有风致者"的关键特性，不仅在于李汝珍对传统经典的独特剪裁和精心改编，也在于他在作品中巧妙地运用了丰富多样的反讽修辞手法。从某种角度来分析，《镜花缘》因其独特的反讽技巧和修辞效果的深度与广度，成为连接《儒林外史》和清末四大谴责小说之间，古代章回小说反讽艺术演变的桥梁，凸显了其独特的艺术价值与地位。

在论文《〈镜花缘〉反讽建构遵循的逻辑理路》中，龙彦波、尚继武、李传江三位学者从评判力度的强与弱、评价取向的正与负、意指表达的显与隐三个角度，探讨了《镜花缘》反讽建构遵循的逻辑理路。

《镜花缘》建构反讽的三种逻辑理路不是彼此孤立、相互疏离的，而是彼此勾连、相互交织的。肯定的、正面的反讽或否定的、负面的反讽，其讽刺锋芒或赞扬力度可能较为强烈，也可能较为平淡微弱；强烈的反讽或微弱的反讽，其深层意蕴可能是明朗显豁的，也可能是隐蔽含糊的；三种理路构成了建构反讽的逻辑轴，使反讽成为可以三维透视的聚集了复杂意蕴的修辞手段乃至叙事策略。上述三种逻辑理路涉及的两极——正与负、强与弱、显与隐，每对两极彼此之间不是绝对的，而是相对的。不同作者设置反讽的意图不同，以及不同读者的阅读视野不同，都可能影响对同一反讽意图或意蕴的判断。当然，遵循不同逻辑理路建构的反讽，有时会有较为稳定的关联，其中评判力度和意指表达这两个逻辑维度的关联性更为紧密。比如：真正意指表达相对隐蔽的反讽，其讽刺批判或赞许褒扬的力度大多偏弱；评判力度较强的反讽，其意指表达相对较为明朗，容易为读者所把握。①

在论文《〈镜花缘〉崇德扬善主体思维的叙事功能》中，尚继武和李传江两位学者以儒家伦理观和文学观为研究基础，对《镜花缘》的创作主体思维进行了深入探究。他们采用了多种批评方法，包括社会历史批评、文本细读以及结构分析等，旨在剖析这部作品的叙事功能。这些方法的应用使两位学者能够全面、深入地分析《镜花缘》中的叙事元素，并揭示其独特的艺术表现和思想内涵。

《镜花缘》主体思维具有鲜明的崇德扬善倾向，对叙事产生了深刻影响，主要体现在三个方面：其一，不仅规约了为女子立传的创作意图，展现了百

---

① 龙彦波，尚继武，李传江．《镜花缘》反讽建构遵循的逻辑理路［J］．连云港师范高等专科学校学报，2023，40（1）：1-8．

名才女的精神内核与儒家伦理思想的相合之处，而且强化了宣扬儒家伦理思想的创作宗旨，使民生疾苦和民风教化问题得到特别关注。其二，支配了创作素材的选择与加工，作者从恪守伦理、提高修养和践行仁义的角度展现个体人格魅力，从实施仁政、关心民生和勤政为民的角度表现社会政治理想。其三，作者带着强烈的干预意识安排故事走向和设置人物言行，乃至有意无意地忽视了情节延伸和人物性格发展的内在逻辑。[1]

5. 对《镜花缘》思想内涵研究的拓展与深化

对《镜花缘》中男女平等思想的探究，一直以来都是《镜花缘》思想内涵研究的热点。马济萍在论文《建构男女平等的反叛传统文化的模式——谈〈镜花缘〉寄寓的社会理念》中，从聪明智慧大放异彩、刚勇尚武赛过须眉、走出闺阁干预政治、挣脱束缚宣战男权四个方面，探究了《镜花缘》对男女平等思想的彰显。马济萍指出，《镜花缘》这部举世罕见的奇书，以武则天统治的中国历史时期为故事背景，着力描绘了一百名才女的勇敢和智慧，以及她们的各种才能和技术。这部作品创造了一个由杰出女性形象组成的独特群体，在中国古代文学史上具有显著的地位。这些女性角色聪明、机智，同时也能表现出勇敢和坚韧的品质，她们敢于挑战传统社会规范，走出闺房，向男权社会发起挑战。此外，这部作品还通过独特的女性形象塑造，寄寓了作者个人独特的社会理念，试图构建一种男女平等的反叛传统文化的模式。

《镜花缘》已超越了单一地表现女性的闺才，而将女性置于更广阔的社会领域予以观照，多方面、多层次地描绘女子的各种才能。百花仙子中有诗词曲赋文学之才，有琴棋书画艺术之才，不少人还通晓经史音韵、医学算术、天文地理等极为实用的知识与技术。此外，她们的胆识和贤智，甚至让文人才子也相形见绌，自叹弗如。《镜花缘》是一部对妇女问题大胆思考的奇书，涉及男女平等、女子贞操、女子教育、女子参政等问题。作者李汝珍通过对女性的深切关怀，来排遣忧愤，寄寓对社会人生的眷恋和理想。可以说男女平等的反叛传统文化的模式的建构是《镜花缘》一书关注的焦点问题。在《镜花缘》里，不仅出现了女侠，作者还让她们奔赴沙场建功立业。镜花女子不再是足不出户的闺阁佳人，她们积极投入到了社会人生，并且凭借自己的胆识和智慧立身济世。她们力争摆脱男性附庸的屈辱地位，并在一定程度上获得了与男子同样的塑造自我存在价值的权利，因而具有了更为广泛的社会

---

[1] 尚继武，李传江.《镜花缘》崇德扬善主体思维的叙事功能[J]. 南华大学学报（社会科学版），2022, 23 (4): 95-102.

意义。女性意识的高扬使《镜花缘》成为中国封建社会中启蒙意识更为突出、思想更加解放、民主成分更多的一部作品。①

在论文《胆识与贤智兼收,才色与情韵并列——从女性关怀的视角看〈镜花缘〉》中,马济萍进一步深化了自己的观点,指出《镜花缘》最大突破在于其塑造了富有才貌与胆识的女性形象,并刻意让才女展现美貌,而男性则逐渐退出了作品所构建的舞台。尽管小说前半部分主要围绕着唐敖和多九公的故事展开,但实际上,他们只是游历海外的过客,为众多才女的自然登场和作者社会理想形态的展示提供便利,这是作者的写作策略。男性在该作品中绝对不是聚焦的中心人物。值得注意的是,《镜花缘》中众多女子展示了高度的理性智慧并充分发挥了她们的技艺才能。

除了对《镜花缘》中男女平等的思想深入研究之外,马济萍还探究了《镜花缘》中蕴含的传统思想。比如在论文《镜花本空相,悟彻心无疑——〈镜花缘〉的道教思想再探》中,马济萍探究了《镜花缘》中的道教思想,指出明清之际"三教合一",道教的凡人修道、立德求仙思想对李汝珍的《镜花缘》产生了深刻影响,小说主题与道教的谪仙回归模式息息相关,道教的修真求道被作者作为小说的一大重要主题有力地凸显出来。所谓"镜花缘",取的正是镜花水月空幻无常之义。

在探究《镜花缘》中的道教思想之外,马济萍在其名为《〈镜花缘〉的儒家文化探析》的论文中,通过深入剖析许乔林、洪棣元、麦大鹏等李汝珍的亲朋好友为《镜花缘》所写的序言,对这部作品中的儒家文化进行了深刻探究。马济萍明确指出,儒家文化作为中国文化的重要组成部分,其对中国社会的民族性格和民族精神的形成产生了深远的影响。在李汝珍所处的时代,传统的人文精神逐渐失落,原有的社会纲常秩序陷入混乱。而《镜花缘》的创作宗旨恰恰体现了儒家文化的仁智追求,这种追求对作者所生活的封建末世道德沦丧、世风浇薄的丑恶现实起到了有力的批判和纠正作用。

谢忠斌在论文《〈镜花缘〉伦理思想的文化特征》中,对李汝珍的著作《镜花缘》进行了深入的道德探究。他特别强调了三个主要的道德目标:"至善",这个目标被视为最高的伦理追求;"三纲五常",这是社会秩序和个人行为的基本道德原则;"善有善报",这是对善良行为和良好结果的坚定信仰。

在《镜花缘》这部作品中,谢忠斌发现,扬善贬恶的伦理思想贯穿始终,是李汝珍想要传达的核心信息。他进一步将这种思想分解为四个具体的方面:讲求向善好礼而不争,这反映了李汝珍对和谐社会的理想;以教育为教人向善的最佳路径,体现了李汝珍对教育的重视;对妇女要有人文关怀,这表现出李汝珍对性别平等和个体尊严

---

① 马济萍.建构男女平等的反叛传统文化的模式——谈《镜花缘》寄寓的社会理念[J].长春师范学院学报,2004(9):86-88.

的关注；建立鸾歌凤舞的清平世界，则表达了李汝珍对理想社会的憧憬。

在深入分析《镜花缘》中道德内容的同时，谢忠斌也指出了作品中存在的理想与现实的矛盾。他发现，尽管李汝珍在作品中宣扬了一些理想，但在实际操作中却存在不少矛盾。例如，虽然他师从戴震，但却揄扬朱熹，这体现了思想来源的复杂性；虽然他主张"己所不欲，勿施于人"，但在实际描写中却存在不少相反的情况，这反映了这一道德原则在现实中的困境；虽然他宣扬果报的观念，但却斥佛骂僧，这揭示了这种观念在现实中的难以实现。

谢忠斌在论文中详细评述了《镜花缘》的伦理思想，这部作品以劝善为主题，蕴含了丰富的道德内容，反映了李汝珍的伦理思想。同时，他也指出了这部作品存在的理想与现实的矛盾。尽管李汝珍试图以道德救末世、以王道平天下的理想难以实现，但这种尝试仍然值得称赞和深入研究。

6. 对《镜花缘》语言研究的拓展与深化

在明清小说创作中，融入方言词汇成为一种重要特征。李汝珍，作为直隶大兴（今北京市）的本土人士，其作品自然难以避免地使用了大量北京方言词汇。然而，他曾在海州地区生活了四十余年，且《镜花缘》这部作品从构思到完成都在海州进行，因此，该作品中还包含了许多海州方言词汇。顾海芳在其论文《〈镜花缘〉海州方言词汇例释》中，针对《镜花缘》中的一些海州方言词语如促寿、坑人、口面、洼曲、嚼蛆、就便、歇宿、灰星子等进行了详尽的解释，旨在帮助读者更好地理解和掌握《镜花缘》中海州方言的运用情况。

叶川在论文《"吃一吓"结构源考、发展与消亡——从〈镜花缘〉"吃一吓"结构谈起》中，从多个视角对"吃一吓"这一结构进行了深入研究。首先，他探讨了"吓"的本义以及"吃一吓"结构的兴起和发展过程，这包括对这一结构在不同历史阶段的形式和表现进行的分析。接着，叶川从"吓"语义的泛化、组合关系的变化、构形重叠的形成以及句法功能的改变等四个关键方面，深入探究了"吃一吓"结构的成因。最后，他还对"吃一吓"结构的消亡进行了探索和研究。这些研究成果不仅丰富了我们对这一结构演变过程的理解，同时也有助于进一步深化我们对语言结构与语义之间相互关系的认识。

在论文《〈镜花缘〉中"吓"（hè）词语义源考》中，叶川进一步深化了自己的研究，从"吓"词的本义探源、"吓"实词义的历时演变、"吓"虚词功能的发展三个方面探究了"吓"词义的演变，进而探究了"吓"词义嬗变的促动因素。叶川指出，《镜花缘》的语言具有近代汉语向现代汉语过渡的特征，具有一定的汉语史研究价值。

针对《镜花缘》文本中的"吓"(hè)词，从历时的角度，检索各个历史时期的文本，探究"吓"这个词语的语义历时嬗变轨迹，分析其语义嬗变的促动因素。到《镜花缘》发行时，"吓"词仅保留了动词"威胁使害怕"和形容词"害怕"两种意义，"吓"能单用，也能组成复合词。在句法结构上，由"吓"构成的述补短语使用很频繁，语用量较大，尤其是与"得"构成的述补短语。此外，"这一吓、吓了一跳、吃了一吓、吓了一吓"等结构使用也较多。"吓"义的历时演变，是语法化过程，有它的语法化机制。①

在现有的学术文献中，周希全的论文《〈镜花缘〉语言研究述评》是唯一一篇针对《镜花缘》这部作品的语言研究进行全面评述的篇章。该文从20世纪和21世纪两个时间点入手，探讨了《镜花缘》语言研究的演进。周希全详细分析了海州方言、语言特色、语法和修辞等几个关键方面，全面概括了《镜花缘》语言研究的主体内容。他的研究描绘并阐述了《镜花缘》语言研究的全貌。

学界对《镜花缘》语言的研究始于20世纪90年代，关注的焦点是文本中海州方言的语言特色。进入21世纪，研究人员以高校研究生为主体，研究焦点转向《镜花缘》的词汇、语法、修辞等方面，研究重点是部分虚词的用法和句式发展演变规律。②

同时，周希全也指出了学界在《镜花缘》语言研究中存在的问题。

明清小说是研究近代汉语的重要语料，《镜花缘》作为与《儒林外史》《红楼梦》《儿女英雄传》同时代的作品，其语言具有鲜明的时代特色。令人遗憾的是，当前《镜花缘》语言研究成果虽然内容丰富，但是大多为一家之言，缺乏深入细致的学术探讨和交流。学界对《镜花缘》中海州方言的研究仅仅停留在粗线条的归类和对个别词条的阐释上，缺乏深入细致的研究；对语言背后隐含的地域文化的研究也缺乏系统性；研究《镜花缘》语言艺术特色的成果数量也较少。上述问题应该引起今后相关研究的关注，我们期待有更多更新的研究成果的出现。③

（二）展现了连云港《镜花缘》研究方面的较强实力和独特优势

在《镜花缘》研究领域，连云港市拥有较为强大的研究机构和专业人才。特别是

---

① 叶川.《镜花缘》中"吓"(hè)词语义源考［J］.景德镇学院学报，2023，38（1）：7-11.
② 周希全.《镜花缘》语言研究述评［J］.连云港师范高等专科学校学报，2019，36（1）：10-14.
③ 周希全.《镜花缘》语言研究述评［J］.连云港师范高等专科学校学报，2019，36（1）：10-14.

连云港师范高等专科学校、连云港市《镜花缘》研究会等机构对《镜花缘》的研究取得了令人较为瞩目的成果。

自2004年连云港区域文学研究所和连云港市《镜花缘》研究会研究基地落地连云港师范高等专科学校以来,连云港师范高等专科学校一直承担着连云港市大部分的《镜花缘》研究任务,并在探讨《镜花缘》学术价值、挖掘《镜花缘》文化对地方特色文化资源打造的支撑、探索《镜花缘》学术研究与经济产业发展对接融合等方面取得了可喜的成果。连云港师专通过将《镜花缘》研究与专业建设相结合,展现了学校在文学研究方面的突出实力和独特优势。

连云港《镜花缘》研究方面的独特优势主要体现在本地文化、民俗风情和文献资料等方面。首先,连云港市作为李汝珍的第二故乡,有着得天独厚的文化优势,对深入了解和研究《镜花缘》的创作背景、文化内涵等具有先天优势。其次,连云港市丰富的民俗风情为《镜花缘》研究提供了生动的素材,使得研究人员能够较为准确地把握作品中的风土人情。最后,连云港还保存了大量珍贵的文献资料,为《镜花缘》研究提供了有力的史料支持。

展望未来,连云港《镜花缘》研究方面的发展前景广阔。政府的大力支持、科研投入的增加以及人才的培养都将进一步推动《镜花缘》研究事业的发展。随着研究的深入,连云港将不断挖掘和传播《镜花缘》的文化价值,为提升城市文化品牌影响力作出贡献。这些优势不仅对提升连云港市的文化影响力有着重要意义,而且对于促进中外文化交流、推动中华文化的传承与创新具有实质性的积极作用。

(三) 提升了连云港市的学术声誉

连云港市长期以来,坚持发挥人才智力优势,将《镜花缘》研究与文化建设、人才培养、社会服务密切结合,注重为"镜花缘"文化的传承与开发提供强有力的支持,呈现出学术研究与产业发展无缝对接、深度融合的良好态势。2008年4月在连云港师专举办的《镜花缘》研究课题小型座谈会上,江苏省明清小说研究会会长萧相恺就指出,连云港师范高等专科学校开展对《镜花缘》的研究是一件很有意义的事,可以充分利用地方文献,集合社会力量,把它做大做强,并借此形成自己的学术特色,从而提高自己的学术声誉。

连云港在开展《镜花缘》研究方面有着良好传承和丰富经验。为了推动《镜花缘》研究的发展,连云港市政府和相关部门采取了一系列举措,如设立研究会、举办学术论坛、编辑出版研究成果等。尤其是迄今为止举办的六届全国《镜花缘》学术研讨会全部是由连云港市组织召开,可以说,连云港市为《镜花缘》研究提供了重要的学术交流平台。

连云港市作为主要举办地，为全国性的《镜花缘》学术研讨会赋予了独特的意义。自第一届研讨会以来，连云港市便肩负起为这场盛会提供舞台的任务。经过多年的发展，研讨会不仅在规模和影响力上不断扩大，而且形成了一股研究《镜花缘》的热潮，对推进《镜花缘》的学术研究起到了重要作用。

从第一届至第六届全国《镜花缘》学术研讨会的成功举办，连云港在其中扮演了不可或缺的角色。每一届研讨会，都会吸引来自全国各地的专家学者和《镜花缘》爱好者齐聚一堂（含境外学者），共同探讨《镜花缘》的学术问题。这六届全国性的《镜花缘》学术研讨会，拓展了连云港的学术交流机会与空间，提升了连云港市在学术服务和社会服务方面的能力。

历届研讨会的主题和议题丰富多样，涵盖了《镜花缘》的各个方面，并不断推陈出新。与会者围绕这些主题和议题展开深入探讨，交流思想、观点和研究成果。这些研讨成果对深化《镜花缘》的学术研究、推广中华优秀传统文化、促进学术交流都起到了重要作用。

可见，《镜花缘》研究对提升连云港的社会地位和学术声誉起到了重要作用。展望未来，《镜花缘》学术研究必将拓展深入，并焕发出更加璀璨的光芒。而连云港市作为重要的研究阵地，将继续为推动《镜花缘》研究的繁荣和发展贡献力量。

（四）推动了地方文化的传承与发展

连云港在《镜花缘》研究中，坚持以学术繁荣助力城市文化建设，以区域文化特色丰富城市内涵建设，以文化创意提升城市文化品质，对地方文化的传承与发展起到了积极的推动作用。

首先，通过对《镜花缘》的深入研究和解读，连云港学者挖掘了《镜花缘》作品中蕴含的地方文化元素，并将其与连云港市的地方文化特色相结合。这使得连云港市地方文化的内涵和特色得到了丰富和彰显。通过分析小说中的地方文化符号、地方民俗、地方风物等，进一步加深对连云港地方文化的理解，推动地方文化的发展和传承。比如区域文学研究所特聘研究员吴舟在《关于〈镜花缘〉与地方风物葛藤粉开发的一点建议》中，着重探讨了连云港地方风物葛藤粉的开发。

《镜花缘》里写到很多海州地方风物，其中最典型的便是葛藤粉。李汝珍在第九十一回说"惟海州云台山所产者最佳"，并进一步指出"葛根最解酒毒，葛粉尤妙"。在第九十三回写众才女行令饮酒担心醉倒，李氏借才女小春之口说道:"只要有了云台山的葛粉,怕他什么!"

云台山的葛藤自古闻名。宋代《图经本草》《证类本草》就有以海州冠名的"海州葛根",明代《本草品汇精要》也有引录。历代地方志里也多有记载。民国许绍蘧《连云一瞥》也讲到,云台山的葛藤粉质量殊佳,曾在1934年江苏物品展览会上获得优等奖。现代中医临床证实,葛根有解肌退热、生津止渴、解酒毒的作用,可改善饮酒过多的头痛、头晕、烦渴的症状。此外,葛根对高血压、冠心病、糖尿病也有良好的辅助治疗作用。

有报道说,以葛根淀粉制成的各种糕点、饮料及其他疗效食品在国际、国内市场,尤其在日本市场备受欢迎。因此,建议葛根的道地产区云台山,应采取以下措施,进行开发利用:

第一,目前云台山葛根乱采滥挖现象严重,保护好现有的野生葛根资源迫在眉睫。应开展葛根适地栽培研究,扩大可利用的资源量。

第二,云台山虽有悠久的制粉历史,但多为一家一户的小作坊式,产量低,质量差,由于粉质回收不彻底,严重浪费了大量的自然资源。应形成规模生产和系统的科学开发。

第三,葛根在深加工方面,有更广阔的天地,可以制成多种保健品。从形式上分,有精制葛藤粉、葛藤糊、葛藤八宝粥、葛藤脆片、葛藤饼干;从规格上讲,有袋装、瓶装、罐装等;从功能上讲,有解酒、老人保健,以及高血压、冠心病、糖尿病的辅助食品。

第四,云台山葛藤粉名冠天下,但从古至今,掺杂使假屡见不鲜。"冬月土人采根做粉货卖,但往往杂以豆粉"(《镜花缘》第九十一回),"惟伪品极多"(《连云一瞥》物产),现今这种状况依然普遍存在。因此,必须保真,唯有保真,才能长久名传天下,永不衰落,才不会玷没其"盛名"。

(注:该论文系会议论文,未公开发表。)

其次,连云港市通过举办《镜花缘》相关的学术研讨会、文化活动等形式,吸引了大量的专家学者和文化爱好者。这些活动不仅为人们提供了学习和交流的平台,也为连云港市地方文化的传承和发展提供了机会。通过与学术界和社会的交流互动,进一步提升了连云港市地方文化的影响力和知名度。

此外,连云港市还注重将《镜花缘》研究与文化创意相结合,以提升连云港市的文化品质。连云港市通过开展与《镜花缘》相关的艺术展览、演出、创意活动等,将小说的艺术魅力进一步展现出来。这不仅丰富了人们的文化生活,还为连云港市的文化产业发展提供了动力,促进了地方文化的繁荣和发展。比如区域文学研究所特聘研究员林备战在《关于〈镜花缘〉文化创意产业的思考与建议》一文中,重点探讨了《镜花缘》文化创意产业的发展。该文立足现实,直面问题,提出了许多具有建设性的建议。

又如连云港师范高等专科学校许梅在《从需求与供给市场谈〈镜花缘〉旅游商品的开发》一文中,结合自身专业特长,对《镜花缘》旅游商品开发提出了积极有效的建议。

对比国内外旅游购物,一个明显的差别是国内卖旅游纪念品,国外卖旅游衍生品。二者区别在于旅游纪念品往往实用价值较低,只是旅游纪念或展示地方文化的载体,而旅游衍生品是依托具体的生活场景、有明确的功能性,产品设计开发的思路是使用需求优先,景区IP、地方特色文化只是主题表达和文化附加值,帮助消费者做出购买决策。《镜花缘》的旅游商品开发的思考如下:

1. 结合地域文化的特色,以女性产品、少儿产品为切入点

建议以《镜花缘》中的一百才女为切入点,实施梯度开发:先从十二师入手,然后是十二友、十二婢等,产品可涉及生活日用品、办公用品、家居装饰、箱包、饰品、服装等种类,此外结合连云港市特有的水晶制品、黑陶、东海版画(装饰画)、葫芦画、剪纸、贝雕等,研发工艺品、装饰品等。价格以中低档为主,高档产品为辅。细分产品种类形成各种风格,如才女、淑女系列,女王、职场系列等。

少儿产品:结合《镜花缘》中《两面国》《黑齿国》《君子国》《女儿国》等,开发符合少儿喜爱的旅游衍生品。例如,玩偶、玩具类;少儿读物类(侧重绘本和中英文双语读本);少年剧场(改编《镜花缘》中场景和故事);借助板浦小镇的规划和开发,利用现代技术——蓝墨云班课,与教育部门相结合共同开发《镜花缘》研学旅行课程,根据不同年龄阶段先设计半天、一日,后期再设计2—5日的研学旅行课程等。

2012年之前,北京故宫以门票收入为主,之后故宫调整衍生品业务的思路和模式,截至2015年,研发的文化产品达8683种,产品涵盖丝绸、陶器、瓷器、家具、T恤衫、文房、玩偶、伞、领带等十几个类别。从3.5元的便利贴到上万元的和田羊脂玉紫金御牌,满足不同客户群体的需要。2015年,故宫文创周边产业实现销售近10亿元,是门票收入的2倍。

2. 建立《镜花缘》旅游商品产业链,提升旅游商品的竞争力

(1) 整合优势资源,打造《镜花缘》零售产业链

其实旅游购物的本质是零售,它是从设计、研发、制造到运营(销售)

的一个产业链。纽约的大都会博物馆就是不折不扣的零售店经营做法，在纽约总部外还有8个分店，海外分店有11家（澳大利亚、日本、墨西哥），每逢节假日等节庆，还推出圣诞特别商品等，并且还拓展线上商店，组成了一套完整的消费体系，其年销售额在5亿—7亿美元。迪士尼公园内的各个主题商店商品种类齐全，其70%的收益来自衍生品的第二次消费。从产业链角度看，连云港也不乏在设计、研发、制造、运营、销售等领域的专业人才和团队，能否有一家组织（政府、企业）具有整合能力，将《镜花缘》产业链打通，起到引领的作用，带领着团队去探索：这个市场是如何去做、需要什么样的产品、卖给谁、怎么卖（线上、线下）、怎么卖效益高等。此外，还需要统一供货、销售渠道（企业加盟等方式）和价格，形成品牌效应，并为后期假冒伪劣产品的出现截断后路。

（2）引进市场淘汰机制，提升产品竞争力

想在市场中立于不败的地位，就得抓住消费者的心。旅游购物比例较低，也正说明现在有些旅游产品粗制滥造，同质化现象严重等。这就对《镜花缘》的产品设计团队提出了更高的要求。以北京故宫为例，供应商们会根据故宫文化服务中心的思路，进行产品设计，经审批后，正式投放相关渠道进行销售，销售得好，故宫会继续增加订单，销售得不好，故宫和供应商共同研究原因进行调整，再给予该产品3个月的销售周期，如果仍然是表现平平则下架。这也许会给我们一些启示。

3. 统一标识VI，运用法律手段来保护自己

VI是CIS中的一个组成部分，是视觉识别系统。有点类似古代的图腾，《镜花缘》的视觉系统，既要突显《镜花缘》的文化特色和精神，又要符合大众审美标准，好的标识，能够吸引人注意、令人过目不忘，统一标识还有利于对外宣传。此外，在进行产品的开发时，要及时申请专利，并运用法律武器来保护自己。因为一旦产品被模仿，它会影响消费者的辨别能力和判断能力，最终会影响《镜花缘》的品牌形象，带来不必要的经济损失。

（注：该论文系会议论文，未公开发表。）

连云港市的《镜花缘》研究对地方文化传承与发展起到了积极的推动作用。本土学者（爱好者）通过研究《镜花缘》中的地方文化元素，通过举办学术活动和文化创意活动等形式，将小说所蕴含的地方文化与连云港市的地方文化相结合，为地方文化的传承与发展注入了活力。这些措施进一步提升了连云港市的地方文化的内涵和品质，丰富了人们的文化生活，推动了地方文化的传承和繁荣。

六 结语

《镜花缘》自问世以来，就吸引了众多学者的关注和研究。从 20 世纪 20 年代的吴鲁星与孙佳讯等学者起，连云港市就开始了对《镜花缘》的研究。进入 21 世纪以后，随着学术研究的发展和深化，对《镜花缘》的研究也更加多元化。学校的研究者们从文化传承、文学地理学、文化符号、艺术表现手法等多个角度对这部作品进行了深入研究。他们运用新的理论和方法，拓展了研究的视野，深化了我们对这部经典作品的理解。百年《镜花缘》研究，百年传承。这一百年来，连云港市的《镜花缘》研究涉及《镜花缘》的女性关怀、方言词汇、女性形象、荒诞手法、讽刺艺术、叙事功能、写人论、男女平等、儒家文化、伦理思想、社会理念、形象比较、茶文化、海州风物、研究述评、反叛传统等多个领域。通过多代学者的持续努力与不断开拓，《镜花缘》的研究得到了拓展与深化。

到目前为止，国内一共举办了六届全国性的《镜花缘》研讨会，这六届研讨会全部由连云港市组织召开，并且在连云港市举行。连云港市为历届研讨会的成功举办作出了有目共睹的贡献，这也折射出了连云港在《镜花缘》学术研究中不可替代的重要性。

我们有理由相信，连云港将秉承传统，继往开来，继续依托自己在《镜花缘》研究领域的中心地位，发挥自己在《镜花缘》研究领域的重要作用，为《镜花缘》的研究和传承作出更大的贡献。

后　记

　　《连云港〈镜花缘〉研究史稿》是连云港师范高等专科学校 2023 年校本研究项目之一。作为项目的承担者，我们深感写作这本研究史稿的重要意义与责任。作为清代四大才学小说之一，《镜花缘》是中国文化宝库中的经典之作。连云港市的《镜花缘》研究已逾百年，在此之际，系统地梳理连云港市的《镜花缘》研究，对我们来说既是一次学术能力的挑战，也是一次学术尝试的契机，更是促进连云港市的学术积累和文化传承的一次努力。

　　在这部书稿中，我们尽可能较为全面地搜集了与《镜花缘》相关的各种研究资料。在搜集资料、梳理资料的过程中，我们一次次被连云港历代学者在《镜花缘》研究中付出的努力、作出的贡献深深感动，同时也更加感受到写作这本"研究史稿"的压力与责任。

　　虽然我们以萤火之光尽力为之，但对于这份将要呈现在读者面前的微薄成果能否述清连云港《镜花缘》研究的"百年历史"仍心怀忐忑。在写作过程中我们作出的一些探索与尝试有待学界指正。比如我们以吴鲁星、孙佳讯的《镜花缘》研究界定连云港市《镜花缘》研究的先声阶段，以连云港第一个《镜花缘》研究小组的成立作为连云港市《镜花缘》研究的初步阶段等等，通过这样的方式和依据来划分连云港市《镜花缘》研究的发展历程，是否合适、合理，有待学界同仁探讨。

　　对于连云港《镜花缘》研究主要成果的梳理，我们同样尽力为之，将能够搜集到的研究成果进行甄别、分析和呈现，但或许依然有遗珠之憾。我们在选取主要成果时，因受到课题申报及结题时间的限制，相关资料的收集也受到一定影响。此外，对于一些研究资料和观点的引用，或许还需要更加严谨和深入思考，这只能期待有修订机会，进一步补充和完善。

　　通过撰写这部"史稿"，我们也对《镜花缘》这部作品有了更加深入的理解，对连云港的《镜花缘》研究有了更加全面的思考。未必一定嘉惠学林，或许能够助益研究。希望它能够为《镜花缘》研究提供一定的参考和启示，为推动《镜花缘》研究的深入尽一份力量。

潘　浩　许卫全

2024.1